蔬果歲時記

焦桐 著

生活·讀書·新知 三联书店

Simplified Chinese Copyright © 2021 by SDX Joint Publishing Company.
All Rights Reserved.
本作品简体中文版权由生活·读书·新知三联书店所有。
未经许可，不得翻印。

图书在版编目（CIP）数据

蔬果岁时记/焦桐著．—北京：生活·读书·新知三联书店，2021.11
（焦桐作品）
ISBN 978-7-108-07184-2

Ⅰ.①蔬…　Ⅱ.①焦…　Ⅲ.①散文集-中国-当代　Ⅳ.①I267

中国版本图书馆CIP数据核字（2021）第111293号

责任编辑	赵庆丰
装帧设计	蔡立国
责任校对	陈　明
责任印制	张雅丽

出版发行　生活·讀書·新知 三联书店
　　　　　（北京市东城区美术馆东街22号 100010）
网　　址　www.sdxjpc.com
图　　字　01-2021-5572
经　　销　新华书店
印　　刷　三河市天润建兴印务有限公司
版　　次　2021年11月北京第1版
　　　　　2021年11月北京第1次印刷
开　　本　880毫米×1230毫米　1/32　印张 9.25
字　　数　193千字　图18幅
印　　数　0,001-6,000册
定　　价　48.00元

（印装查询：01064002715；邮购查询：01084010542）

目　录

序：拼一副菜园肚皮　　*1*

蔬之属

青葱	*9*	野莲	*58*
红葱头	*13*	丝瓜	*62*
马铃薯	*16*	九层塔	*66*
韭菜	*21*	过猫	*69*
洋葱	*24*	番薯	*72*
花生	*28*	瓠瓜	*79*
毛豆	*32*	茄子	*84*
大蒜	*35*	辣椒	*89*
空心菜	*39*	苦瓜	*93*
绿豆	*43*	花椰菜	*98*
绿竹笋	*50*	高丽菜	*101*
香椿	*55*	山药	*104*

玉米	109	芋头	134
大白菜	114	芥菜	138
胡萝卜	119	红豆	144
南瓜	125	香菇	148
茼蒿	130	山葵	152

果之属

香蕉	157	三湾梨	237
草莓	161	水蜜桃	243
柑橘	165	释迦	247
莲雾	173	龙眼	250
青梅	177	文旦柚	254
杧果	181	西施柚	258
玉荷包	185	爱玉	261
荔枝	189	番石榴	266
圣女西红柿	195	珍珠番石榴	269
槟榔	200	杨桃	272
木瓜	209	甘蔗	276
柠檬	213	蜜苹果	280
蜜红葡萄	217	橙子	284
西瓜	220	金柑	287
巨峰葡萄	226	蜜枣	290
菠萝	231		

序：拼一副菜园肚皮

20世纪50年代末，在尚未重工业化的高雄市，我正在念中学，奉命每天去陪外婆种菜。外婆的菜园在爱河河畔的老家，毗连着外公的水稻田和舅舅的木材工厂，她每天从汉口街的舅舅家步行到中华路的老家，种菜，顺便莳花，喂食数目甚少的鸡鸭。她七十几岁了，仍勤奋不辍，锄头就放在菜畦，锄累了，身体就倚着锄头休息。那是外婆晚年的"休闲活动"吧。我每天放学就骑自行车去陪她种菜；天黑前，自行车载满收刈的青菜，祖孙两人步行回家。

我不确定那些青菜是否挹注过一个贫穷家庭。外婆的子女中以母亲最歹命，遇人不淑；外婆一定想以休闲活动所得，帮助她心疼的二女儿。然则我非常不甘愿每天去种菜，贫穷不见得要种菜，何况我并非闲着没事干，明明还有一大堆功课要做，一大堆试要考。我不甘愿地挑水桶、粪桶到菜园，拿着长勺随便挥洒，敷衍了事，其实这些工作大部分还是外婆负责。我想起沉重的功课和翌日的考试，觉得前途就像快速都市化市区里的这一畦菜园，蹇促，缺乏希望。天色渐暗，外婆收割好茼蒿、空心菜、韭菜、葱，蹲在菜园边的灌溉沟渠清洗根茎上的泥土，我觉得我的前途跟着那些泥土流失了。

天色黑了，外婆已年迈，步履迟缓，我努力压抑着一些不耐烦的情绪，推着自行车和她准备穿过汽机车呼啸来往的中华路，我趁车行空当迅速穿越马路，看对面的外婆还迟疑不敢通过。我觉得等了很久，想起功课和考试，越来越焦虑，隔着来往奔驰的汽机车对她咆哮："赶紧啦！我还要转去写功课。"我记得我的外婆，我清楚记得她苍老害怕的形容，站在对面迟迟不敢过来。黄昏的天色透着薄凉，奔匆的汽机车急急驰向黑暗。

几十年过去了，我总是看见她的背影，那畦菜园在记忆中越来越大，那条灌溉沟渠奔流如溪，"殷勤绕畦水，终日为君忙"。

中国知识分子咸信躬耕的生活美学，大概认为农事单纯得与世无争，尤其在政治逆境后，往往想退隐乡间从事农务，远离帝力。苏轼谪居儋耳时，到市集买米，觉得不是劳动所得，即使饱食也殊乏味道，愧而作《籴米》：

> 籴米买束薪，百物资之市。
> 不缘耕樵得，饱食殊少味。
> 再拜请邦君，愿受一廛地。
> 知非笑昨梦，食力免内愧。
> 春秧几时花，夏稗忽已穟。
> 怅焉抚耒耜，谁复识此意。

有农务经验的人皆知，此种生产美学（aesthetics of production）包含了专业知识、技术、工具、产品、环境、经济和体力劳动，这年头更牵涉道德。通过劳动所获，除了物质收益，亦能激发喜悦，振奋情绪；那是疲惫厌倦之后的满足和安慰，协调了精神与身体。

苏轼的劳动美学是很可以理解的，《和陶劝农六首并引》叙述海南人以买卖香木为业，不事农务生产，到处是荒废田园，导致粮食不足，只能取薯芋杂米煮粥糜，因而规劝大家改进农具，开荒耕种："听我苦言，其福永久。利尔鉏耙，好尔邻偶。斩艾蓬藋，南东其亩。父兄搢梃，以抶游手。"

一日下午走在杭州南路，见路边一小板车，上载些自耕蔬果，南瓜、香瓜、哈密瓜、菠萝、红葱头、蒜头，并无菜主，自取货物，自找零钱。范成大的诗境常浇灌我的农务想象："桑下春蔬绿满畦，菘心青嫩芥薹肥。溪头洗择店头卖，日暮裹盐沽酒归。"拥有一畦菜园是庄严的、高尚的，自食其力，吃不完还可以贩卖。

直到中年我才真正欢喜农作，欢喜跟土地那么接近，我梦想家里有一畦菜园，每日采摘烹煮，向往苏轼《撷菜》的境界："秋来霜露满东园，芦菔生儿芥有孙。我与何曾同一饱，不知何苦食鸡豚。"我逢人就打听是否有适合的农地租售。

我也是中年以后才逐渐爱上蔬食。江含征评《幽梦影》云："宁可拼一副菜园肚皮，不可有一副酒肉面孔。"

焦妻见我一天到晚在外面暴饮暴食，酒肉面孔委实可憎，大概又不想太早变寡妇，遂请外佣每天早晨用大黄瓜、苦瓜、青苹果、青椒、芹菜五种蔬果打汁，命我出门前先喝下；我嫌滋味欠佳，建议加入奇异果或菠萝；有时觉得味道太淡，自作主张多吃了一根香蕉。如果当天的早餐吃清粥小菜，则蔬果种类累计超过十种；焦妻摇摇头：连蔬果也能暴食。

多年来我都维持着这种习惯，刻意的生活方式也许是一种怀念的方式。我常追忆一起在江南吃马兰头拌香干,风味极妙。

一次在南门市场买到荠菜,惊喜之余竟忘了问哪里种的。后来再去,皆寻菜未果,久而久之已不复问津。荠菜是浙东人常吃的野菜,野菜总是比菜园里种的蔬菜多一些清香,吃起来令人放心,带着一种舒爽的田园风。陆游《种菜》:"老农饭粟出躬耕,扪腹何殊享大烹。吴地四时常足菜,一番过后一番生。"陆游超爱吃荠菜,曾作五言古诗咏荠菜。我在上海较常吃到的荠菜是凉拌——先焯过,切碎,拌切成细丁的香干和姜末,再浇一点香麻油、醋。上桌前,通常抟成宝塔形,动筷子时再推倒、拌匀。

另一种我爱吃的野菜是金花菜,又唤三叶菜、苜蓿,上海人称"草头",原本是马吃的,如今已培育成园蔬,我难忘独自在德兴馆大嗾草头圈子的痛快感。

我超爱吃水果,却是不及格的失意果农。木栅旧居有前后院,加起来不下60坪(约198平方米),除了栽植花草,我还试种桑葚、柚子、番石榴、木瓜等果树,说来羞愧,大约10年间,总共仅收成过2粒其貌不扬、其味恶劣的柚子。非失耕之罪,可能是院子太缺乏日照。将来若得一小块日照充足的土地,我很想复耕雪耻。

台湾堪称水果之乡,连雅堂(连横)《台湾漫录》载:"台湾果子之美者,有西螺之柑,员林之蕉,凤山之菠萝,麻豆之文旦。"如今物换星移,好果竞出转精,诸如旗山之蕉、三湾之梨、拉拉山之水蜜桃、恒春之莲雾、玉井之杧果、南投之菠萝、高雄之荔枝、彰化之葡萄、屏东之龙眼、台东之释迦、花莲之西瓜……

只有蔬果才能表现季节的节奏感,肉食难以体会季节性,我们什么时候吃什么肉,差别甚微。古往今来,农民们依循节气变化,栽种适时的蔬果，以求收获丰硕。农谚："正月葱，二月韭，三月苋，四月蕹，五月匏，六月瓜，七月笋，八月芋，九芥蓝，十芹菜，十一蒜，十二白。"购买与食用当地当季的新鲜蔬果，美味、平价、保护环境，也保护人体，令饮食配合大自然的节奏。

不像肉品以肉香质（Osmazome）征服吾人的味觉，蔬菜表现云淡风轻的美学。世人多觉得清淡则寡味，因此素不如荤，其实清淡之味与美食并不冲突，反而更能贴近原味。关键在厨师的手段。任何食材沦落呆厨手中，都只能拜托佛祖保佑；唯高明的庖人能令各种食材表现各自的优点，唯舌头敏锐的美食家能欣赏清淡味。

蔬菜之美在于清淡，我认为锻炼味觉可以从季节时蔬开始，味蕾若疏于品尝清淡之味，一旦习惯了重口味，就变得呆滞昏昧，再难以欣赏清淡之美。蔬菜的清淡美带着禅意，甚至连接了天堂。日本诗人川端茅舍的一首俳句说"ぜんまいののの字ばかりの寂光土"（满眼薇菜尽"の"字，寂光净土界），薇菜的形状像"の"，这首俳句用了四个"の"字，许多"の"字叠在一起，除了状薇菜之多，予人宁静之感，"の"的声调反复出现的回声，暗示静寂的佛土。

青蔬不见得总是配角，在高明的厨艺下，随时可以独当一面。有一天中午餐馆试菜，老板以花椒爆香，将绿豆芽掐头去尾，过滚水后入锅稍微煸炒，暴躁的花椒提醒了豆芽菜的清新脱俗。这是一道厉害的开胃菜，它召唤的食欲来势凶猛，那一餐我胖了三公斤。

蔬菜通常以菜心为美，菜梗、菜根等而下之，嚼菜根因此转喻为励志话语，菜根通常是苦的，嚼食乃有很深的寓意，略带苦味，苦中又透露一丝丝甜，俗谚"咬得菜根，百事可做"，鼓励人们能吃苦、勇于吃苦。白萝卜就有一点清苦，可有些菜根不苦，如慈姑、番薯、萝卜、山药、马铃薯之属。

  清苦并不可畏，相对于其他行业，文学创作即稍显清苦，寂寞自持，带着嚼菜根的意志，将来，将来有一天，不管事业是否有成，将来，还是要继续嚼菜根。

  食物精致、清淡到一定程度，必须仔细品赏，认真吟味。寻找美食即是寻找美。如今我依然每天早餐吃下近十种蔬果，空腹喝的那杯蔬果汁，有一点点苦、一点点酸，略甜，强劲的生蔬味，诸味纷陈。可惜焦妻看不到我如此认真拼一副菜园肚皮。

蔬之属

青　葱

全年，三星葱产期为 2 月—10 月，粉葱为 11 月—5 月，大葱与珠葱为 12 月—5 月，北葱为 5 月—10 月

中学时每天陪外婆种菜，施肥、浇水、收割；我能熟练地运用长柄瓢勺舀一些粪便，再挹取圳沟水远远泼洒出去，那水肥在空中形成一道弧线，准确淋入菜畦。有次我提着两桶粪便到菜园，一路晃荡，右手那桶的绳子松脱，粪便倾泻，我低头看见脚上蠕动着许多蛆，忽然厌恶有机肥。

每天黄昏，我带着收获的蔬菜回家。蔬菜总是随着季节变换，唯独那畦青葱，似乎永远拔不完，每天供应着我家厨房。

葱之为用大矣，爆、煮、炒、煎、蒸、炸、拌、烤、煸、熘、烧、焖、炖……几乎适应了中华料理的各种技法，不敢想象，烤鸭没有葱怎么吃，煎鱼、蒸鱼没有葱怎么办。

"怒目主义"者阿Q以精神胜利法维护自尊，他进了几回城之后更加自负：家乡油煎大头鱼都加上半寸长的葱叶，城里则加上切细的葱丝，"未庄人真是不见世面的可笑的乡下人呵，他们没有见

过城里的煎鱼！"煎鱼、蒸鱼、京酱肉丝之属固然用葱丝，吃烤鸭、爆牛肉、炒花枝、烧海参却要用葱段。

青葱太普遍了，常令人忽视了它的美好。陆游《葱》歌咏："瓦盆麦饭伴邻翁，黄菌青蔬放箸空，一事尚非贫贱分，芼羹僭用大官葱。"南宋理学家朱熹贬谪回家乡，以讲学维生；村人穷，仅以麦饭佐葱汤招待；女儿嫌其寒碜，面露不悦，朱熹遂作《劝女儿》告诫："葱汤麦饭两相宜，葱补丹田麦疗饥，莫道此中滋味薄，前村还有未炊时。"很多汤品在起锅前都会撒一点葱花，那汤有了葱花提醒，像一首好听的歌。

潘岳《闲居赋》："菜则葱韭蒜芋，青笋紫姜。"葱丰富了东方烹饪。葱花蛋大概是常见简单的料理，厨艺再差也很难失手。小葱拌豆腐则寓含"一青二白"的意思，翠绿的小葱，搭配雪白的豆腐，清爽，隽永。

其实葱本身就一青二白，绿色叶片与绿色叶柄部称"葱青"，叶鞘一层层包裹成管状的白色假茎，称"葱白"。葱白讨喜，加长葱白的办法是阻断阳光，可追加覆土或盖上稻草。

若按葱白之长短则可粗分两种：大葱植株高大，葱白甘甜，在北方栽培较多；南方多小葱，又叫香葱，一般都生食或拌凉菜用。南方人多食小葱，北方人则嗜大葱；在台湾吃北京烤鸭，美则美矣，可惜无大葱蘸面酱。

青葱的别名甚多，包括绿葱、北葱、日葱、大葱、珠葱、叶葱、胡葱、葱仔、菜伯、水葱、和事草，等等。葱原产于中国西北及西伯利亚贝加尔湖一带，含大蒜辣素，乃烹调海鲜、肉品不可或缺的去腥提味香草，是华人重要的辛香蔬菜，家家户户的厨房都有，几乎每天都用得到。盛产时，菜市场买蔬菜，菜贩总是随手赠送一把青葱。一个缺乏青葱的蔬菜摊是值得自卑的。

台湾目前栽培的葱品种有"北葱""四季葱"和"大葱"，北葱葱白粗而短，葱绿稍硬，以云林、彰化为主产地。三星葱的葱白细长，葱绿纤嫩，乃四季葱品种的"兰阳1号"，适合冷凉气候，叶身较北葱大，叶肉较厚而柔嫩，四季均能生长，故称四季葱。除夏季生长较差，其他季节皆能生长得很好，尤其秋冬季节，生育力强，分蘖多，常分株来繁殖，故也叫九条葱。

三星葱堪称葱中贵族，代表高尚、美味。口感甘、嫩，不显辛呛；产区在人和、万德、万富、贵林几个村，主要是水源、土壤和气候特别适合葱生长。宜兰三面环山，东临太平洋，兰阳平原轮廓呈三角形，地势由平原向三面环山地带递渐隆起，初为丘陵地，再则为高山。因地处台湾东北，受地形影响，加上面迎太平洋的东北季风，全年雨量充沛。

三星乡位于兰阳溪上游，水质清澈，乃兰阳平原的最高点，居于雪山山脚下，日夜温差大，令青葱生长速度较缓，叶肉厚，葱白长，纤维细致；加上陶冶在岚雾氤氲中，成就三星葱美丽的身材和独特的风情。听说有些不肖业者，运送别处生产的青葱到三星乡清洗、包装，再假冒三星葱销售至果菜市场，以提高利润。

兰城晶英酒店"红楼"餐厅吃烤鸭餐，有一道生葱和炸葱，直接就上三星葱，充满了自信。红楼包烤鸭的饼皮，加了大量三星葱，使它的烤鸭有华丽的身影。在台湾吃葱油饼，商家总喜欢标榜选用三星葱。胡弦在《菜书》中赞美："葱油饼是饼的美梦，因为葱香，面皮也跟着香得像得了要领，格外浓郁。"

葱性温，含挥发性精油硫化物，可以抗菌杀菌，帮助化痰及缓解喉咙痛。中医说葱能降血压、降血糖、降血脂，好像为拯救我而来，实在应该每天吃。不过，葱是华人的"五荤"之一，过量易伤肾。《本草纲目》："所治之症，多属太阴、阳明，皆取其发散通气之功；通气故能解毒及理血病。气者，血之帅也，气通则血活矣。"

此物能促进消化液分泌，健脾开胃。其挥发油成分含蒜辣素，颇能抗病毒，除了预防流感，消灭阴道滴虫，也能抑制白喉杆菌、结核杆菌、痢疾杆菌、葡萄球菌、链球菌和多种皮肤真菌；蒜辣素能抑制癌细胞的生长，所含果胶可减少结肠癌的发生。常吃葱的人，胆固醇不高，多体质强健，因而有民间谚语："香葱蘸酱，越吃越壮。"

葱的发音很吉祥，从前台湾未字之女例在元宵偷葱菜，俗谚："偷得葱，嫁好尪；偷得菜，嫁好婿。"

一株青葱，白与青相间，渐层，形体色泽颇淡雅清秀，难怪古来许多骚人墨客用以描述美丽的事物，《周礼·天官冢宰》郑玄注："盎犹翁也，成而翁翁然葱白色。"汉乐府《孔雀东南飞》描写新妇："指如削葱根，口如含朱丹。纤纤作细步，精妙世无双。"

葱最怕台风季节，产量少，又容易泡水腐烂。我爱它，经过冬天一番寒彻骨的淬炼，亭亭玉立，成就春日的香辛，却青春般脆弱易折。

红葱头

1月—2月

红葱又称珠葱、分葱、四季葱头、大头葱,英文名 shallot,原产于巴勒斯坦,是一种小型葱,属洋葱家族,长相介乎洋葱、蒜头间。成熟时,基部结成纺锤形鳞茎,鳞衣紫红,里面的肉则呈浅紫近白,晒干后即是"红葱头"。

成熟的红葱头往往是两三瓣团聚在一起,形成球状,貌似蒜头。台湾人广泛使用红葱头,最常以猪油或葡萄籽油炸成"油葱酥";油炸时须谨慎掌控温度,油温过高会变焦变苦,太低则炸不出香味。选购时,以鳞茎较细长者较香。

此物比蒜头香,又不像洋葱那么呛,香味及辛辣度都相当含蓄,似乎带着哲学的思维。

红葱头生吃熟食皆宜,可谓料理中的萧何,辅佐菜肴成就美味;这料理中的最佳配角,从不强出头,主要任务是提升食物香气,其为用大矣,几乎可运用于各种烹调工法,举凡蒸、炒、煮、炸、焗、卤、焖、拌、烙、炝皆无不可,如炒肉、焗排骨、羹汤、拌面、焖肉、烫地瓜叶,都可见其身影。红葱也可以整株当蔬菜炒来吃,作为蔬菜供人食用的历史久远。

有时我会邀家人和朋友在木栅老泉里散步,山林景致总能涤除尘虑,运动流汗又令人神清气爽。吸引我去爬山的,恐怕更是山腰那家餐馆"野山土鸡园",我喜欢吃他们自种的山蔬野菜,每次去照例必点食炒珠葱,那珠葱颠覆了葱只能爆香提味的功能,清香爽口,吃进嘴里,仿佛沐浴习习山风,觉得自己和大自然紧紧相拥。

台湾红葱头产地以台南、云林为大宗,农历年后是盛产期,约莫清明前即采收结束;从前多以吊挂方式干燥保存。也有人在自家顶楼或阳台栽培,以秋季播种为宜,生长发芽率高,全年皆可种植。

我一直觉得南洋食物有亲切感,可能是娘惹菜大量使用红葱头。法国所产的红葱头质量优良,依外皮分有灰皮、粉红皮、金棕皮三种,味道殊异,他们爱用新鲜的红葱头爆香;或将之浸泡于橄榄油中,方便烹饪中随时取用;或做成葡萄酒酱、鸡蛋奶油酱(Béarnaise sauce),搭配各种沙拉、鱼、肉增香。

台湾人最普遍的用法是将它炸成酥脆的油葱酥,广泛运用于各种吃食,如制作XO酱,或面汤、拌青菜,风味小吃卤肉饭、焢肉饭、担仔面、泭仔面、粽子等更是少不了它。家里自制过粽子的人皆晓,馅料中的灵魂就是油葱酥,粽子内可以没有肉,没有咸蛋黄、栗子之属,却不能缺乏它;我们备料时总是先细切红葱头,边切边吹电风扇,吹走刺激泪腺的辛味。

我很难想象,台湾人的餐桌若没有了红葱头,生活将多么乏味。

清晨出门,上学、上班的人潮还未涌现,街头那几家面摊已开始营业,摊前的蒸气升腾,召唤过往人的饥饿感。坐定,点食阳春面，汤上照例漂浮着油葱酥，画龙点睛般，使那碗面看起来精神饱满。一碗阳春面没吃饱，再叫一碗干拌面，自然是拌了油葱酥，香味浓厚实在，很快就又吃得干干净净，却强忍住不吃第三碗。路上的行人渐多，捷运站前已蜂拥着人潮，胃肠里有了油葱酥面条，仿佛多了一种振臂工作的能量；今晨只吃了两碗面，忽然很欣赏自己的克制力。

一天的清晨由红葱头来开启是美好的，那气味，宁静地进入心扉，在阳光明亮的路上。

古希腊、罗马人常吃红葱头，视它为春药，似乎没什么根据。然则红葱头有一种镇定的力量，抚慰海外游子的乡愁，按摩吾人的肠胃。

马铃薯

1月—2月

家居罗斯福路那几年,两个女儿都爱吃师大夜市的焗烤马铃薯,店里的口味不少:培根、火腿、鲔鱼、玉米、蘑菇、熏鸡肉、鸡蛋、青花椰菜、什锦水果。一盒薯泥上铺了厚厚一层起司酱,上面再撒些香料。我们搬迁到木栅后不曾再去买,那橘黄的起司马铃薯气味一直在记忆中飘香。为了讨好小情人,我在家烹制:马铃薯戳细洞,烤熟,对切,挖出薯肉压成泥。培根切丁,青花椰菜煮熟,切小块,和培根同煎。加入薯泥拌匀,回填马铃薯容器内,上覆起司,烤至起司溶化。

这种做法稍费时间,图的是以时尚形式取悦小姑娘。我忙碌时较常炒马铃薯:所有材料切丁,炒火腿或香肠或培根,令马铃薯吸收肉脂味,仿佛朴素的身影有了华丽的转变。

日本诗人长田弘有一首诗描写碎肉炒马铃薯(Hashed Brown Potato),诗题为《ハッシュド・ブラウン・ポテト》,说最好是经过寻常的街道,无意间发现的咖啡厅,晨光映照老旧而干净的餐桌,

啜饮热咖啡,抽烟,吃煎得美好的培根肉和马铃薯:

> 马铃薯切得很细,
> 焦得很漂亮,互相粘在一起
> 放进嘴里会、就会有爽脆的口感。
> 晚上事先洗净马铃薯放在锅子里,
> 注入充分的水,放进一匙盐巴开火。
> 煮到稍微有点硬,熄火沥干水分。
> 趁热立刻剥皮。
> 再放入锅内,覆上锅盖,放在阴凉的地方
> 让它休息。早晨,把它切成小块。
> 使用煎过培根的油,是秘诀。
> 用 Hashed Brown Potato 算命吧。
> 如果味道很棒,你可以过很棒的一天。
> 美国的早晨,牛仔裤与微笑很适合。
> Hello 这很单纯的招呼,是一切的一切。

吾人食用的是马铃薯的地下块茎部分。马铃薯原产于秘鲁南部,16世纪下半叶引进欧洲,人们一度认为是西班牙人带回,大仲马却断言是伊丽莎白时代的探险家沃尔特·罗利爵士从弗吉尼亚带到英国。因为种植容易,18世纪中叶,马铃薯已成为欧洲人的普遍主食,并促使人口快速增长。1845年至1848年间,欧洲晚疫病(late blight)流行,枯萎了马铃薯种植业,爱尔兰灾情最惨,大歉收所引发的饥荒饿死了一百万人,另外有两百万人出逃,其中大部

分移居美国。

马铃薯人工栽培已超过七千年,是目前全球第三大粮食作物,仅次于小麦和玉米,在中国因酷似马铃铛而得名,别称甚多,包括爪哇薯、土芋、地豆、土生、香芋、洋山药、山药豆等;各地称呼不一样,中国东北称马铃薯为土豆,西北叫洋芋,华北唤山药蛋,江浙一带名洋番芋、洋山芋,港、粤呼薯仔……品种非常多,全球有几千种,常见圆形、卵形和椭圆形,表皮有芽眼,颜色包括红、黄、白、紫。

现在,全球的产量以中国最多,它性喜冷凉干燥,主产区在西南山区,及西北、内蒙古和东北地区。此物虽耐储存,但芽里面含有"龙葵碱"毒素,发芽后毒性剧增,因此见芽眼四周变绿、变紫,或吃起来带着苦味,都表示毒素量超过了安全值,就不要再吃了。

马铃薯营养结构很合理,有"地下苹果""皇帝柑"之称。做法很多,可当主食,也可作蔬菜,更普遍加工为淀粉、薯条、薯片和种类繁复的糕点。英文有"沙发上的马铃薯"(couch potato),意谓慵懒地长时间窝在沙发上看电视,边看边吃薯条、薯片的人。

于天文《姥姥做的土豆菜》叙述姥姥擅烹马铃薯,做法大抵是炒、熘、炖、炝、烀。炒,主要是炒土豆片和土豆丝,外脆内软、酥嫩相宜;熘,除了保持炒土豆的特点外,又增加了几分滑润;炖,则是炖土豆块和土豆片,松烂利口;炝,多是炝拌土豆丝和土豆丁,凉脆、清淡、爽口;烀,即是烀土豆酱,先将土豆烀熟,捣成泥状,再拌上炸酱,色泽白里透红,味道鲜美咸香。

我觉得它最迷人之处在深刻的生活味。无论聂鲁达还是帕思,他们歌颂的马铃薯,或明喻或隐喻,总是透露厚实的生活况味。毛泽东也有一首仿古词，最后几句为："还有吃的，土豆烧熟了，再加牛肉。不须放屁，试看天地翻覆。"

这种舶来品已经彻底本土化，而且土得憨厚，土得理直气壮。从帝王传播到平民，意义已翻转，老少咸宜了；它通常很廉价，穷人也消费得起。马铃薯已深入中国人的生活，饱含着生活的滋味，李继开的诗作《吃土豆的人》生活味浓厚："过生活去吧/我们只有一个结果/相应这结果的/也只有一种过程/比如今天的粮食是土豆/我们就应该从土里拔出身来。"马铃薯成为日常生活的符号，常用来关怀小人物，描绘社会底层的生活。

高中时初读凡高，即被他的画作《吃土豆的人》震撼，后来在阿姆斯特丹的凡高博物馆目睹真迹，感动不已。昏黄的灯光下，特别强调那粗糙的手，向土地索粮的双手；那么厚涂的颜料，色调灰暗，那么缺乏光泽的农民，那么现实的生活，那么憔悴的形容，那么像土豆的穷人。

在脸书上看见幺女发帖：

> 餐厅里看到一对母女很甜蜜地喝着一碗汤。以前觉得穿母女装是一件很蠢的事，现在突然好想跟去买一套母女装，穿着和你一起吃一顿饭，聊聊学校的生活……什么时候开始，已经不会夜夜掉眼泪？
>
> 是你教会我坚强，可是长期以来，我的坚强只能用来面对世界，在你面前，我永远都很软弱，因为当全世界都要我坚强、勇敢的时候，只有你会拥抱我，叫我用力地哭出来，现在你不在了，我去哪休息？

虽然早已习惯你不在身边的日子了，可是每每在路上看到母女走过，都好羡慕，一次也好，好希望可以再抱着你说一次我爱你。

我决心努力陪伴她，每天接送她上学、下课，尽可能做早餐给她吃，愿小妞的生活，结实饱满得像一个马铃薯。

韭 菜

全年，春季最盛，韭菜花产期为 8 月—10 月，韭黄为 9 月—12 月

我爱吃韭菜，韭菜水饺、韭菜盒、炒韭菜花，食物有了韭菜，似乎更美好了起来。韭菜盒中我尤其服膺台北宋厨菜馆，很奇怪，这种普通点心竟需预订，原来是麻烦。宋厨并非专卖北方点心的小馆，若特别为三两个客人制作则显人手不足，只好不列入菜单中，食客一次需预订 10 个以上才做。这里的韭菜盒大约比市面上所习见的小巧，皮薄馅厚料细，韭菜、粉丝、虾米和煎干的蛋皮结合得相当准确。

人类食用韭菜的历史悠久。它原产于地中海，埃及人在公元前三千多年前即已栽培种植。以色列人在埃及时就常吃，出走至旷野时犹念念不忘，哭号说："我们记得在埃及的时候，不花钱就吃鱼，也记得有黄瓜、西瓜、韭菜、葱、蒜。"《民数记》11 章 5 节这段文字，所说的葱是洋葱（onions），蒜是大蒜。韭菜和青葱、蒜最大的不同是没有球茎，它堪称穷人的食物，所以 leek（韭葱）这个词象

征卑微，吃韭菜意谓忍气吞声、含垢忍辱。

古人相信韭菜有壮阳效果，别名"起阳草"，当年我还刻意写进《完全壮阳食谱》。韭菜还叫草钟乳、起阳草、洗肠草、长生草、扁菜，中医认为有健胃、提神、止汗、固涩等功效。入药的历史可以追溯到春秋战国时期。

韭薹是韭菜的花轴，嫩的时候炒来吃很美；韭花也宜调味，我们吃酸菜白肉火锅就少不了韭花酱。五代杨凝式《韭花帖》乃他吃了皇帝赏赐的韭花，立即写下的感谢奏书："昼寝乍兴，輖饥正甚，忽蒙简翰，猥赐盘飧。当一叶报秋之初，乃韭花逞味之始，助其肥羜，实谓珍羞，充腹之余，铭肌载切。谨修状陈谢，伏惟鉴察。谨状。"后有落款"七月十一日状"。此帖与王羲之《兰亭序》、颜真卿《祭侄季明文稿》、苏轼《黄州寒食诗帖》、王珣《伯远帖》并称"天下五大行书"，更堪称史上最美味的书帖。这帖63字的信札，字体介于行书和楷书之间，布白舒朗，清秀洒脱；叙述午睡醒来，肚子饿得要命，恰好有人馈赠韭花，非常可口，遂濡笔谢恩。

古诗词吟咏韭菜不少，杜甫《赠卫八处士》描述战乱荒年，巧遇二十几年不见的老朋友，"夜雨剪春韭，新炊间黄粱"，边品尝清香的春韭、黄粱，边饮酒叙旧，其中饱含着"世事两茫茫"的滋味。春韭有了夜雨当背景，一直是很风雅的事，明代高启有一首五言绝句："芽抽冒余湿，掩冉烟中缕，几夜故人来，寻畦剪春雨。"

收成韭菜不宜在烈日当空时，最好在下雨的时候，古谚"日中不剪韭"有其农作意义，陆游也说："雨足韭头白。"

韭菜在中土开发甚早，最晚到周代已开始种植，《大戴礼记·夏小正》记载"囿有韭"即是证据。《诗经·豳风·七月》咏道："四之日其蚤，献羔祭韭"，春天的韭菜风华正盛，鲜嫩美好，用来祭祀充满了敬意。

这种多年生常绿草本植物，具宿根性，耐寒，喜阴湿，深绿色的叶子细长扁平，带状，闭合状的叶鞘形成假茎。韭菜很适合懒人耕作，种植之后可连续采收多年，不用翻耕，只需要一把镰刀，割了又长，长了再割，胡弦《菜书》如此妙喻："韭菜类似老婆，娶回家后寒暑不易，省心；其他菜类似情人，要看季节，且需小心侍候，累得多。"宋·刘子翚诗云："肉食嘲三九，终怜气韵清，一畦春雨足，翠发剪还生。"明代周翼也盛赞："夜雨剪来茸自长，春风吹起绿初匀。"

有人偏爱韭黄。韭黄得在弱光环境中培养，因为缺乏阳光，叶绿素被分解，只剩下叶黄素。苏东坡："渐觉东风料峭寒，青蒿黄韭试春盘。"

到了夏天，韭菜开花很漂亮，也很美味，元·许有壬爱极了韭花的味道，作五言律诗歌咏："西风吹野韭，花发满沙陀。气校荤蔬媚，功于肉食多。浓香跨姜桂，余味及瓜茄。我欲收其实，归山种涧阿。"

我觉得那重辛的味道，似乎可以唤醒昏眊的味觉记忆和心神。在懵懂的童年，知道了父亲离去的晚上，母亲含泪做晚餐，那盘韭菜花炒蛋的滋味我永远记得。韭菜发音久，不管是普通话还是闽南语，都带着长长久久的愿望、期待。

洋　葱

1月—4月

工作室附近有一家食堂,招待小菜是凉拌洋葱:洋葱切丝,撒些白芝麻,淋上和风酱汁,温和了原来的辛呛味,清脆、爽口,透露淡淡的清甘。我有时觉得,好像是为了那盘洋葱才常去的。

洋葱一般作调味用,主要食用部位是鳞茎,生吃熟食皆宜,生菜沙拉即少不了洋葱。加入奶油、奶酪烹煮,是法国料理常见的洋葱汤。它可能是人类运用在烹饪最广泛的蔬菜之一,很难想象,若没有了洋葱,烹饪将多么乏味。

法国人对洋葱汤有一种优越感,大仲马讲过一道"斯坦尼斯拉斯洋葱汤"的故事:波兰国王斯坦尼斯拉斯每年一次往返吕内维尔、凡尔赛之间,探视他的女儿——法国王后。有次途经萨隆,在一家小餐馆用餐,喝到一碗鲜美异常的洋葱汤,遂暂停赶路,决心先学会这汤的做法。他披着睡袍进厨房,要求厨师仔细演示一番,直到自己确实掌握了洋葱汤的做法,才回到火车包厢。

洋葱乃百合科,葱属多年生草本植物;别名不少,包括葱头、洋葱头、玉葱、球葱、圆葱、胡葱、洋蒜、皮牙孜。我们吃的是它的粗大鳞茎，即洋葱头，呈球形至扁球形；鳞茎外皮大抵显紫红、褐红、淡褐、黄色及淡黄色，肉质肥厚。

罗马人跟洋葱的感情颇为深厚，喜欢它的风味，并相信洋葱能治疗失眠、咳嗽、喉咙疼痛；尼禄感冒时就吃洋葱治疗。朱庇特大战诸神，一路逼得他们溃逃到陆地边缘，诸神见退无可退，临机把自己变成洋葱，以躲避盛怒中追杀不舍的朱庇特。洋葱之名 Onion 即是罗马人所取，现在品种甚多，如日本洋葱个头较小，味道浓郁；西班牙洋葱个头大，其鳞茎外皮有白有红有浅黄，果肉略呈红色，风味轻淡，宜于生吃，常用来拌沙拉。

埃及算较早种植洋葱的地区，古埃及莎草文书记载，修建金字塔的奴隶以洋葱、蒜头为主食。除了靠它赐予力量，也视它为神圣物品，三千年前的陵墓上蚀刻着洋葱，古埃及人将右手放在洋葱上起誓，以证明自己的诚实，其作用类似《圣经》。

欧洲人尤其钟爱洋葱，誉为"蔬菜皇后"，起初产于中东一带，如今已流行全世界。中世纪，西欧人尚未掌握栽培技术，进口成本相当高，洋葱的价格昂贵，常被用来替代货币付款，或当作结婚礼物。

台湾这方面的开发相当晚，20世纪50年代，由美国引进短日照的品种，开启了台湾的洋葱缘，才开始量产洋葱，现在已是重要的农作物，其中以车城的产量最大，约占全台产量的一半。

除了美味，中医早就说洋葱可清热化痰、理气和胃、健脾消食、发散风寒、温中通阳、散瘀解毒、提神健体。主治食积纳呆、腹胀腹泻、创伤、溃疡、妇女滴虫性阴道炎、外感风寒无汗、鼻塞、高血压、高血脂、动脉硬化。现代医学更证实：洋葱的重要成分槲皮黄素（quercetin）能抑制癌细胞生长，还能降血压，帮助骨骼生长。

洋葱有较强的杀菌作用，可提高胃肠道张力，其鳞茎和叶子所含辛香辣味油脂性挥发物，能抗寒、抵御流感病毒。美国南北战争时，联邦军队非常依赖它，以避免部队流传痢疾。

胡弦起初不喜欢洋葱气味，又说洋葱叶子与家葱无异，但家葱的地上茎、地下茎都是堂堂正正地长；不像洋葱，上面看不出异样，地下茎却暗暗长大，似在悄悄搞小动作，像阴谋诡计。他在《菜书》中表示，自己后来变得爱吃洋葱，认为洋葱比许多水果口感都好，觉得用它来比喻爱情最贴切，胜过许多甜甜蜜蜜的水果："洋葱的气味能刺得人流泪，但吃起来，辛辣过后，却有种水灵灵的清甜。爱情开头也许更像甜蜜的水果，但到了最后，更像是洋葱。""不但于爱情，洋葱对于整个的人生都是有启迪的。有人说，回忆过去就像剥洋葱，常常让人流泪。也有人说，生活就像剥洋葱，你必须一层一层地剥下去，虽然有时候你被呛得泪流满面，但你要坚持。"

因为洋葱含有氨基酸亚砜一类的有机分子，赋予它特殊味道。切割洋葱组织，会释放"蒜氨酸酶"（allinase），分解氨基酸亚砜，转换成一种硫化物次磺酸，次磺酸再重组成挥发性硫化物分子，刺激吾人的眼睛神经，逼出眼泪。

我爱吃龙冈黄双芝所做破酥包，她的咸破酥包内馅先用洋葱炒猪肉，风味迷人；我见过黄双芝戴着蛙镜切洋葱，模样有趣，憨厚。其实生洋葱先泡冰水，即可缓和辛呛味。

艾斯基韦尔（Laura Esquivel）小说《巧克力情人》的叙述者一

开始说了一段话："洋葱要细细切碎。我的诀窍是放一小块洋葱在头上，如此就不会边切洋葱边流下泪水。问题是一旦开始流泪，就泪如泉涌，怎么也停不下来。"

洋葱那么美好，为它流下眼泪是值得的。

花 生

春作1月—3月,秋作6月—10月

胡续冬来"中央大学"客座时,送我一包"黄飞红"麻辣味花生,用花椒、辣椒炒山东大花生,味道热情如火,香酥中呈现一种痛快感。

台湾花生即源自大陆东北,《福清县志》载:闽地原无花生,康熙年间由应元和尚从日本引进。康熙年间黄叔璥《台海使槎录》已记载台地种花生:"田中艺稻之外,间种落花生(俗名土豆),冬月收实,充衢陈列。居人非口嚼槟榔,即啖落花生;童将炒熟者用纸包裹,鬻于街头,名落花生包。"日据时期陈金波医生有一首七言律诗《落花生》:

长生佳果出扶桑,移向中原有几乡。
遍地如茵披叶绿,满园若蝶吐花黄。
成油且待添罨盏,作膳犹堪佐酒觞。
我爱秋深收荚日,吃来齿颊永留香。

这首诗叙述花生的形态、功能和香浓滋味。此物浓淡皆宜，食用花生仁，常见的做法是煮和炒。水煮后绵软滑嫩，带着轻淡的甜味；炒花生香味浓烈，非常诱人。

炒花生可口，香酥味在嘴里久久不散，是佐酒饮茗的良伴。我还是大学生时，学长何东升甫毕业即过世；我总是怀念和他一起饮酒吃花生米谈文学的时光，感叹后来只能独自买花生米回到山谷农舍，寂寞饮酒，遂作诗焚寄："如果你恰好路过，一定，／请走进我风雨的山居，我为你／准备便宜的酒、花生和卤菜，以及冬天经常的小火炉；／我爱听你唱小调，偶尔／也提起家乡的恋人。／冷风在天地间飘荡，／岁月在我们之间搁浅了；／一切仿佛才开始，也许，哎，／已经结束。如今槭叶瑟瑟，／芦花翻白，想你芒草漫掩的墓碑，／风侵霜蚀，如一页／斑驳的残卷。"

我想不起来有哪一场朋友聚会餐叙的场合没有花生，它像朋友般亲切、和善、自在。

台湾土地适合种植花生，每年可以收获两次，农历五至七月采收的称为"春豆"，由于采收期正值梅雨季，种植面积较小；农历十月至十二月生产者为"冬豆"，气候较适宜，故农民大量种植，产量数倍于春豆。

范咸《三叠台江杂咏》十二首之七后四句咏地瓜、花生和蔗糖："地瓜生处成滋蔓，土豆收时祝满盈。更有蔗浆通市舶，羁縻应鉴远人情。"刘家谋（1814—1853）来台四年，他的组诗《海音诗》包括一百首七绝，每首均于诗末加注，以诗证事，引注证诗，对台湾的风土民情、政治、社会和文化，颇多观察与描写，其第十四首："一碗胡涂粥共尝，地瓜土豆且充肠。萍飘幸到神仙府，始识人间有稻粱。"他自注澎地不生五谷，唯高粱、小米、地瓜、土豆而已：

> 以海藻、鱼虾杂薯米为糜，曰胡涂粥。草地人谓府城曰"神仙府"。韦泽芬明经云："郑氏有台时，置府曰'承天'，今外邑人来郡者，犹曰'往承天府'。"神仙，殆音讹也。

花生别名包括：土豆、落花生、番豆、地豆、长生果、落花参、土露子、落地松、落地生、地果、南京豆、番果。有些欧洲国家称为中国坚果。它的生长习性很有趣，开花受精后子房柄向下伸长入土，而后结实，故名土豆。

土里土气的模样却是舶来品，原产于南美，大约唐代传入中土，现今有二十几种，种皮有淡红色、红色、黄色、紫色、黑色等。"黑金刚"花生是台湾特有黑仁种，黑色种皮为一种花青素，可溶于水，且油脂含量低，营养价值远高于一般花生。

中国古代可能有跟花生形态相似的野生植物，然则目前广泛种植者，为南美引进。唐·段成式《酉阳杂俎》中记载"形如香芋，蔓生"，"花开亦落地结子如香芋，亦名花生"。到了清代已经是寻常食物，《红楼梦》19回，宝玉诌故事哄黛玉：黛山林子洞里的耗子精用落花生、红枣、栗子、菱角煮腊八粥。

华人相信花生具药膳功能，可养血健脾、润肺利水、理气通乳、降压通便。主治燥咳痰喘、脚气浮肿、贫血、失眠多梦、血小板减少性紫癜、高血压、白带多、水肿、产后缺乳、肠燥便秘、高胆固醇血症等。《滇南本草》说盐水煮花生能治肺痨，"炒用燥火行血,治一切腹内冷积肚疼"。《药性考》记载:"生研有下痰,炒熟用开胃醒脾,滑肠,干咳者宜餐,滋阴润火。"

花生油色泽淡黄,清亮,香味特别浓郁,适合炸、煎、煮,如加一点煮蛋,能增添风味。花生油含大量亚油酸,能将体内胆固醇分解为胆汁酸排出,令血脂降低。花生榨油后所余之粕是很好的田肥,谢金銮(1757—1820)来台后,作了不少诗描述台湾物产、风俗,《台湾竹枝词》三十一首之十七:"豆荚花开落地生,铜缸膏火万家明。秸灰犹作春畦粪,广注《周官》土化名。"

最吸引我的是,花生中的赖氨酸可延缓人体衰老,其儿茶素也具有抗老化作用,因而被称为长生果。不过,中医书说,阴虚内热、内火素旺者忌食炒花生,也不要与香瓜同食。

花生料理的变化无穷,卤、拌、腌、煮、炒、烤、炸。我爱吃花生,兼及花生加工的食品如花生豆腐、花生酱、贡糖、花生冰、花生糖、花生芝麻糊、花生巧克力……我偶尔买吐司,为的是涂抹一层厚厚的花生酱。

然则花生易对部分人群造成过敏反应,在英国,每年大约有10个人因为对花生的过敏反应死亡。更值得注意的是,花生很容易受潮发霉,产生致癌性甚强的黄曲霉毒素。

带壳水煮的花生若已破裂,或手触有黏稠感,或闻起来酸馊,则已经不新鲜;熟食花生仁若发霉、冒芽,或出现油垢味,宛如友谊变了质,别勉强吃下去。

我的生活中不能没有花生,它有一种朴实木讷的表情,随遇而安,轻易能和他味融合,如五香、蒜味、盐酥、麻辣,好友般,一段时间不见就会想念。

毛 豆

春季产期为2月—4月，秋季为9月—12月

几次到日本开会，晚上多被招待到"居酒屋"小酌，大家坐定，边聊边喝酒边吃盐煮毛豆，1个豆荚内通常有2到3颗豆仁，两指轻捏即滑进嘴里，此乃菜单中必备品项。我喜欢一顿饭由毛豆开场，自然，爽口，带着清新的善意。台湾的日式居酒屋也都备有毛豆，盐煮加黑胡椒粉、八角调味，配啤酒或清酒都非常爽口。

毛豆是未成熟的大豆，即新鲜连荚的黄豆。当鲜荚发育达八分饱满时采收，荚内带有许多茸毛，国人遂名为"毛豆""菜用大豆"；在日本，摘除部分叶片后，整株连茎秆一起包装出售，称为"枝豆"。

黄豆多运用于食品加工，如豆腐、酱油、豆瓣酱、味噌，毛豆则普遍作为蔬食。豆类中本来就属毛豆最适合当蔬菜。

大豆种子种皮颜色有黄、绿、棕、黑等4种，它们只是"肤色不同"，古代称"菽"，"菽乳"即豆腐，豆叶称"藿"，茎叫"萁"；汉代之后才叫豆。曹植"煮豆燃豆萁"已成为骨肉相残的通喻。大豆起源于中国，栽培已超过五千年，《诗经》提到不少，诸

如《小雅·小宛》"中原有菽，庶民采之"；《豳风·七月》"六月食郁及薁，七月亨葵及菽"；《小雅·采菽》"采菽采菽，筐之筥之"……陶渊明《桃花源记并诗》也歌："桑竹垂余荫，菽稷随时艺。"

毛豆喜温怕涝，适宜于夏季高温的温带地区，宋·梅尧臣《田家语》诗云："水既害我菽，蝗又食我粟。"

顶级毛豆在台湾，非基因改造，无添加人工香料、防腐剂，如"高雄九号"豆粒饱满、口感绝佳，天然的鲜甜。

台湾人勤俭持家已成集体习惯，最好的农产品多卖给日本人，次级品才出现在市场；这一点恰恰跟日本相反，日本人很有自信，好东西总留给自己吃，次级品才外销。台湾毛豆多以杀青冷冻制品外销日本。这种好东西咱们应该留着自己吃。

大概国人尚不知毛豆之营养价值和养生功能。毛豆含优质蛋白质、脂质、维生素、矿物质、糖类，素有"植物肉"之誉。其植物性蛋白质属于完全蛋白质，含有人体所需 8 种氨基酸。植物性蛋白跟动物性蛋白最大的差别是，前者灰分呈碱性，后者呈酸性；碱性的灰分可中和体内的酸性血液，并利于肠胃的消化与吸收。毛豆有大量的钾、镁元素、维生素 B 群，膳食纤维丰富，还含植酸、低聚糖等保健成分，常吃能降低胆固醇，保护心脑血管和控制血压，预防脂肪代谢异常。

此外，毛豆的卵磷脂含量也很高，可以改善高脂血症以及抑制肝脂肪蓄积，预防老人痴呆。所含的异黄酮类（isoflavonoids）物质，可以消除活性氧的作用；皂苷（saponin）则有抗老化作用……这一切，完全是我需要的，好像上天特别的配方，用以怜悯我这样的糟老头。

购买时，要注意豆荚选仍有光泽、茸毛明显者；不新鲜的毛豆往往浸过水，若豆荚发黄、茸毛色暗晦，豆荚易开裂，剥开时豆粒与种衣脱离，则表示不新鲜了。

连荚盐煮，若适度添加花椒、辣椒和桂皮，更诱人。胡续冬有一首诗《到哪里能买到两斤毛豆》叙述说话者嗜吃毛豆，依赖它攻读学位，妙趣天成："天天向上到了硕士毕业论文的答辩期。／'为什么没有部分毛豆进京，在春夏之交的／烦躁的舌苔上，掀起一场毛茸茸的小革命？'／在国家安全局对面的西苑早市上／他找到的全是蚕豆、豌豆、豇豆、／老于世故的黄豆和被和平地演变了的／荷兰豆。'只需两斤毛豆，一小撮／别有用心的八角、桂皮、辣椒和花椒，／一斤用于追忆似水年华，一斤用于充当／通往博士的游击路上开小差的军粮。'"

我想象，盐煮毛豆若成为日常零食，未经加工的毛豆取代油炸花生、洋芋片，将是美好的饮食文化。

程步奎《回文诗·第七章》里的毛豆则饱满着情意："我为你写诗，在大雨倾盆的街巷。我们走进一家小饭铺，／点了一碟熏鱼、一碟毛豆百叶雪菜、二两白酒，回到了梦寐思服的江南，随着太湖里扬起的白帆，心神荡漾。"

江浙菜中的黄豆蹄花虽然好吃，我却更爱毛豆菜肴。毛豆表现的是青春美，在它尚未老成黄豆时，带着珍惜的意思。煮毛豆、卤毛豆、五香毛豆、毛豆笋丁炒鸡丁、酱瓜炒毛豆、毛豆榨菜肉丝、毛豆炒虾仁、啤酒毛豆鸭……

我下厨的初期，毛豆炒豆干是家常菜。我常买超市的冷冻毛豆，放在冷冻库，加大蒜稍稍烹炒即软，美味，快速方便。豆干是黄豆的变身，毛豆是黄豆青春时的肉体；不同的生命历程共同成就美味，真像老少共撑一把油纸伞，在风中雨中。

大　蒜

2月—3月

冬日，街头火锅店总是门庭若市，往往一位难求。可惜多数火锅店都乏善可陈，许多时候我走进火锅店，只是为了大蒜，在调味碟中加进些许生萝卜泥、辣椒末、酱油和大量的大蒜，遮掩那些奇怪的加工食品。我的生活中不能没有大蒜，吃香肠没有大蒜怎么办？吃水饺、吃面、吃各种腌渍食品没有大蒜怎么办？

我大胆以为，英国食物乏味，可能是大蒜用得太少。华特夫人（Mrs. W. G. Waters）在《厨师十日谈》（*The Cook's Decameron: A Study In Taste*）中说："英国人从未认识到应该谨慎地使用大蒜。""大蒜适当地运用在汤里，是烹调术的灵魂和基本核心。"

在普罗旺斯，几乎所有菜肴都离不开大蒜，空气中弥漫着大蒜气味，大仲马在他的书中断言：呼吸这样的空气有益健康。

大蒜是调味佳蔬，印度医学之父查拉克说大蒜"除了讨厌的气味外，其价值高过黄金、钻石"。其硫化物含量是蔬果之冠，也许如此，欧洲民间传说，大蒜能驱逐吸血鬼。

西班牙卡斯蒂利亚国王阿方索痛恨大蒜,下达禁令:吃了大蒜的骑士,至少一个月内不准在宫廷露面,而且不准跟别的骑士交谈。

完整的大蒜是没有气味的,只有在食用、切割、挤压或破坏其组织时才有气味。大蒜的辛辣味源自大蒜素,它会刺激身体中热和痛的受体分子,令人感到灼热、刺痛。其性格辛烈、泼辣、刺激、炽热,有点像美国小说《飘》里的郝思嘉,直来直往,务实,叛逆,性格坚强却缺乏理性。

大蒜以辛烈之性刺激、融合他物,丰富他物的味道,也温柔了自己;如面包上的香蒜,辛辣消失了,变得柔滑、芳香;又如鱼、肉因为有了大蒜去腥而鲜美,大蒜成就了鱼、肉的同时,也柔和了自己。《飘》里的白瑞德也很辛辣,几近无赖,爱上郝思嘉之后,变得深情而温柔。

大蒜,一般叫蒜头的是指其鳞茎,有膜质外皮包覆;蒜叶则唤青蒜、蒜苗;其花柄则称蒜薹;全都可作为蔬菜吃。大蒜品种甚多,按鳞茎外皮的色泽可大别为紫皮蒜、白皮蒜两种。有一次餐会,郭枫先生赠我一颗大蒜,谓徐州独头蒜,剥开来吃,甚为辛辣。独头蒜为中国传统的蒜种,最好的独头蒜在云南洱源县。

目前常见的分瓣大蒜原产南欧、中亚,乃张骞出使西域带回,故又称"胡蒜",北魏·贾思勰引《博物志》曰:"张骞使西域,得大蒜、胡荽。"《齐民要术》载"八和齑"制作方法,其中重要的一味就是大蒜:"蒜:净剥,掐去强根,不去则苦。尝经渡水者,蒜味甜美,剥即用。"

红蒜一般较柔和,有些甚至带着甜味,如美国华盛顿州所产的英吉利红蒜(Inchelium Red)、切特的意大利红蒜(Chet's Italian

Red)、危地马拉依柯达大蒜（Guatemalan Ikeda）。西班牙罗杰（Spanish Roja）被形容为世界上最辛辣开胃的大蒜，口感最受欢迎。

有些个性较强悍的品种，送进嘴里，好像刀尖摩擦舌头。然则我还是喜欢生食大蒜，加热过的大蒜会失去辛辣味，变得温和，缺乏主见。台北有些较高档的牛排馆，炭烤牛排上桌时，总是附上整球的烤蒜瓣；蒜头经烤熟，已无辛辣味，口感像糕点。

大蒜具保健与治疗功效，《本草纲目》："其气熏烈，能通五脏，达诸窍，去寒湿，避邪恶，消痈肿，化症积肉食。"《随息居饮食谱》："生者辛热，熟者甘温，除寒湿，避阳邪，下气暖中，消谷化肉，破恶血，攻冷积。治暴泻腹痛，通关格便秘，避秽解毒，消痈杀虫。"它有明显的抗菌、杀菌、抗原虫作用；也能利尿、抗衰老、保肝；还能降血压、血脂、血糖、胆固醇、甘油三酯，防止动脉粥样硬化。少量食用大蒜，能促进胃蠕动和胃酸分泌。

据说吃大蒜要先切成薄片，让它接触空气一刻钟，氧化之后才能产生抗癌的大蒜素。中医说，大蒜素能有效抑制癌细胞活性，造成癌细胞死亡，还能激活巨噬细胞的吞噬力，有延长生命的作用。常吃大蒜可以防止铅中毒，抑制亚硝酸盐在体内合成和吸收，减少胃、食道、大肠、乳腺、卵巢、胰腺、鼻咽等器官的癌变。

元·王祯盛赞大蒜："虽久而味不变，可以资生，可以致远，化臭腐为神奇，调鼎俎，代醯酱，旅程尤为有功，炎风瘴雨之所不能加，食饐腊毒之所不能害，此亦食经之上品，日用之多助者也。"

我服兵役时演习，部队急行军来到乡下，半夜草草睡在鸡寮旁，农舍妇人深表同情，赠予一袋大蒜，说生吃能杀菌消毒，希望她在金门服兵役的儿子也有人关心。那袋大蒜伴随着几天的军事演习，陪伴我，永远在记忆中飘香。

似乎没有任何草本植物能像大蒜，在烹饪、医药、信仰习俗上扮演这么繁复的角色，人类热爱大蒜已经超过六千年。埃及第一位法老的陵墓建于公元前3750年，墓穴里发现大蒜模型，显然是用来抵御恶魔，保护灵魂顺利渡到来生。

古希腊作家阿里斯托芬（Aristophanes）的喜剧中，常提到大蒜。相传古埃及在修金字塔的工人的日常饮食中添加大蒜，以增加力气，预防疾病。

希腊诗人荷马在诗中描述奥德修斯多亏了黄蒜（Yellow Garlick）才智取邪恶女巫喀耳刻（Circe），逃过一劫；那些没有黄蒜的同伴都变成了猪。

华人食蒜较晚，大约到了西晋，老百姓才常以大蒜佐饭。《太平御览》载晋惠帝逃难时"道中于客舍作食，宫人持斗余粳米饭以供至尊……市粗米饭，瓦盂盛之。天子啖两盂，燥蒜数枚，盐豉而已"。

我无法克制对大蒜的爱慕，虽然很多人厌恶它的味道；厌恶是他家的事，莫来跟我讲话就是。然则中医理论认为，长期吃太多生蒜，易动火、伤肝、损眼；我经常从早餐就开始吃大蒜，难怪变成一个头昏脑涨、记忆力衰退、脾气暴躁的糟老头。

空心菜

3月—12月

新生南路那家卖羊肉的餐馆到了用餐时间总是人满为患,店家遂在骑楼摆了桌椅。肉香飘上街,空气激动,仿佛嗅觉的招徕,令饥肠号叫,心神难安,身不由己被引进店里。其实我只爱他们的沙茶羊肉炒空心菜,沙茶羊肉和空心菜像个性迥异的一对佳偶,互相体谅欣赏,乃结构出难以抗拒的滋味。我常搭配一碗饭、一碗羊肉汤,堪称美好的一顿。

空心菜"气烈消烦滞,登俎效微劳",明快,清脆,荤素相宜,特别适配辣椒、大蒜、豆腐乳、豆豉、沙茶、虾酱等浓烈辛香调味料。

我跟孙中山先生一样,也爱吃虾酱炒空心菜;孙先生当了大总统,宋庆龄仍经常为他准备。章太炎先生亦酷嗜空心菜,尝谓夏天"不可一日无此君"。

虾酱炒空心菜在马来西亚唤"马来风光",是空心菜炒参巴峇拉煎(Sambal Belacan),即峇拉煎(Belacan)加上参巴辣酱(Sambal),经常混合了虾酱、酸柑汁、辣椒、糖。峇拉煎是马来西亚的一种虾膏，又名马拉盏、巴拉煎，是将加工后的小银虾盐渍、曝晒、发酵；反复4至5次工序，再以机器搅碎，加入胡椒粉，定形。此酱此膏带着强烈的南洋气质、赤道性格。

空心菜因茎部中空而得名，又名蕹菜、壅菜、瓮菜、应菜、藤菜、无心菜、空筒菜、通菜、通心菜、葛菜等等，故乡在亚洲，乃亚洲特有蔬菜，中国主要分布在长江以南多水地带；品种不少，诸如叶片呈竹叶形的泰国空心菜、白梗、青梗、青叶白壳、丝蕹、吉安蕹……开的花像牵牛花，大别为白花种及淡紫色花种。白色花的空心菜，其茎通常为绿色的；开淡紫色花的，其茎则为紫红色。

最早能见的文献记载是晋代嵇含所撰的《南方草木状》："蕹，叶如落葵而小，性冷味甘。南人编苇为筏，作小孔，浮于水上。种子于水中，则如萍根浮水面。及长，茎叶皆出于苇筏孔中，随水上下，南方之奇蔬也。冶葛有大毒，以蕹汁滴其苗，当时萎死。世传魏武能啖冶葛至一尺，云先食此菜。"冶葛即野葛，是一种毒草，又叫胡蔓草。没事表演吃毒草？曹操还真爱现。现代医学已证实它含丰富的类胡萝卜素及类黄酮抗氧化物，和人体不能合成的8种氨基酸；能降血压、降血脂、降胆固醇、改善血糖，具通便解毒的作用。

蕹菜性格像野菜，可粗分"园蕹""水蕹"，水蕹的叶片较肥大，呈三角形；园蕹长在土里，菜叶细长呈剑形。园蕹折断茎干埋入土中，能从节处长出新枝；水蕹生命力尤强，挈茎掷入水里，即会生根繁衍。

清·吴其濬《植物名实图考》叙述一段吃空心菜经验："余壮时以盛夏使岭南，瘅暑如焚，日啜冷齑。抵赣骤茹蕹菜，未细咀而已下咽矣。每食必设，乃与五谷日益亲。"不过，空心菜虽好吃，却富含膳食纤维，牙齿知道，肠胃也知道，应多咀嚼几下，实不宜如此猴急吞咽。

我们吃空心菜皆叶、茎一起食用，它物美价廉，一年四季皆能采收；即使被台风摧残，也很快能复耕上市，堪称台湾最不虞匮乏的鲜蔬，台谚"食无三把蕹菜，就欲上西天"，喻好高骛远、不实在、缺乏实务经验，可见吾人要努力吃蕹菜。

厦门曾有一"蕹菜河"，因河中种植蕹菜而得名，清乾隆年间，在闽南任过职的张五典有咏蕹菜诗："嫩绿浮春池，苇筏作畦亩。细茎间脆叶，泥沙未能垢。雅胜僧房䔧，宜点葡萄酒。借问种者谁，恐是抱汲叟。"

蕹菜就像它另一个名字无心菜，没有太复杂的心思，耐涝耐热，生命力顽强，就是不耐寒。台湾各地皆产，生产旺季在夏天，常见浮生于水田、沟渠、溪畔及沼泽湿地，遇水而盛，如稍有水流，生长起来会较肥大；本性随遇而安，不讲究环境，且常成丛生长。种植在水田、池沼的"水蕹菜"，叶、藤管都比旱地的大，口感较嫩。

空心菜的铁质含量高，烹炒时容易变黑，必须急火快炒，或加入醋、柠檬汁以延缓氧化。水耕空心菜比土耕的不易变黑。选购时自然以鲜嫩翠绿为佳，水蕹较不耐储藏，宜挑无气根的嫩枝，若茎旁长出嫩芽，表示老了；园蕹若带根冷藏，则能维持五六天不虞黄化凋萎。

台湾蕹菜长得很标致，我尤其钟爱温泉蕹菜。礁溪温泉属弱碱性的碳酸氢钠泉，适宜部分农作物生长，如蕹菜、丝瓜、茭白笋。泡温泉的蕹菜，茎肥叶大又纤维幼细，出落得柔嫩水灵、细致滑利。

此菜家人般，家常得不怎么注意它；可它随时在身边，清新、平淡、窝心，给予生活葱郁感，那是生命的叶绿素。

我过了中年才渐渐能欣赏空心菜之美，每次见它总是苍翠欲滴，最宜爆炒；煮汤也不赖，蕹菜汤，蕹菜青青的一碗清淡汤，特别能衬托生活的简单之美。我常追忆少年时和外婆种菜、收割空心菜，镰刀一挥，它又继续生长，自夏徂秋，逐次收成，直到季节过了。季节过了，梦中犹有炒菜香，一种承诺的气味。

绿 豆

春作 2 月—3 月，夏作 6 月—8 月

外带盒饭那女子，将塑料袋套进钢杯，长勺捞了又捞，她大概没感觉后面有人排队，或根本无所谓，缓慢沿锅底捞起来，倾斜，令绿豆汤流掉，如此这般反复地捞了又捞，大概锅子里的绿豆、薏仁所剩无几，每一勺仅能捞出少许豆粒。

这家素食自助餐为了增加菜肴重量，几乎每一道菜都勾芡，我虽然不喜欢，午饭时间还是偶尔走进来，可能意识到这一餐不要吃肉，也可能是为了店家提供的绿豆薏仁汤。

绿豆汤是家庭常备的消暑饮料，绿豆与薏仁尤其有着千年的恩爱。两者结合煮汤，是华人的夏季养生甜品，除了美味，还能消暑除烦，做法是绿豆与薏仁洗净，分别浸泡 2 小时以上，煮的时候也是分开煮，各自冰镇，吃的时候再混合在一起。人体高温出汗，会流失大量的矿物质和维生素，导致内环境紊乱，绿豆含有丰富无机盐、维生素，在酷热天气喝绿豆汤，可及时清热解暑。

普遍认为绿豆原产于印度、缅甸一带，别名青小豆、菉豆、植

豆,野生绿豆则唤胡绿豆。中土早就普遍种植,李时珍云:"绿豆处处种之。三四月下种,苗高尺许,叶小而有毛,至秋开小花,荚如赤豆荚。粒粗而色鲜者为官绿;皮薄而粉多、粒小而色深者为油绿;皮厚而粉少早种者,呼为摘绿,可频摘也;迟重呼为拔绿,一拔而已。北人用之甚广,可作豆粥、豆饭、豆酒,炒食、煮食,磨而为面,澄滤取粉,可以作饵顿糕,荡皮搓索,为食中要物。以水浸湿生白芽,又为菜中佳品。牛马之食亦多赖之。真济世之良谷也。"

可见绿豆是北方日常食物,具药膳功能,所谓"一家煮豆,香味四达,患病者闻其气辄愈"。古籍如《开宝本草》《本经逢原》《随息居饮食谱》《本草拾遗》《本草经疏》多有记载,绿豆具消暑、利尿、祛痘、通经脉、润喉止渴、消肿通气的功效,《本草纲目》载:"煮食,消肿下气,压热解毒。生研绞汁服,治丹毒烦热风疹,药石发动,热气奔豚。治寒热热中,止泻痢卒澼,利小便胀满。厚肠胃。作枕,明目,治头风头痛。"李时珍在书中断言绿豆芽能解酒毒热毒,"诸豆生芽皆腥韧不堪,惟此豆之芽白美独异。今人视为寻常,而古人未知者也。但受湿热郁浥之气,故颇发疮动气,与绿豆之性稍有不同"。

绿豆芽的维生素估量比绿豆更高。明代诗人陈嶷《豆芽赋》赞颂绿豆芽:

> 有彼物兮,冰肌玉质。子不入于污泥,根不资于扶植,金芽寸长,珠蕤双粒;匪绿匪青,不丹不赤;宛讶白龙之须,仿佛春蚕之蛰;虽狂风疾雨不减其芳,重露严霜不凋其实;物美而价廉,众知而易识;不劳乎椒桂之调,不资乎刍豢之汁;

数致而不穷,数食而不斁。虽以赫乎柱史之严,每尝置之于齿牙;蓦矣宪台之邃,亦尝款之而深入;当乎退食之委蛇,则伴其仓米之廪食。至于涤清肠,漱清臆,助清吟,益清职,视彼主人所陈者,奚啻倍蓰而万亿也欤?

此赋先铺陈了天下各种珍奇美味,再叙述豆芽菜的生长、形态,并描写其品格功用,意象灵动,寓意深刻。

绿豆有绿色、金黄色和黑色,绿色又分为油绿豆、粉绿豆两种。油绿豆外壳油亮平滑,质感较硬,适合加工做馅料、粉丝、粉皮,孵豆芽;粉绿豆又称毛绿豆,易熟烂,多用来煮绿豆汤。

当豆荚由绿转黑才能采收,豆荚成熟的时间也不一致,须分批分期及时采收,无法机械化。采收后还要进行两次日晒,第一次曝晒令豆荚裂壳,风选,再日晒,冷藏保存。绿豆属兼作小宗杂粮,种植需大量劳力,台湾的栽培面积大幅度缩减,坊间所售多为进口。

除了熬汤,也常煮粥。我们神往的绿豆粥熬得稀稠适度,泛着米光,飘着豆香;也许有咸鸭蛋、酱菜陪伴着,串联着华人的饮食生活。

大龙峒人黄水沛(1884—1959)作《绿豆粥》:"一饱何曾要万钱,故人杯水抵琼筵。自甘藜藿时恒啜,间食膏粱味益鲜。金谷咄嗟为客办,曹家烹煮并其然。莫教黑白同成腐,烂熟方将口腹填。"藜藿指普通人吃的野菜,诗中还用了石崇的典故,豆粥需慢慢熬,晋代石崇在金谷园宴客,却能片刻间端出煮好的豆粥。《晋书·石崇传》载,崇为客作豆粥,咄嗟便办。每冬得韭萍齑。王恺不能及,每以此为恨。乃密货崇帐下,问其所以。答云:"豆至难煮,预作熟末，客来，但作白粥以投之耳；韭萍齑，是捣韭根，杂以麦苗耳。"于是悉从之，遂争长焉。崇后知之，因杀所告者。

古人好像特别爱豆粥，绿豆赤豆，均可入粥，咸信有保健作用，诸如唐代储光羲、李商隐，宋代陆游、范成大、惠洪，元代杨允孚，明代周砥，清代阮葵生等，皆有诗赞颂。阮葵生《吃粥诗》前四句云："香于酯乳腻于茶，一味和融润齿牙。惜米不妨添绿豆，佐餐少许抹盐瓜。"

苏轼《豆粥》借历史典故说了两个故事：光武帝刘秀起兵之初，被强敌逼得四处逃窜，仓皇来到滹沱河下游的饶阳芜蒌亭，饥寒交迫，幸亏手下大将冯异送来豆粥，化解了劫数。后来，遇大风雨，冯异抱薪，生火给刘秀取暖，刘秀对灶燎衣：

> 君不见滹沱流澌车折轴，公孙仓皇奉豆粥。
> 湿薪破灶自燎衣，饥寒顿解刘文叔。
> 又不见金谷敲冰草木春，帐下烹煎皆美人。
> 萍齑豆粥不传法，咄嗟而办石季伦。
> 干戈未解身如寄，声色相缠心已醉。
> 身心颠倒自不知，更识人间有真味。
> 岂如江头千顷雪色芦，茅檐出没晨烟孤。
> 地碓舂粳光似玉，沙瓶煮豆软如酥。
> 我老此身无着处，卖书来问东家住。
> 卧听鸡鸣粥熟时，蓬头曳履君家去。

江边雪白的芦苇，早晨升起炊烟的茅庐，懒洋洋躺在床上听鸡鸣，估计豆粥煮熟了，散着头发跋拖着鞋就去吃一顿。诗僧惠洪《豆粥》诗也用了那两个典故，并描述具体煮法："出碓新粳明玉粒，落丛小豆枫叶赤。井花洗粳勿去萁，沙饼煮豆须弥日。五更锅面沤起灭，秋沼隆隆疏雨集。急除烈焰看徐搅，豆才亦趋涸涡入。"前半段叙述豆粥的原料，烹制时间和火候，可见豆粥虽则清贫，熬煮却耗时费神。

就像芝麻绿豆，乍看总不起眼，豆子常象征穷人，喜剧之父阿里斯托芬在剧作《普鲁特斯》(*Plutus*)中叙述一个人发财了，就"再也不像个扁豆了"。豆子也象征萌芽、成长和生命，古人赋予豆子超自然力量，古巴比伦的迦勒底人（Chaldean）相信人死后会变成蚕豆；埃及法老用小扁豆陪葬，借小扁豆带灵魂上天堂……

相传绿豆做枕头可令眼睛清亮，我睡了好几年，似乎无效，眼睛依然浊，依然识人不明。

绿豆之为用大矣，如绿豆海带汤、绿豆凉粉；此外，绿豆做成粉、甜品如绿豆糕、绿豆椪，皆是高尚茶食，也是很有面子的伴手礼。华人世界常见绿豆汤、绿豆粥；绿豆冰沙台湾才有，乃绿豆泥、冰沙、蜂蜜的组合。

我在"三少四壮"专栏初谈绿豆时曾说，绿豆蒜口感滑爽绵密，甜而不腻，最初以热食出现。烈阳下的南台湾永远需要一些消暑退火的东西，很快就转变成冰品："源于恒春半岛的绿豆蒜是脱壳后的绿豆仁，可能是状似拍碎的蒜头，故名。"不久《人间副刊》转来张悦雄先生长信，指正绿豆蒜名称的由来：

> 老朽是地道的恒春人氏，就记忆所及，绿豆蒜取名的由

来，完全和它是不是"状似拍碎的蒜头"无关。儿时的恒春，偏远，偏僻几无多识者。每当夜色昏黄，落山风起时节，但见一位年约四五十的"一条汉子"，担着一副像剃头担子的物事，一边摆几传碗筷（铁制汤匙），一边小火炉上煨着一锅清澈淡白勾芡去皮绿豆，在灯影下，在沙尘满街的小道上，一声声吆喝："绿豆蒜哦，绿豆蒜哦。"常常记起，这时候，祖母就会推开家里那道透风透光的柴扉，嚷着："蒜啊！来两碗绿豆蒜。"原来，担着绿豆蒜沿街叫卖的"汉子"，他的诨名就叫"蒜啊"（真实姓名已无从查考）。这是五六十年代时的陈年往事了。

恒春半岛辟为公园之后，绿豆蒜也跟着红火了起来，只是蒜啊的沿街叫卖"绿豆蒜哦，绿豆蒜哦"的声音，已消失在街灯昏黄的苍茫里，蒜啊这条"汉子"也湮没在时间的长流里了。现在的所谓绿豆蒜不但已换成黑（红）糖的焦黄色色彩，里头还多了龙眼干、粉粿等等物事，已丧失了他原有的清纯和原汁原味。

张先生是恒春南门人，字里行间感觉他非常谦逊，以上记述的童年经验相当可信，也十分宝贵。

我难忘那个酷热的三伏天，秀丽参加了她最后的家庭旅游，我驾车来到宜兰，加入"北门绿豆沙牛乳大王"排队人龙，端了一杯绿豆沙牛乳给病妻，嘱她慢慢喝。调理台上摆满了各种水果，翠绿的柠檬、四季橘，褐绿相间的骆梨，鲜黄的橙子、葡萄柚，果汁机忙碌运转，似乎有些水汽被烈日蒸腾，亮晃晃地让人睁不开眼睛。我们共同的时光，和生命中一些疼惜的也被蒸发，了无痕迹。

绿竹笋

4月—10月，5月—7月盛产

竹笋有一种特殊的清香，又裨益健康，能治高血压、高血脂、高血糖，而且对消化道癌及乳腺癌有一定的预防作用，自古被视为山珍。台湾颇有一些好笋——花莲光复的箭竹笋，头城、南澳、乌来和桃竹苗一带的桂竹笋，观音山、三峡、平溪的绿竹笋，嘉义大埔的麻竹笋，阿里山的轿篙竹笋……其中我尤偏爱绿竹笋。

绿竹笋在气温高时成长较快，其产季仿佛一场由南而北的接力赛：屏东（长治），台南（归仁、关庙、佳里），竹苗（竹东、宝山、三湾、狮潭），观音山（八里、五股），阳明山（士林、北投），中央山脉（从三峡、大溪、复兴延伸到新店、木栅），一路传递，台湾人从1月到10月都有笋吃。

北部的绿竹笋尤其美味。观音山山腹遍布竹林，每年5月至10月盛产绿竹笋，口感如水梨。优等的绿竹笋状似牛角，笋身肥胖，弯曲，笋底白嫩无纤维化、颜色均匀无褐化，笋壳光滑，略带金黄色泽；较劣的绿竹笋形如圆锥，外壳略呈褐色，尾端出青。

处理竹笋，最重要的是迅速保鲜，以阻止其纤维之老化，挽留细致清甜的质地。"台湾厨神"施建发教我煮竹笋的秘诀——在能满溢笋的水里先搁入米，煮沸后再放进竹笋，不盖锅盖，以免味道变苦，煮一小时，让锅里的笋持续浸在水里自然冷却，再置入冰箱冷藏两小时。这些动作不仅使竹笋的色泽如鲍鱼，竹笋的纤维也因而充分吸收了粥水而口感更好。岳父七十大寿时，家族聚餐就择定阿发师经营的青青餐厅，吃过青青餐厅竹笋沙拉、竹笋鸡的人，无不赞美。

绿竹笋料理变化无穷，可煮可蒸可烤可焗可焖可炖可炒可拌可煸可烩可烧，可当主角，也可扮配角；能独当一面，也能和肉、鱼、蛋、豆、蔬为伍。其呈现形状有丝、片、块、条、丁，无一不可，入菜的姿态可谓风情万种。

除了清烹，竹笋也适合荤治。例如东坡肉。东坡肉的秘诀并非表象的"少着水，柴头罨烟焰不起"，慢工细火只是基本动作，我试验过，正宗而好吃的东坡肉不能缺少酒和竹笋，酒能有效提升肉质，竹笋则吸收猪肉的油腻，又释放自身特殊的清香。

现在很多餐厅学得皮毛，便也大胆地卖起东坡肉。其实略懂皮毛不要紧，只要让肉、笋、酒三者合奏，并不至于差太远，坏就坏在蠢厨自作聪明——有的只会在切割方正的猪肉上绑草绳，用政客的表面功夫来侮辱食物；有的搁了过量的冰糖或酱油，作风鲁莽；有的竟用太白粉勾芡，看起来就像失败的腐乳肉……

李渔对食物的评价是蔬胜过肉，肉又胜过脍；竹笋，则是蔬食第一品，"肥羊嫩豕，何足比肩"。他有一段竹笋荤治的辩证很有见解：

> 牛羊鸡鸭等物，皆非所宜；独宜于豕，又独宜于肥。肥非

欲其腻也，肉之肥者能甘，甘味入笋，则不见其甘，但觉其鲜之至也。

李渔这段话可以佐证东坡肉的烧法，应该列为厨师的座右铭。先人吃笋的历史可追溯到西周，《诗经·韩奕》叙述韩侯路过屠地，显父以清酒百壶为他饯行，"其肴维何？炰鳖鲜鱼。其蔌维何？维笋及蒲"，席上佳肴有鳖、鱼鲜、香蒲和竹笋，可见竹笋之受重视。

笋的料理方法很多，须注意此物鲜美至极，万不可令陈味掩盖压制，笠翁先生治笋主张"素宜白水，荤用肥猪"，素吃时"白煮俟熟，略加酱油。从来至美之物，皆利于孤行"。我在外面吃笋最怕见沙拉酱、美乃滋覆盖笋上，笋身沾沙拉酱，宛如美人惨遭毁容，令人扼腕悲伤。绿竹笋清啖即佳，口味浊重者稍蘸酱油芥末足矣，奈何江湖上这么多不辨滋味的呆厨，以为胡乱买了沙拉酱就可以上菜，掺入味精就会煮汤。八里"海堤竹笋餐厅"的凉拌竹笋，用芝麻酱取代沙拉酱，清新可喜。

木栅山区是台北市最大的绿竹笋产区，产季从端午到中秋，有四个月的时间。近年每当产季开始，木栅农会举办绿竹笋生产技术大赛，并备办一场绿竹笋大餐，菜色均以绿竹笋为主调变化，包括凉笋龙皇樱桃派、鲍鱼全罐拼酱笋、香笋红枣醋熘鱼、竹香莲子荷叶饭、鲜笋佛跳鱼翅盅、乌骨全鸡嫩笋锅、腐脑笋丝烩三鲜、一品绿竹小笼包、红烧笋块品元蹄等九道。

我最常吃绿竹笋的所在是老泉里的野山土鸡园，通常是一盘凉笋，一锅鲜笋菜脯汤。那些笋都是老板阿俊所植，天未亮他就荷锄采收，他总是循露水辨位，精确寻找未出土的竹笋。

2005年我开办《饮食》杂志之初,曾经向木栅农会订了三桌,在舜德农庄宴请杂志的作者。那时候逯耀东教授还在世,我驾车去兴隆路接了他和逯师母,一路上央求他担任社长。他勉强答应任职三个月,之后改挂编辑委员,理由是社长不能投稿。

我学习饮食之道,虽然不见得是逯老师启蒙,然则我们这一代雅好美食的友人,却都尊他为师。聚餐时,大家好像忽然间失去了味觉,往往先盯着他看,看他筷夹入口后的表情,再决定如何对待那食物。有次在时报文学奖的决审会议上,堆置的稿件旁摆满了各种北京小点,大家只顾吃驴打滚、豌豆黄、艾窝窝、芸豆卷、山楂糕,并未理会冷落一旁的肉末烧饼,逯老师拿起来咬了一口,用眼神示意我赶紧吃,所有人也都注意到他透露美味的眼神了,半分钟之内,那盘肉末烧饼被抢食得干干净净。

2006年,逯老师猝然辞世之后,我邀了一些他生前的吃友,在永宝餐厅用吃吃喝喝的方式怀念他,并请黄红溶演奏巴赫《无伴奏大提琴组曲》慢板乐章和快板乐章。

选择"永宝",是因为这是一家很深情的餐厅,也因为逯老师钟爱这里的古早菜。绰号"老鼠师"的陈永宝从1967年起专营外烩,打响口碑。1979年,遂在木栅保仪路立号开设这家餐厅。"老鼠师"在当年的"千岛湖事件"中遇害,儿女们为了怀念爸爸,接手经营餐厅。第二代掌门人陈钦赐先生完全继承父亲的厨艺,保留古早的办桌滋味,更不断研发创新。

又是绿竹笋盛产的季节,现在永宝餐厅已经歇业,如今也只能追忆和逯老师一起在舜德农庄吃绿竹笋、白斩鸡、豆腐,喝文山包种茶的夜晚。

香 椿

4月—11月

香椿，英文名 Chinese mahogany，别名很多：椿叶、山椿、香椿芽、香椿头、白椿、红椿、猪椿、椿木叶、春尖叶、大眼桐、虎目树。

春天为香椿盛产期，从前都在初春采摘，摘两三次以后就老了，不好食用。现在已经像蔬菜般培育，矮化密植栽培，我们一年四季都吃得到。胡弦在《菜书》中描述他父亲爱吃香椿："早春二月，当香椿树仅仅萌发了几个小红点的时候，父亲会用鸡蛋壳罩在香椿树的枝头上，等椿芽蜷了满满一鸡蛋壳时，摘下。这样的椿芽更加脆嫩，风味殊绝。"

香椿的味道含蓄，散发一种内敛的气质，清清淡淡，仔细咀嚼才能领略其滋味，悠长，隽永，像诚恳而不擅言辞的人，深入交往后，才了解那木讷纯真的性格。金·元好问《游天坛杂诗》：

溪童相对采椿芽，指似阳坡说种瓜。

蔬之属 | 55

想得近山营马少，青林深处有人家。

椿芽是香椿的嫩芽，相当甘美。香椿鲜少病虫害，无须过度清洗；其嫩叶刚萌出时呈赤红色，最香最嫩最好吃，待叶子老了就难以下咽。吃法多样，拌、炒、蒸、炝皆可，我较常用来煎蛋，或凉拌豆腐；无论煎、拌，最好都先焯过沸水。两种食法都很简单，凉拌豆腐加盐、香油调味；煎蛋亦加盐，拌匀蛋液即可下锅。简单而清爽，表现为云淡风轻的美感。

台湾较普遍食用香椿的少数民族是阿美人、鲁凯人和布农人。

香椿干燥后制成粉末，是很好的调味料。坊间较常以酱汁的形式出现，乃烹调良品，拌面、拌饭、炒面、炒饭都好吃，也可以当蘸酱。香椿酱的做法很简单：先洗净香椿叶，沥干，切成小片，再连同香油、盐放入果汁机打成泥状即成。

制好香椿酱放在冰箱，随时取用，美味又方便。佛光山萧碧霞师姑用香椿酱炒饭，再加入些微香菇精和糖，风味绝佳。台北点水楼的陈大仓师傅用新鲜香椿加一点肉丝、蛋，南侨集团研发的膳纤熟饭，糗劲十足。

华人擅用香椿，川菜中的椿芽炒鸡丝、陕菜的香椿鱼皆是具地方特色的传统佳肴。香椿鱼是一道名不符实的菜，它只有香椿，没有鱼，做法是用盐水稍微腌一下嫩香椿，以去除多余的水分；然后裹上用面粉、鸡蛋、油、盐和其他调味料拌成的糨糊，油炸而成。吃的时候可撒一点花椒盐或胡椒盐。

秦风古韵在他的书中说：香椿要吃新鲜和嫩的，也不要吃腌制的；不新鲜和腌制的香椿，会增加大量的亚硝酸盐，长久食用有致癌之虞。我不曾请教过专业医师的观点，不过只有鲜嫩的香椿才好吃，否则了无滋味。

香椿树干直立，高可达50米，宋·刘敞《灵椿馆风折椿树》："野人独爱灵椿馆，馆前灵椿耸危干。风揉雨炼三月余，奕奕中庭荫华伞。"我不曾见过高大的香椿树，原来台北建国花市买的盆景都是幼苗，其实可以长成参天大树。

树叶能这么好吃，算是老天爷疼惜我们。《庄子·逍遥游》"上古有大椿者，以八千岁为春，八千岁为秋"，也因为它可以活得很久，后人常用来比喻长寿，有"椿年""椿龄""椿寿"之说。椿也象征父亲，曰"椿庭"，常和象征母亲的"萱"相提并喻，像"椿庭萱室"比喻父母，"椿萱并茂"就比喻父母健在。古诗文中常提及，如唐·牟融《送徐浩》诗中云："知君此去情偏切，堂上椿萱雪满头。"元·高明《琵琶记》也叙述："书，我只为你其中自有黄金屋，却教我撇却椿庭萱草堂。还思想，休休，毕竟是文章误我，我误爹娘。""女萝松柏望相依，况景入桑榆。他椿庭萱室齐倾弃，怎不想着家山桃李？"

香椿抗氧化功能强，抗癌效果佳，又能清热化湿、润肤明目、健胃理气、解毒杀虫、治疗糖尿病。中医说它性味甘、苦、平。汉代医书《生生编》已记载："（香椿）嫩芽瀹食，消风祛毒。"除了内用，还可以外用，《本草纲目》载："白秃不生发，取椿、桃、楸叶心捣汁，频涂之。"不过，慢性病患者不要多吃。《食疗本草》说："椿芽多食动风，熏十二经脉、五脏六腑，令人神昏血气微。若和猪肉、热面频食则中满，盖壅经络也。"可见此物以素食为佳。太太生病后，我在阳台种了两株香椿盆栽，以便做菜时取用。美味之外，还带着祝福的意思。

野　莲

全年，夏初最盛

方杞说，走，带你去美浓"合口味"晚餐。他是星云大师的俗家弟子，自幼失聪，平常都靠读唇或大嫂帮忙沟通，现在专心驾车，偶尔转头讲几句调皮话，浑然不理会任何回应。我想象他的世界是静谧的，不会有噪音干扰。方杞茹素，为了款待我这个大饭桶，还是热情地点了满桌菜肴，包括客家小炒、姜丝大肠、梅干菜扣肉，他自己只吃清炒野莲。

野莲是美浓特有的野菜，台北货源不稳，想吃得凭一点运气，每次见餐厅有货，总令眼睛一亮。"合口味"的炒野莲，每天现采，用荫黄豆、姜丝拌炒，爽脆，弹牙，带着奇异的清香。

南部人叫它"野莲"，北部人称"水莲"，需生长于洁净之活水塘，里面需有鱼有螺有虾活动才好，采回家用嫩姜丝一起炒，再加一点客家荫黄豆调味，清新可口。

姜丝用来衬托野莲的清香；荫黄豆的功能是调味，取代了盐，此乃客家族群的特色腌酱，新屋乡著名的白斩鹅肉就是靠它，才得以名扬四海。除了作为蘸酱,其酸甘风味,也适合蒸鱼、炒菜。若缺乏荫黄豆,用破布子取代亦可。

起初,这种水生植物生长在美浓中正湖,先民采集来补充日常蔬食,带着维生意义。野莲喜欢热闹,有洁癖;后来养猪废水持续排入中正湖,湖水急遽富营养化。大约在1975年,美浓人才将它当作物栽培,移植到附近的水塘种植,从濒临灭绝中抢救成日常蔬菜;此后,生产与消费持续增加,美浓的粄条店多供应有炒野莲。

栽植野莲像插秧,先种入软泥里;水深影响茎长,放水时不能一次淹没叶片,随着它的抽长,逐渐注洁净的井水入塘。一般人工野莲池深度约150厘米,采收时先放水降低水位,手伸直够到根部处,整株拔起,再摘除叶子,清理附于莲茎的水藻、福寿螺,挑选,带回家仔细清洗,一束束扎起来。

野莲的学名叫龙骨瓣莕菜,又称水莲、银莲花、水皮莲、卷瓣莕菜、一叶莲等等,成长快,价格低廉,采收者需着防水青蛙装,有时必须长久跪着采集,备极辛劳。如今除了高雄美浓还有零星的野生族群,野莲菜已经广泛分布于台湾的池塘湿地中。

野莲花只开一天。其茎采收后须尽早食用,否则快速老化。为挽留青翠的外貌和爽脆的口感,宜用猛火快炒。它带着努力爱春花的启示,光阴令一切发生变化,曾经清洁的环境会变得肮脏,花开花谢,曾经强盛的国家会倾向衰颓,财富不免消耗殆尽,健康的身体忽然就老病了。

它也呈现了台湾社会的今昔之比。它还是野菜的时候,只居住在美浓,总是活得很老,像当时中正湖的野莲就有两三根竹竿那么长,而且像筷子般粗大,烹调之前须先像搓衣服一样,搓软了再炒。

晚近人们才发现了野莲的清香之美。其色泽生机蓬勃,在水底摇曳生姿,莲叶浮在水面上静止不动,娴静的形容,令人心仪,令折磨于生活的精神,有一个翠绿鲜艳的梦。它的内涵很淡泊,一种充分内敛的情感,如此隐约、含蓄、节制,适合在安静的时刻细品。

也因此最宜清炒,有人面对野莲时喜欢加肉丝炒制,不免有蛇足之嫌。像不施脂粉的村姑般多好,清纯美丽,接近时散发自身的暗香,而不是化妆品的气味。美浓人使用黄豆酱快炒野莲,赋予它客家文化的符号,并形塑出新传统,召唤认同的特色青菜。我似乎听见了那召唤。

前几天专程去高雄,在左营高铁站租了一部车,直接就开上高速公路赴美浓,来到"合口味"正好是午餐时分,吃了猪脚封、炒粄条、姜丝大肠,自然不能忽略思念的野莲。

它纤维质丰富,却在咀嚼间展现柔嫩感、纤弱感。吃饱饭,特地去中正湖,野莲的故乡,已经没有了野莲的踪影;倒是旁边开辟了许多野莲田。野莲总是让我想到方杞,一个才华横溢又坦荡的挚友,一条淡泊名利的好汉,江湖少见。

这世界,味觉的喧哗令人沮丧。当舌头疲倦于油腻和溷浊,野莲诉说着安静、淡泊,如清风吹拂着美丽的尘缘。

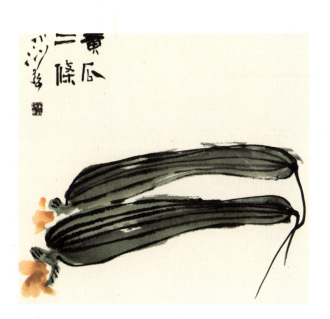

丝 瓜

全年，5月—8月盛产

前几天新闻报道：一个中年男子吃炒丝瓜，觉得很苦，却舍不得丢弃，勉强吃了一盘，导致中毒，严重呕吐、腹泻、脱水。医师表示，苦丝瓜含有葫芦素，会引发肠胃强烈的不适及低血压。

丝瓜的药用价值很高，似乎也不免带着些风险。青春易老，选购丝瓜宜选择饱满、结实、条纹清楚、茸毛密布、色泽浓绿者；若瓜皮显得枯黄干皱，或出现斑点和凹陷，则不能食用矣。

这种葫芦科植物原产于热带亚洲的印度尼西亚或印度，广泛种植于东亚，可能是宋代传入中土，宋·赵梅隐《咏丝瓜》："黄花褪束绿身长，白结丝包困晓霜；虚瘦得来成一捻，刚偎人面染脂香。"它的别名包括：菜瓜、绵瓜、水瓜、布瓜、蜜瓜、蛮瓜、天丝瓜、天络瓜、天罗瓜、天吊瓜、纯阳瓜、天罗布瓜、天罗、天萝、倒阳菜；粤语称有棱的为丝瓜或胜瓜，无棱的为水瓜。

中医普遍认同其功能：通经活络，清热化痰，止咳平喘，凉血解毒，祛暑除烦。丝瓜不可生食，《本草纲目》说"煮食除热利肠",又说"祛风化痰,凉血解毒,杀虫,通经络,行血脉,下乳汁"。《本草逢原》说它性味甘、凉:"嫩者滑寒,多食泻人。"《滇南本草》的说法,恐引发男性的集体焦虑:"不宜多食,损命门相火,令人倒阳不举。"

丝瓜所含的维生素能抗坏血病,预防各种维生素C缺乏症,也有助于小孩的脑部发育,令中老年人维护大脑健康。丝瓜叶可以降低血清、心肌的过氧化脂质,能抗衰老。它的藤茎汁液可保持皮肤弹性,美容去皱。丝瓜汁有"美人水"之称。

被誉为"中国哲学第一人"的金岳霖先生既有烟瘾又有酒瘾,却活到90岁,他特别爱吃胡萝卜丝和丝瓜汤。丝瓜品种多,大别为两类:圆筒丝瓜、棱角丝瓜,两者的叶、花、果实、种子都不同。圆筒丝瓜的果实为圆筒形,无棱角,表面平滑有浅沟,果肉厚,肉质绵软,纤维较粗;棱角丝瓜的果实有10条棱角,果肉较薄,纤维细密且较少,肉质细脆密致。

它的藤蔓善于攀爬,丝瓜架上总是如有心事般,枝蔓纵横。宋·杜北山作诗咏丝瓜:"寂寥篱户入泉声,不见山容亦自清。数日雨晴秋草长,丝瓜沿上瓦墙生。"宋人方凤的诗《寄柳道传黄晋卿两生》前四句也说:"盈盈黄菊丛,栽培费时日。依依五丝瓜,引蔓墙篱出。"丝瓜成熟后逐渐干燥,果实末端打开如盖子,种子随离心力散出,驱赶子嗣出去自立门户的方式很有画面感。

美丽的容颜多老得特别快,丝瓜切开后很容易因氧化而变黑,须把握时光,切莫蹉跎;削皮后过一下盐水,能稍微延缓氧化。它似乎启示我们,积极把握美好的时光。

鲜嫩,是人们对丝瓜口感的基本要求;其美学特征在清甜感,一切烹调手段须避免酱料夺味，不加水，用心维护那层清甜；我无法忍受呆厨下浓油或勾芡烹煮。

我爱吃丝瓜炒蛤蜊，两者一起煮汤、煮面、煮粥也都很美，蛤蜊的鲜结合了丝瓜的甘，各有自己的味道，又能尊重对方的历史，彼此支持，互相发明，如清风走进红树林，诉说陆地和海洋依偎的故事。

然则美丽的事物也会引发感慨，林沉默有一首闽南语诗《灾区菜瓜》以深闺内的千金女喻一条美丽丝瓜：

> 风无扇过、雨无泼过，
> 土石流也无共吓惊过。
> 这条菜瓜面肉标致，
> 温纯纯、幼咪咪，
> 若像春闺后院的千金女。
> ——伊恰受苦受难、
> 折枝烂叶的风台菜无全，
> 一点点仔拢无受损害，
> 宛然是二个世界

丝瓜在这首诗里当然另有所指，林沉默自述："莫拉克风灾引来祸水，农业县水乡泽国，沦为悲惨世界，菜土变菜金。我在南台湾某市集，看到家园残破，惊魂未定、满身泥泞未干的一群灾民，正在围观一条美丽丝瓜。这条娇贵的瓜，摆在灾区菜摊上，是那么的荒诞与可怕。"

丝瓜枯老了，筋络缠纽如织，晒干后是洗涤利器，又称洗锅罗瓜，即丝瓜络；陆游都用它来涤砚，洗得洁净而不损砚。钟铁民《菜瓜布》也叙述："从前农村的妇女，总是有意地要留一些老菜瓜。因为厨房里洗刷碗盘、锅子、灶台，最少不了的就是菜瓜布。菜瓜老干以后，剥开外皮，里面全是软硬适度的纤维组织，敲出种子剩下的就是真正的菜瓜布。"除了洗涤器皿，也能刷净皮肤，我小时候就天天用这种菜瓜布洗澡，好像把毛细孔刷得异常活络，越刷越勇越堪折磨，历经数十年的人生风浪也宛如刷洗身体般平常。

九层塔

全年，5月—10月盛产

相传古希腊、罗马时代，九层塔就有"香草之王"美誉。大概是因其外形层层叠叠，闽南人才如此称呼；客家人叫它"七层塔"。英文名 basil，西餐中叫"罗勒"，又名"零陵香""薰草"。

九层塔性喜温暖，日晒充足之处所产较为芳香。其品种不少，高纬度地区所生长的，味道和香气逊于热带地区；寒带地区所生长的甚至带着苦涩。

台湾全年都产，以夏秋之间最盛，秋末开花后，叶、梗都转为粗老，香气却更浓。这种香草有青梗、紫梗，紫梗香气较强；叶片细小者比乌黑肥大者更香。

这是饱含台湾味道的香草，气味浓郁，略带辛辣，能增添菜肴的风味。烧酒鸡上桌前放一点进去，有意想不到的美味；由于香气独特，它也被广泛运用于海鲜料理。我想象它搭配生鱼片也是美好的。

主要任务是调味，用以去腥添香，其舞台多在汤品、沙拉和酱汁中，台菜常见其身影，如肉羹、鱿鱼羹、生炒花枝、炒海瓜子、炒蛤蜊，以及三杯类菜肴，如三杯杏鲍菇、三杯鸡、三杯透抽、三杯田鸡，或者直接用来干炸，如伴随盐酥鸡出现。或炒西红柿，绿叶衬托红茄，味觉和视觉都十分艳丽；或烤茄子，将茄子烤熟软化，夹九层塔食用。新园乡新惠宫旁有人用来煎饼，成为地方特色美食。

客家人又比闽南人更爱用它来添香，举凡煎蛋、佐羹汤、咸汤圆、焖鱼、炒溪虾、卤猪脚，都常见其身影。客家庄的餐馆常用它垫在黄豆豉酱中，滋味曼妙。

此外，它更是比萨和意大利面不可或缺的佐料，九层塔综合松子、奶酪、大蒜和橄榄油打碎搅拌，即是罗勒酱，也即青酱（Pesto Alla Genovese），地道的北意风味。越南菜也常用来生食以搭配烤肉，或放在蘸酱内以增添香味。我工作室附近有一家比萨专卖店，柴火窑烤，黄昏时买一块"罗勒鲍菇"比萨坐在公园内，边吃边看人们跳舞、运动、游戏。

这种辛香草几乎没有虫害，故多粗放、零星栽培。盛产时，市场菜贩常用来赠送顾客。售价虽则便宜，却适合自家栽种：一则吾人平常用量有限，又不易保鲜；二则做菜时，常临时想到用它，专程跑一趟市场太费劲费时，不若自家院子或盆栽中可随意摘取，因而乃是一般家庭阳台常备的盆栽。

然则九层塔不耐久存，也不宜久煮；放在冰箱里没几天就变黑，放在热汤中也一下子就转黑了。美好的事物多很短暂。羹汤中加九层塔，最好是熄火起锅后才放，才能有效释放芳香；若煮得过于熟烂，叶、梗内的芳香精油挥散殆尽矣。

意大利人最大的贡献就是发现将它浸泡在橄榄油中，能有效储存香味和鲜美。

九层塔生命力顽健,每年春夏间开花,秋季果实成熟后即枯萎,古代谓之"蕙""菌""熏"。由于植株含芳香油,茎、叶、花都有厚重的香气,古人常用以熏衣,或当香包佩在身上。《楚辞》有许多地方提及,用香草来比喻贤能者,诸如《九章·悲回风》:"悲回风之摇蕙兮,心冤结而内伤。物有微而陨性兮,声有隐而先倡。"又如《离骚》:"杂申椒与菌桂兮,岂惟纫夫蕙茝?""余既滋兰之九畹兮,又树蕙之百亩""矫菌桂以纫蕙兮,索胡绳之纚纚""既替余以蕙纕兮,又申之以揽茝""揽茹蕙以掩涕兮,沾余襟之浪浪"……白居易《后宫词》也说:"泪湿罗巾梦不成,夜深前殿按歌声。红颜未老恩先断,斜倚熏笼坐到明。"

它似乎是永远的配角,然则也不尽然。获《饮食》杂志餐馆评鉴五星殊荣的台北点水楼,用九层塔设计了一套宴席,使这配角忽然有了亮丽的身姿,九层塔拌香干、镇江肴肉、半天花九层塔、九层塔墨鱼烧肉、九层塔姜葱鳗片、塔香鲜肉一口酥尤其表现杰出。

我特别欣赏九层塔拌香干,九层塔一变为主角,香得令精神振作。我们在上海常吃荠菜、马兰头拌香干,忽然重新认识九层塔,才惊觉原来真正的美人竟在自己家里。

过　猫

5月—10月

过猫菜即过沟蕨（Vegetable Fern）的嫩茎叶，乃鳞毛蕨科双盖蕨属，台湾少数民族中以阿美人最识此菜，称其为"pahko"，日文为"クワレシダ"。由于嫩叶未展开前，其柄细长，尾端卷曲如凤尾，又叫"山凤尾"。过猫菜的卷状嫩叶一旦展开，即不宜食用。

在花东纵谷的田野、溪涧阴湿处常见这种野菜的身影。现在已堂皇登上大餐馆台面。其生命力强韧，耐湿又耐热，甚少病虫害，栽培日多，台湾以南投、台东、花莲为盛；全年皆可生产，尤以5至10月最当令。

马来西亚称过猫为"芭菇菜"（puchuk paku），迄今仍为当地土著的日常食物，却未大量种植，马来人相信自然野生的芭菇菜，有魔幻神秘的味道与文化魅力，遂连接了艺术创作和民族文化图腾，带着热带雨林的气息。

王润华在我策划举办的台湾少数民族饮食文学与文化国际学术研讨会上发表一篇论文，文中提到孩童时的晚餐桌上常有一盘芭菇菜:"是妈妈或姐姐在河边所采摘的美味野菜。"做法通常是加上峇拉煎(belacan)快炒,或者煮咖喱;"鲜少清炒,虽然芭菇菜的清香、轻脆,口感十分迷人,但带有淡淡的野草味,也有一点泥土气息。但凡是品尝过几次峇拉煎炒芭菇菜,一定令人怀念,甚至上瘾"。他感叹城市里很多华人餐厅为了抬高价钱,常将这道乡土野菜炒虾或肉,伤害了野菜的主体性。其实马来族还是喜欢凉拌吃。

过猫卷曲的末端仿佛一个问号,带着一种隐喻。王润华有一首《芭菇菜》,诗分三段,其中第二段曰:"晚饭时/一大盘炒熟的蕨菜/仍然从泥泞般的马来酱里伸出手/高高地举起巨大的问号/而我们全家人/在众多的菜肴中/最喜爱用筷子夹起问号/吃进肚子里/因为在英国殖民地或日军占领时期/南洋的市镇和森林里/有太多悲剧找不到答案。"王润华来自南洋,芭菇菜连接了成长记忆,有着乡土的呼唤,也有其魔幻性格和殖民色彩。

日前在海口琼菜王美食村吃到五指山野菜,口感近似过猫,清香滑嫩,色泽翠绿。这种鹿舌菜又名"马兰菜",在战争年代是战士的日常菜,故又名"革命菜"。现在野菜是时髦的盘中餐了,有人吃着吃着吃出感慨:从前在落后的旧中国,野菜吃得香却吃得不安宁;如今在高级餐馆品尝野菜,油然升起忆苦思甜的滋味。

过猫冷热皆宜,常见的烹调是凉拌、热炒、煮汤三法。热炒可加豆豉、辣椒、蒜头爆炒,也有人加入鸡蛋、覆菜,以麻油炒食甚佳;我觉得用来炒饭也美味。除了中国台湾、马来西亚少数民族常吃,北美印第安人、大洋洲毛利人也爱吃。

凉拌的调味方式很多,诸如淋上油醋、果醋,或拌以各种沙拉酱、起司、花生粉、腐乳、酱油、芝麻、味噌等等。我的凉拌做法是：过猫洗净，切段，先以加盐沸水汆煮约7分钟，以去除涩味，再浸泡冷水。起油锅，爆香蒜末；下过猫、辣椒、调味料拌炒，起锅前拌花生仁。

过猫的口感滑溜，略带黏涩，菜虫犹不懂得品味，因而完全不需喷洒农药。少数民族居民视为健康养生菜，中医也说它性甘、寒、滑，有清热解毒、利尿、安神功能。过猫在铁、锌及钾含量的表现上都相当突出，属于高钾蔬菜；锰含量也比一般植物多，锰能促进身体发育及血红素生成，对内分泌活动、酵素运用及磷酸钙的新陈代谢有帮助。

过猫是原始生命力的象征，其卷曲的嫩叶色泽如翡翠，姿态绰约撩人；味道宛如一首幽幽的乡村歌曲，清新，纯朴，抒情了我们的日常生活。

番 薯

全年

银行曾馈赠一张新贵通卡,我有时出国走进机场贵宾室,只为了吃一条烤番薯,习惯了,多年来不觉有异。最近两次收到账单,原来已改成须自付贵宾室费用,我吃的那条烤番薯须付 843 元新台币,两条烤番薯,支付 1686 元新台币,当然是我吃过最昂贵的番薯了。番薯其实多很廉价。

龙泉街卖番薯的老伯坐在小板凳上,守着大圆桶里的番薯,生意寒流般清冷,他似乎每天都很疲惫,路过时总是见他闭着眼睛在瞌睡,有时想买又不忍心吵醒他。

卖番薯能够营生吗?利润应该很微薄。我有时在街头见妇女卖烤番薯,圆桶推车上有一面红色旗帜:"木炭烤地瓜,拉把单亲妈。"她们每天推着番薯车游走市区,卖的番薯有点硕大,甜度稍显不足,希望创世基金会能批好一点的货,供应她们;我还是会刻意寻找单亲妈妈的身影买番薯。

我从小爱吃番薯,爱它甜蜜、润泽,轻易就予人愉悦、饱足。

清道光年间，随宦来台的徐宗勉歌咏番薯："交错禾麻皆啈啈，栽培根柢乃绵绵。剥菹绝胜烹瓠叶，应补农书第一篇。"诗作得不好，却对番薯十分赞叹。另一首稍佳："何堪薪桂米如珠，虀甗还留菜色无。篝满争如收黍稷，藤抽果尔敏蒲庐。翻匙雪共齑成粉，切玉香同笋入厨……"清代台湾诗人黄化鲤歌咏："味比青门食更甘，满园红种及时探。世间多少奇珍果，无补饕飧也自惭。"显见番薯在清代已普遍受欢迎。艋舺老街"贵阳街"，旧名"番薯市街"，因早年汉人上岸后，常在此和平埔人交易番薯。连横《台湾通史·农业志》有一段记载，大致叙述了台湾的番薯品种和食用习惯：

> 番薯：一名地瓜，种出吕宋。明万历中，闽人得之，始入漳、泉。瘠土沙地，皆可以种。取蔓植之，数月即生。实在土中，大小累累。巨者重斤余。生熟可食。台人借以为粮，可以淘粉，可酿酒。其蔓可以饲豚。长年不绝，夏秋最盛。大出之时，掇为细条，曝日极干，以供日食。澎湖乏粮，依此为生。多自安、凤二邑配往。薯有数种：曰鹦哥，皮赤肉黄，为第一；曰乌叶，皮肉俱白；曰青藤尾，曰鸡膏，最劣。又有煮糖以作茶点，风味尤佳。

一般咸信，这种块根植物原产于中南美，哥伦布带它回欧洲，明末时期葡萄牙、西班牙水手再将它传入中国；秘鲁中部西岸地区的居民，可能是最早吃番薯的族群。番薯的别称很多：地瓜、红薯、甘薯、山芋、香芋、番芋、金薯、白薯、朱薯、甜薯、红苕、线苕、番葛等等，现在全世界已广泛栽种。

台湾岛屿形似番薯，全年皆产番薯，台湾人也爱以番薯自喻，带着几分自豪和认命。番薯是舶来品，却在台湾落地生根，成为台湾符号。康原的闽南语诗《番薯园的日头光》写日本殖民政府奴役台湾人，也是以番薯为喻："日本人　毋准番薯园／见着　日头光／番薯注定过着奴隶的日子？"吴晟《蕃薯地图》第一段："阿爸从阿公粗糙的手中／就如阿公从阿祖／默默接下坚硬的锄头／锄呀锄！千锄万锄／锄上这一张蕃薯地图／深厚的泥土中。"番薯在全诗清楚指涉台湾，台湾的悲苦和荣耀，传承和血缘，一咏三叹地赞颂番薯人。

芋仔、番薯，分别是1945年后来台的外省人和福佬台湾人的隐喻，人类学家张光直出生于北京，15岁时返回台湾，他在回忆录《蕃薯人的故事》中自承是"芋仔"，也是"蕃薯人"。台湾番薯多为黄肉种及红肉种，林清玄《红心番薯》叙述农夫父亲和番薯的感情：

> 父亲到南洋打了几年仗，在丛林之中，时常从睡梦中把他唤醒，时常让他在思乡时候落泪的，不是别的珍宝，只是普普通通的红心番薯。它烤炙过的香味，穿过数年的烽火，在万金家书也不能抵达的南洋，温暖了一位年轻战士的心，并呼唤他平安地回到家乡。他有时想到番薯的香味，一张像极番薯形状的台湾地图就清楚地浮现，思绪接着往南方移动，再来的图像便是温暖的家园，还有宽广无边结满黄金稻穗的大平原……
>
> 战后返回家乡，父亲的第一件事便是在家前家后种满了番薯，日后遂成为我们家的传统。家前种的是白瓢番薯，粗大壮实，可以长到十斤以上一个；屋后一小片园地是红心番薯，一串一串的果实，细小而甜美。白瓢番薯是为了预防战争逃难而

准备的，红心番薯则是父亲南洋梦里的乡思。

在贫困的年代，番薯常用来代替稻米，清道光年间来台任知县的徐必观写有《地瓜签》："沿村霍霍听刀声，腕底银丝细切成。范甑海苔同一饱，秋风底事忆莼羹。"范甑即饭甑，古代蒸饭的木质炊具。清道光年间台南人施士升《地瓜行》叙述台湾地瓜来源：

> 葡萄绿乳西土贡，荔支丹实南州来。
> 此瓜传闻出吕宋，地不爱宝呈奇材。
> 有明末年通舶使，桶底缄藤什袭至。
> 植溉初惊外域珍，蔓延反作中邦利。
> 白花朱实盈郊原，田夫只解薯称番。
> 岂知糇粮资甲货，啧啧可比蹲鸱蹲。
> 海隅苍生艰稼穑，惟土爱物补硗瘠。
> 不得更考范氏书，丰年穰穰满阡陌。

施士升生平不太可考，仅知他是道光年间生员。另一台南人施琼芳（1815—1868）有一首《地瓜》诗，读来十分可疑，几乎全抄袭自施士升的作品：

> 葡萄绿乳西土贡，离支丹实南州来。
> 此瓜传闻出吕宋，地不爱宝呈奇材。
> 万历年中通舶使，桶底缄藤什袭至。
> 植溉初惊外域珍，蔓延反作中邦利。

碧叶朱卵盈郊园，田夫只解薯称番。
岂知糗粮资甲货，汶山可废蹲鸱蹲。
圣朝务本重耕籍，地生尤物补硗瘠。
不须更考王祯书，对此丰年庆三白。

太平洋战争期间，物资匮乏，番薯是台湾人的重要粮食。直到20世纪四五十年代，贫穷人家休想奢望吃到不加番薯签的纯粹白米饭；番薯才是主食，白米只是点缀，台湾的帽子大王戴胜通就说，他小时候最大的梦想是吃一碗香喷喷的白米饭。

番薯总是价贱，闽南语俗谚："时到时担当，无米再来煮番薯汤"，可见番薯是迫不得已时的粮食。客家俗谚："嫁妹莫嫁竹头背，毋系番薯就系猪菜"，说什么也不愿女儿嫁到深山，过贫苦生活，肩上总是背负着番薯和番薯叶。番薯叶曾经是猪菜，如今是很时尚的健康美食。听说番薯皮含丰富的多糖类物质，能降低血液中的胆固醇含量、保持血管弹性，预防血管硬化及高血压等心血管疾病。连皮一起吃更营养。

大凡蔬果以握在手中具沉甸感为佳，选购番薯亦然，当然要挑形体完整、无发芽、无黑斑、无虫蛀者，最好表皮平滑。未烹熟前勿放进冰箱，以免变干硬走味。

对台湾人来讲，番薯具草根性，带着文化认同的情感；且象征坚忍，耐旱又转喻为旺盛的生命力，扑地传生，枝叶极盛。明·何镜山《金薯颂》：

不需天泽，不冀人功，能守困者也；不争肥壤，能守让者也；无根而生，久不枯萎，能守气者也；予向行江北，天大旱，五谷不登，民食草木之实今乃佐五谷，能助仁者也；可以粉，可以为酒，可祭可宾，能助礼者也；茎叶皆无可弃，其值甚轻，其饱易充，能助俭者也。耄耆食之，不患哽噎，能养老者也；童儿食之，止其啼，能慈幼者也；行道鬻乞之人食之，能平等者也；下至鸡犬，能及物者也。其于士君子也，以代匮焉，所以固其廉以广施焉；所以助其惠而诸德备矣。

随遇而安，生命力顽强，瘠土沙砾之地都可以生存。林清玄《红心番薯》："我在澎湖人迹已经迁徙的无人岛上，看到人所耕种的植物都被野草吞灭了，只有遍生的番薯还和野草争着方寸，在无情的海风烈日下开出一片淡红的晨曦颜色的花，而且在最深的土里，各自紧紧握着拳头。那时我知道在人所种植的作物之中，番薯是最强悍的。"干燥令淀粉沉积，在沙质土壤长大的番薯都比较甜。

烹调番薯的手段无穷，可煮饭、熬粥当主食，亦可融入点心创作，如蜜番薯、地瓜球；自然也能变化出各种菜肴，其叶亦可煮可炒。我尤爱烤制，烤番薯最高级的形式委实是焢土窑。二期稻作收割后，天气转寒，或在番薯田间，就地挖取番薯来烤。

童年的焢窑经验深烙在记忆里，那是生命中最早的野炊和建筑工程。大人挑选一些干土块堆土窑，先用两块红砖固定为炉口，底下是较大的土块以稳定地基，越往上择用越小的土块，往上逐渐内缩，紧密堆成底宽上窄的土塔。我们小孩负责去捡枯稻秆、树枝作柴火烧窑，火越烧越旺，烧到那些土块变褐变黑，就是破窑时：在窑顶开一个洞，放入地瓜和其他食材，捣垮土窑，用烧烫的土块掩埋所有的食材,上面再覆上一层土,填满间隙,夯实,避免热气散失,令食物在里面慢慢焖熟。

开窑时像烟火庆典,围绕着期待、兴奋的眼神,挖宝般小心铲开土块,不时冒出一缕缕白烟,番薯香逐渐浓厚地升上来,立刻夺去了所有人的呼吸。刚出窑的地瓜非常烫,得一直左手换到右手,右手再换到左手,又迫不及待想吃,剥皮,吹气,张嘴,恨不能掏出舌头来扇凉。

焢土窑不仅可以焖烤地瓜,芋头、花生、玉米、茭白笋、鸡、鱼丢进去烤皆美味。这种野炊不需任何器皿,充满了趣味和魅力。火灰、余烬煨焙的食物,有其他烹饪手段所无的烟火气,特别带着人间况味;寒天里,在休耕的田间烧土窑,哪怕只有一个下午,也能温暖一生的记忆。

瓠　瓜

5月—10月

秋风吹起,市场消失了瓠瓜身影,稍微轻忽,又是一年后才能见其芳踪,开始严重地思念它。我爱吃这夏令瓜果,爱那清淡柔嫩的气味和口感,清炒、煮汤都很美。它又对胰蛋白酶有抑制作用,特别适合我这种高血糖的老头。

古人亦采瓠叶作蔬菜,《诗·小雅·瓠叶》首段:"幡幡瓠叶,采之亨之。君子有酒,酌言尝之。"瓠瓜是人类最早种植的蔬果之一,原产非洲和印度。河姆渡新石器时代遗址已出土瓠瓜子,可见中国种植瓠瓜已七千年;瓠瓜密切关联着人们的生活,《诗经》早就记载:"七月食瓜,八月断壶。"古人壶、瓠、匏三名可通用,初无分别。

瓠瓜烹法多元,常见煮、烩、炒,也见诸内馅;可以鲜食,亦宜腌渍、晒干。元代王祯《农书》记载各种食用法和功用:"匏之为用甚广,大者可煮作素羹,可和肉煮作荤羹,可蜜煎作果,可削条作干。小者可作盒盏,长柄者可作喷壶,亚腰者可盛药饵,苦者可治病";"瓠之为物也,累然而生,食之无穷,最为佳蔬,烹饪无不宜者。种如其法,则其实斗石。大之为瓮盎,小之为瓢杓肤瓤可以喂猪,犀瓣可以灌烛,咸无弃材,济世之功大矣"。要之,须掌握鲜嫩时间,莫蹉跎到它成熟,失去了食用价值。

趁其鲜嫩,削成条状,晒干,煨肉甚佳。《红楼梦》第42回平儿送刘姥姥一堆东西,又安慰道:"你放心收了罢,我还和你要东西呢。到年下,你只把你们晒的那个灰条菜干子和豇豆、扁豆、茄子、葫芦条儿各样干菜带些来,我们这里上上下下都爱吃。"

另有一种苦瓠瓜,外形似甜瓠瓜却含毒素,不可食用,误食后可能会出现恶心、呕吐、腹绞痛、腹泻、脱水、大便带脓血等症状。

瓠瓜别称很多:葫芦、瓠子、瓠壶、扁蒲、苞瓜……其花朵和果实的大小、形状相异;果形有棒状、瓢状、海豚状、壶状等等,类型的名称亦视果形而定。各种称呼有点乱,一般依果形粗分为四类:长、圆形称"瓠瓜",有的长得像冬瓜;上下膨大而中夹细腰者呼"壶芦";一头有腹长柄的叫"悬瓠",无柄而圆大形扁者为匏;扁圆形则唤"蒲瓜"。台湾人统称为"蒲仔"。

好瓜的色泽绿白光亮,形体匀称,密生白色茸毛。我们吃那白色的瓜肉,觉得肉质细嫩,纤维少;成熟后,果皮木质化。别看它外在坚硬,却不耐瘠薄,不耐旱也不耐涝,需重肥,更有着柔弱的内在。

鲜食之外,自古亦有令其老熟干燥,用果壳制成各种传统生活器具的习惯,瓠瓜用途极为广泛,能制成水瓢、酒壶、水壶、匙等容器,"一箪食,一瓢饮",用的就是瓠瓜剖开制成的水瓢;苏东坡诗云"道人不惜阶前水,借与匏樽自在尝"亦然。

瓠瓜也可制乐器、灯具、玩具、装饰品等等。瓠瓜中空，乃弦乐器或弹拨乐器理想的共鸣箱，汉代《礼乐志》载："有葫芦笙"，晋代潘岳、王廙、夏侯淳均作有《笙赋》，极言瓠瓜制笙之音色美，可见葫芦加工做笙由来久矣。

宋·梅尧臣五言诗《田家屋上壶》也是描写瓠瓜的叶、蔓、果、特性、味道和功能："修蔓屋头缀，大壶檐外垂。霜干叶犹苦，风断根未移。收挂烟突近，开充酒具迟。贱生无所用，会有千金时。"壶通瓠，瓠瓜中空，能浮于水面，一壶千金、一壶中流皆比喻东西轻微，却在需要时显得十分珍贵。

器具中以酒器最酷。草料场那老兵送豹子头林冲的就是一个酒葫芦，伴林教头在风雪中的山神庙御寒，刺杀仇家。

武侠小说盛产酒鬼，酒鬼不免惹人厌，可身上只要挂了酒葫芦，便多了几分仙气和侠义。我还是文艺少年的高中时期，大概觉得用葫芦灌酒很酷，请人镌刻了一个葫芦图案橡皮章，葫芦内刻"梦湖醉客"；那是在校刊发表文章用的笔名，我拿来当藏书章，印在每一本买来的书内。

它也寄托着人类善良的希望，象征美丽，《诗·卫风·硕人》："手如柔荑，肤如凝脂，领如蝤蛴，齿如瓠犀。"瓠犀是瓠瓜子，形容美人的牙齿整齐洁白。宋·刘子翚有诗赞曰：

溉釜熟轮囷，香清味仍美。
一线解琼瑶，中有佳人齿。

瓠瓜另有一美丽的名字"夜开花"，入夜含羞般开放白花。古人剖瓠瓜为两瓢，称为"卺"，新婚夫妻各执一瓢，一起献酒，叫"合卺而酯"，所谓"共牢而食，合卺而酯"的意思，从此一起吃饭过生活。

这种庶民蔬菜有许多隐喻，当年箕季把瓠羹献给魏文侯，暗示他应该俭朴廉政。孔老夫子自喻瓠瓜徒悬，表示怀才不遇。瓠瓜的外观美、滋味好，家居若幸得土地种植瓠瓜，听风在瓜藤下讲故事，千百遍生活的故事。元·范椁也在家种瓠："岂是阶庭物，支离亦自奇。已殊凡草蔓，缀得好花枝。带雨宁无实，凌霄必有为。啾啾群鸟雀，从汝踏多时。"这首诗多所隐喻，有励志之意。

杜甫在秦州秋深时作的诗《除架》，颇有功成身退之慨："束薪已零落，瓠叶转萧疏。幸结白花了，宁辞青蔓除。秋虫声不去，暮雀意何如。寒事今牢落，人生亦有初。"暮雀离去，秋虫犹诉说挽留，人生聚散倏忽，一如瓠瓜给予的启示。

台湾俗谚："人若衰，种蒲仔生菜瓜。"可见瓠瓜予人珍贵感、幸福感、美满感。我爱吃瓠瓜，它卓然清淡，有一种崇高的味道。清淡美在中国有悠久的历史内涵，尤常见于文化诗学，清相对于浊，淡相对于浓，都显现出高明的价值观，一种云淡风轻的人生境界。

茄 子

台湾中部5月—10月，南部9月—隔年4月

多年前王安忆、李锐、莫言、余华等几个作家来台北，我邀他们在仁爱路一家老字号北方馆子吃饭，除了红烧茄子、芝麻烧饼和褡裢火烧，其他菜肴都很一般，早已面貌模糊；烧茄子入味而糜烂，将近二十年过去了，我仍记得当时和他们共享那蒜香。

入味、糜烂，堪称茄肴的美学特征。茄子一烹即烂，本身的味道不明显，往往依赖葱、姜、蒜、辣椒、肉来帮衬。

可能是对肉的渴望，驱使人们将菜烧出肉味。《红楼梦》的腌茄子就繁缛极了，第41回的"茄鲞"烹调过度，凤姐儿向刘姥姥详述茄鲞的做法："把才下来的茄子把皮𠛎了，只要净肉，切成碎钉子，用鸡油炸了，再用鸡脯子肉并香菌、新笋、蘑菇、五香腐干、各色干果子，俱切成钉子，用鸡汤煨了，将香油一收，外加糟油一拌，盛在瓷罐子里封严，要吃时拿出来，用炒的鸡瓜一拌就是。"

以清淡见长的日本料理，也不免要靠味噌、芥末、酱油来提味。矢吹申彦说茄子是爽口的下酒菜，却不宜生吃，最简单的办法

是搓盐腌渍,茄子对半纵切,抹盐即可,"做这道小菜时需要一心不乱地搓抹,感觉像发疯一样",他在《男性料理读本》赞叹:"吃的时候稍微蘸点酱油,会好吃到让人觉得茄子似乎生吃也不错。"

历代诗人可能数黄庭坚最爱茄子,《谢杨履道送银茄四首》其一所述亦是盐渍做法:"藜藿盘中生精神,珍蔬长蒂色胜银。朝来盐醯饱滋味,已觉瓜瓠漫轮囷。"其二:"君家水茄白银色,殊胜埧里紫彭亨。蜀人生疏不下箸,吾与北人俱眼明。"

然则茄子嗜油已到了狂妄的地步,烧一盘茄子,往往吸附不少油脂。中医说茄子能降血脂、润肺、清肠通便;然则像茄鲞的烹调过程用这么多油(先用鸡油炸,再用香油收,最后用糟油拌),还奢望它能降血脂?血脂没飙高就阿弥陀佛了。

茄子可能原产于东南亚或印度,野生茄具皮刺,驯化后传至世界各地,大约南北朝随佛教传入中国。后魏农书《齐民要术》载种茄子法,不过当时的茄子像"弹丸"般小而圆,历经多次筛选改良才变大变甜。其别称包括茄瓜、矮瓜、昆仑瓜、落苏、酪酥、吊菜子。古梵文称茄为 vatin-ganah,意谓防止放屁的蔬菜。

它的药膳功能古来即被认同,唐·段成式《酉阳杂俎》叙述:"茄子熟者,食之厚肠胃,动气发痰,根能治龟瘃。欲其子繁,待其花时,取叶布于过路,以灰规之,人践之,子必繁也,俗谓之嫁茄子。僧人多炙之,甚美。"嫁茄子的文化习俗太玄,不过我也偏爱焗烤茄子。

鱼香茄子煲兼具川菜和粤菜特色,鱼香是川菜主要传统味型之一,成菜带着鱼香味,却无鱼,而是以泡红辣椒、葱、姜、蒜、糖、盐、酱油等调味品调制而出,味道甚浓,融合了香、鲜、辣、咸、辛、甜。按中医理论，茄子性味甘、凉、滑寒。体质虚冷、脾胃虚寒、慢性肠滑腹泻及肺寒者慎食。然则烹煮时若搭配以葱、姜、蒜、香菜等温热的配料，有互济之功。一般做法是茄子切块，油炸，沥干，加调料用砂锅烧制，并可加入咸鱼提味。

北魏·贾思勰《齐民要术》所述"焦茄子法"庶几接近鱼香法："用子未成者（子成则不好也），以竹刀骨刀四破之（用铁则渝黑），汤炸去腥气。细切葱白，熬油令香（苏弥好），香酱清、擘葱白与茄子俱下，焦令熟，下椒、姜末。"第一句意谓种子未成熟者，茄肉饱满而柔嫩；种子成熟后，吸取较多养分，则茄肉风味逊矣。

茄子嗜油的性格很适合客家料理，客家茄子除了蒜头、辣椒，九层塔尤不可或缺。我的做法是茄子切滚刀块以利入味，略泡盐水以降低吃油量，下锅翻炸、沥油；拌炒蒜头、辣椒等配料，加入些许酱油和九层塔，拌炒均匀。

茄子的品种类型相当丰富，形状包括长形、椭圆、圆形、卵形、梨形等等，颜色有紫、紫黑、橘红、淡绿、白色，紫色最常见，尤为亮泽姣美。南朝梁·沈约一首五言古诗《行园》前四句为："寒瓜方卧垄，秋菰亦满陂。紫茄纷烂熳，绿芋郁参差。"紫茄把紫色表现得华丽而高雅。

茄皮的颜色来自花色素 nasunin，其抗氧化、抑制血管增生的功能甚强，盖肿瘤生长需要血管增生以提供营养，nasunin 可能具抗癌效果。紫茄的维生素 P 含量高，可增强细胞间的黏着力，保持细胞、毛细血管壁的正常渗透压，增加微血管的韧性和弹性，防止毛细血管破裂及硬化，提高我们对疾病的抵抗力。

我从小不爱吃茄子，嫌它糜烂如泥，凉掉后尤其不堪入口；岂

蔬之属 | 87

料年纪大了逐渐喜欢上茄子。口味的改变意味着人生境遇的改变，也许牙口差了，力气耗弱了；也许饱尝过太多苦涩，转而欣赏茄子隐而不彰的甜，轻淡的苦，它的细皮嫩肉表现一种润滑感，绵滑感，完满地包裹着舌头，一种吃软不吃硬的美学手段。

辣　椒

全年，6月—9月盛产

海鲜面上桌，我顺手舀一茶匙辣酱在面上，香味随着蒸气冲进鼻腔，诱引我大口吃面。不料那辣劲十分厉害，来得既迅且猛，好像嘴唇燃烧了，舌头在生烟。

龙泉市场这小吃摊供应的辣椒酱极凶狠，我嗜辣，几度挑战般尝试，越试越怯懦，终于不敢再碰。老板很得意，说是他们用魔鬼椒自制的；我认为这种魔鬼辣酱只宜靠嗅觉欣赏，不慎送进嘴里则摧残舌头，痛觉消灭掉嗅觉和味觉，是一种蛮横的死辣。情急下喝一口热汤，舌头忽然像被毒蝎子咬到，觉得需要马上送医急救。

辣椒之辣劲在于辣椒素（capsaicin）含量，这种化学物质非常顽强，烹煮和冷冻也难以改变；吃下去会引起灼烧之痛觉，却也能促进脑内啡（endorphin）分泌，是令人兴奋的天然止痛剂。

辣度多以斯科维尔单位（Scoville Heat Unit，简称SHU）计量，例如印度的"断魂椒"（ghost pepper）有104万个SHU，曾经公认是地表最辣的，后来被138万个SHU的"娜迦毒蛇椒"（Naga Viper pepper）超越。目前最辣的大概是卡罗来纳死神辣椒（Carolina Reaper），辣度约 156 万个 SHU，更胜特立尼达蝎子壮汉 T（Trinidad Scorpion Butch T）辣椒的 146 万个 SHU。一般来讲，辣椒越小越辣，因为相对于大辣椒，小辣椒含有更多的种子和筋络。

一旦遭辣椒刺痛舌头，喝水无法解救，因为辣椒素不溶于水；有人受不了就灌冰啤酒更错误，盖酒精会增加辣椒素的吸收，非但不能救火，反而是火上浇油。奶制品如牛奶、优格、冰淇淋中含有酪蛋白（casein），才能把辣椒素溶解在水里带走，舒缓痛觉；吃糖也行，因甜味会切断痛觉传输到脑的途径；淀粉类如米饭、面包也可以中和辣椒素中的天然生物碱。

这种茄科辣椒属植物未成熟时呈绿色，成熟后变鲜红、黄或紫，红色最为常见。别称包括番椒、辣茄、辣角、海椒、秦椒、圆椒、尖椒、团椒、唐辛、鸡嘴椒、钉头辣椒。人工栽培的品种甚多，诸如朝天椒、菜椒、小米椒……原产于热带中南美洲，古印第安人早在六千年前即已将其驯化为作物，从秘鲁到墨西哥皆有古人培植辣椒的记录。

目前已识别出近 200 种辣椒。种类太多，甚至连这个词的写法也有点乱，一般用法是：chile 通常指辣椒植株或果实；chili 意谓包含了肉、辣椒或豆子的传统菜肴；chilli 则指商店里卖的香料粉末，包括了辣椒粉和其他调味料。15 世纪末，哥伦布误把辣椒当成生产黑胡椒的植物，乃命名为胡椒（pepper），如今欧洲还以讹传讹。

哥伦布将辣椒带回欧洲，从而传播到世界各地，明代末期传入中土。晋·郭璞有一首四言古诗《椒赞》："椒之灌植，实繁有榛。薰林烈薄，醉其芬辛。服之不已，洞见通神。"诗中所指，应是花椒。明人高濂《遵生八笺》写道："(番椒)丛生，白花，子俨秃笔头，味辣色红，甚可观。"汤显祖《牡丹亭》亦提到辣椒。辣椒起初作观赏植物，后来才广泛成为烹调辛香料，是世上使用范围最广的调味品。典型用作佐料或调味料，能增进食欲。除了鲜椒，辣椒酱、豆瓣酱、泡椒、油泼辣子、豆豉辣椒……花莲名产"剥皮辣椒"，用糖、盐、酱油腌渍后油炸。

世上最嗜辣的可能是墨西哥人，他们吃水果竟蘸辣椒粉，喝龙舌兰酒也是一口酒、一口辣椒汁。辣椒最先从江浙、两广传进中土，却在长江中上游、西南地区流行起来。辣的文化最深刻的大概是四川：水煮鱼、豆瓣鱼、麻婆豆腐、麻辣火锅、宫保鸡丁……我们不敢想象川菜、湘菜、黔菜、滇菜缺少辣椒怎么办，韩国泡菜没有辣椒会多么可怕。

热带地区的人较嗜辣椒，乃是它刺激感官，令心跳加快、逼迫流汗、体温下降，仿佛天然的空调。中医说辣椒：辛，热，有小毒。《本草纲目拾遗》："性热而散，亦能祛水湿。"《食疗本草》："消宿食，解结气，开胃口，辟邪恶，杀腥气诸毒。"辣椒的刺激性强，吃多了会导致内火旺盛。有咳嗽、各种出血症状、口舌发炎生疮、肺结核、胃溃疡、咽喉炎、高血压、结膜炎、痔疮的患者都要忌食。

它的味道虽则强悍，生命力却有点弱，不耐旱也不耐涝，怕霜冻又忌高温。选购时应挑较成熟、干燥、结实而沉重、表皮光亮者。种植辣椒不免使用农药，买回来须清洗洁净。洗净后，晾干，用纸巾包好，放进冰箱保鲜柜内，可延长保鲜期；避免置诸塑料袋内，以免累积的湿气会加速辣椒腐烂。

辣椒之味很深刻，蛮夷之邦对辣就很糊涂，英文的辣等同于"热"，无论辣的层次有多么繁复，那呆舌只感受到热。梁秉钧《黄色的辣椒》一诗歌颂辣椒，爱它的明亮，"照亮了我的餐桌"，并使用了大量的比喻：艳丽的挂毡、微雨的小城、有温泉的城市、擅长刺绣的家乡、跳舞的木偶、唱歌剧的农民、没有桥墩的大桥、顽皮的高音等等，形容其味道，充满了隐喻：

>音乐里破碎的完整
>你借来小提琴的肩膀
>古堡里偷望远方的圆窗
>可能滑稽但却绝不平庸
>你是昨夜的温床
>刚好容得下新的想象

诗人了解辣椒的丰富滋味、质感和色彩；它是一种感性的香料，负着唤醒味觉的任务。艾斯基韦尔（Laura Esquivel）以12道墨西哥菜肴，编织出充满情欲纠葛的《巧克力情人》(*Like Water for Chocolate*)，其中12月的婚宴菜"核桃酱青辣椒"，被视为包裹了所有爱情秘密的人间美味，蒂娜与佩德罗这对恋人，终于卸下数十年来加诸身心的枷锁。

火热、兴奋、趣味，可转喻为生命之火、灵魂之火，它激励人心，带领我们到另一种精神境地。

苦 瓜

6月—隔年3月

幼年家贫,餐桌上多以蔬菜为主,母亲有时煮苦瓜封,算是加菜。母亲遇人不淑,独力抚养我们兄妹,那时她尚未中风,厨艺尚可:苦瓜切成圆环状,去籽;绞肉调味后,加入葱花、太白粉拌匀,塞入苦瓜环内,压实,入锅煮熟。后来我才明白她的心境和讨生活一样,都很郁苦;却都是独自吃苦,从未诉苦。我清楚记得她如何用苦瓜封、小鱼干炒苦瓜抚慰儿女。苦瓜于我,因而有了感激的意思。

台谚"吃苦若吃补",苦瓜有深味,它的微苦相当温和;苦后回甘,其味清淡幽雅,予人圆润感,搭配得宜,更有提味增鲜的功效。台湾苦瓜可粗分为白皮、绿皮、山苦瓜三种,白皮者如白玉苦瓜、苹果苦瓜;绿皮者如粉青苦瓜、大青苦瓜;一般色泽越绿则越苦,山苦瓜深绿色,苦味最浓。山苦瓜又名土瓜、王瓜、苦瓜莲,深绿色,果粒较小,能调节血脂和血糖,抑制脂肪的吸收,被誉为"脂肪杀手"。

苦瓜的味道太深刻了，遂有许多转喻，张芳慈《苦瓜》诗喻岁月的折磨："走过／才知道那是中年／以后弄皱了的／一张脸／凹的是旧疾／凸的是新伤／谈笑之间／有人说／凉拌最好。"

白玉苦瓜晶莹剔透，色白如玉，组织幼嫩肉厚，汁多，苦味较轻淡，是台湾农业改良的优秀品系，经过多年杂交、纯化、筛选而成，强化了抗病性和抗虫性；2013年开始在中国大陆北方试种、推广。

我爱那温润的白、丰美的真实。也斯（梁秉钧）《带一枚苦瓜旅行》运用他擅长的以物喻人，所颂即白玉苦瓜："你让我看见它跟别人不一样的颜色／是从那样的气候、土壤和品种／穷人家的孩子长成了碧玉的身体／令人抒怀的好个性，一种温和的白／并没有闪亮，却好似有种内在的光芒。"诗中又另有所指地说它晶莹如玉：

　　澄澈得教人咀嚼可以开怀
　　我在说每个人该好好说的
　　明白的话里说我自己想说的
　　混乱的话，我独自摆放杯盘
　　隔着汪洋，但愿跟你一起
　　咀嚼清凉的瓜肉
　　总有那么多不如意的事情
　　人间总有它的缺憾
　　苦瓜明白的

也斯好像特别钟爱苦瓜，另一首苦瓜诗《给苦瓜的颂诗》很

美,抄录如下:

  等你从反复的天气里恢复过来
  其他都不重要了
  人家不喜欢你皱眉的样子
  我却不会从你脸上寻找平坦的风景
  度过的岁月都折叠起来
  并没有消失
  老去的瓜
  我知道你心里也有
  柔软鲜明的事物

  疲倦地垂下
  也许不过是暂时憩息
  不一定高歌才是慷慨
  把苦涩藏在心中
  是因为看到太多虚假的阳光
  太多雷电的伤害
  太多阴晴未定的日子?
  我佩服你的沉默
  把苦味留给自己

  在田畦甜腻的合唱里
  坚持另一种口味

你想为人间消除邪热
解脱劳乏,你的言语是晦涩的
却令我们清心明目
重新细细咀嚼这个世界
在这些不安定的日子里还有谁呢?
不随风摆动,不讨好的瓜沉默面对
这个蜂蝶乱飞、花草杂生的世界

全诗描述苦瓜的特质,兼及药理价值。路人皆知苦瓜能清热降火,能明目、助消化、清凉解毒、利尿,对糖尿病尤具疗效,萃取物可抗癌。这种攀缘蔬菜原产于热带,属葫芦科,经过长期的栽培选择,适应性已增强,南北各地均可栽培。选购以外形两头尖、瓜身直为佳,表皮的鳞目越大越饱满,则瓜肉越嫩越厚,苦感稍小。

它的果实如纺锤挂在瓜棚下,瓜面鳞目如瘤状突起,又称癞瓜,形似荔枝,遂又称锦荔枝。其别名不多,《广州植物志》称凉瓜,《群芳谱》唤红姑娘;亦名君子瓜、半生瓜,意谓"苦己而不苦人""不传己苦与它物"的个性,与其他配菜如鱼、肉同炒同煮,会令其他食物更有层次,却不把苦味传给对方,人们誉之为"君子菜"。苦瓜虽苦,却不会把丝毫苦味感染给和它搭配的菜。

苦瓜生吃较苦,其苦味来自果实里的苦瓜素(mormodicine),果腔内的籽和白膜最苦,剖开后宜挖掉。近二十年来流行生机饮食,苦瓜是其中要角,焦妻生前颇信仰生机饮食,逼迫我每天早晨吃五蔬果。我虽则半信半疑,至今仍保持着她规范的习惯,每天早晨出门前,例喝一杯果菜汁,其中的苦瓜味总是最清晰、内敛、深情、善于包容，又坚持自己。

"苦瓜和尚"石涛每天都要吃苦瓜，甚而将苦瓜备奉案头，画作《苦瓜图》笔法恣纵，瓜和枝蔓占取对角线右半边，瓜斜枝下，宽叶细茎，乱点出浑圆的苦瓜，自题："这个苦瓜老涛就吃了一生，风雨十日，香焚苦茗。内府纸计四片，自市不易得也，且看是何人消受。"唯有凄苦过的生命能充分欣赏那滋味吧；唯有对苦瓜用情至深的艺术家，才能有这等美学手段。

世间诸味以苦味最不讨喜，苦瓜之美却是那清苦滋味，它不像黄连那么苦，而是嚼苦咽辛后衍生的一种甘味，轻淡不张扬的甜，一种美好的尾韵。

年轻时总是畏苦，这种条件反射往往要到中年以后，才慢慢能欣赏苦瓜之苦，其间历经了人生的风浪，被生活反复折磨过，欲说还休，坦然接受，复仔细品味。

花椰菜

8月—隔年3月

我喜欢在家烤季节蔬菜：节瓜、花椰菜、蘑菇、杏鲍菇、彩椒、大蒜、洋葱、玉米、茭白笋，简单地撒些岩盐，淋上橄榄油即送入烤箱；有时变换口味，上面覆盖些奶酪丝。端起不断冒烟的大铁盘，绕着餐桌分别夹其中蔬菜给亲友，其中尤以花椰菜受欢迎，轻易就赢得大家的赞美和笑容。

日前参访了埔盐乡施议芳先生的花椰菜园，每棵菜都用纸包裹起来保护着，拆开来看，花薹紧密，白皙，丽人般丰美。除了花菜，菜园里也种了许多自家要用的高丽菜和葱。

花椰菜早就是欧洲人熟悉的食物，罗马人称之为 caulifora，意谓一种开花的甘蓝菜，英文名 cauliflower 就是 cabbage flower 甘蓝菜花的缩写；目前流行的是12世纪在西班牙培育的品种，大约在16世纪从地中海东部传入法国。华人和它相见恨晚，20世纪初才传到中土，现在已普遍种植。坊间偶尔也出现罗马花椰菜，外形像鲜翠的绿珊瑚，甚是美丽。

这种十字花科的蔬菜是甘蓝的变种,主要食用的部位是植株的花球,即是由肥嫩肉质的花梗组成,整棵菜确实像一朵硕大盛开的花。一般粗略分为白花菜和青花菜,白花菜又称花菜、菜花或椰菜花;青色种花菜叫青椰菜、西兰花,或称美国花菜,英文名broccoli,乃意大利的埃特鲁斯坎人(Etruscan),从甘蓝菜选植培育而成。

在蔬菜中,它的营养价值相对不算高,比较丰富的是维生素C,可口感甚优。台湾以冬天、春天所产的花椰菜最清甜;到了夏天,口感逊矣。

花椰菜不宜久煮,氽烫一下即可,炒或蒸都很好吃,做生菜沙拉尤其好,可惜冬天不适合吃生菜。氽烫绿花椰时水里加点盐,白花椰则加少许醋,我通常用大蒜、咖喱、鸡汤略炒,或清洗后焗烤;冲洗前,可浸泡盐水除虫。

早就听说花椰菜可抑制癌细胞生长和繁殖,堪称广效性抗癌食物。徐明达教授在《厨房里的秘密》中证实:咀嚼生菜花时,菜花中的酶会将萝卜硫素从配糖体释放出来,萝卜硫素是一种植物自然生产的化学防御武器,它有抗发炎、抗癌、抗菌及解毒的功能,也有保护皮肤免于紫外线伤害和治疗脑出血的作用。不过,高温烹煮会破坏酶和萝卜硫素。

彰化是台湾花椰菜的主要产地,尤以埔盐乡、福兴乡为盛,品种甚夥,花球表面紧实,白色花梗者较软烂;花球表面松疏,淡绿色花梗者较爽脆。

白花椰菜的保水性比绿花椰菜弱,绿花椰菜口感较脆,而白花椰菜口感偏软。有趣的是,日本婚礼中新娘拿捧花,新郎则拿花椰菜，它似乎在暗示：婚姻生活要取得平衡，浪漫中显然也需要务实。

埔盐乡素有"蔬菜的故乡"美誉，产量为全省之冠，除了盛产水稻，也广植各种蔬菜，有时花椰菜、高丽菜生产过剩，农家就铺在空地上晒成干，脱水后保存，如永乐小区以传统日晒方式制成的菜干，风味绝佳，有一种阳光加持过的香，"永乐菜干"久而成为值得信赖的品牌，形成独特的产业文化，用菜干制成的鼠曲粿也颇受欢迎。

花菜干是花椰菜年老的躯体，虽然不再青春，却蕴藏着成熟的秘密，饱尝过生命的淬炼、阳光，智慧般的味道。也斯有一首诗歌咏菜干："总喜欢青翠的年华／喜欢吹弹得破的肌肤／一个潮湿的生命一个绷紧的生命／来到一个不知怎么样的生命／／从前不喜欢阿婆的满脸皱纹／不喜欢阿婆的黑色衣衫／老是从里面换出一些什么来／那是我们打了褶的过去吗？／／你说瘀青的身体里／真的曾有矫健的身体？阿婆让我再喝你煮的汤／试尝里面可有日子的金黄。"

用埔盐花菜干炒大肠甚美，大肠的脂香，和花菜干的陈香、咸香，两者相辅相成，激荡出辽阔的乡土风情，吃一口，仿佛置身花椰菜园，脚下是结实累累的花椰菜和高丽菜，空气中吹拂着青葱气息和轻淡的施肥气味。

花菜干个性随和、亲切、深刻，像一首母亲的歌。不管怎么烹煮都可口，和白米饭、地瓜粥十分适配，煮清汤或排骨汤也非常迷人。四十几年了，我永远记得餐桌上的清炒花菜干，如何填饱一个贫穷孩子的肚皮。

高丽菜

抵达武陵农场国民宾馆已是黄昏,提行李上楼感觉处处老旧味;进房,立刻被阳台外的高山景色迷住了。下楼晚餐,葱油鲜鱼,清炒高丽菜,火锅;菜烧得一般,那盘高丽菜却清新动人,甜、脆、纤维细。

那时候珊珊尚未上幼儿园,翌日登山,父女在桥上俯视七家湾溪的樱花钩吻鲑,冰河期孑遗的陆封性鲑鱼。仿佛昨日。

几次旅宿武陵国民宾馆,用餐时一定点食高丽菜,武陵农场所产高丽菜,好像随便用虾米清炒即十分甘甜,那滋味像一支辽阔的山歌,带着雪山的壮丽和七家湾溪的清澈,余味无穷。

高丽菜含有抗发炎的谷氨酰胺(glutamine),这种氨基酸是肠壁、肝及免疫细胞的重要养分。高丽菜学名"结球甘蓝",别名包括:卷心菜、圆白菜、包心菜、莲花菜、疙瘩白、莲花白、花白、茴子白,原产于地中海沿岸、小亚细亚一带,16世纪传入中国,叫"洋白菜"。至于传入台湾岛,有人说荷兰人引进,有人指日本人引进,并附会有一批高丽人来示范栽种,台湾人遂呼之为高丽菜云云,说法非常可疑,恐只是穿凿附会。之所以叫高丽,应是译音,此菜荷兰文 kool，英文包心菜沙拉 coleslaw 即从荷兰文转过来。

台湾山区流行种植高冷蔬菜，尤其是高丽菜。每逢假日，连低海拔的阳明山路旁都有人摆摊卖菜，不知那些菜是否真的是山里农家种植，有些游客还专程驱车上山买菜。

高丽菜性喜凉爽，高海拔山区所产因日照充足，日夜温差大，气温骤降时，会迅速在细胞液中累积糖分，口感较甜；又，外部受霜冻而纤维化，内部仍持续生长，高丽菜遂形成桃状。高丽菜砍收后，再长出的腋芽唤高丽菜芽，在餐馆很受欢迎。

台湾冬季低温不足，高丽菜无法顺利开花，因此多利用高山栽培，严重影响生态环境。高山农业有其历史根结，最初是荣民的奋斗故事，福寿山、西宝、清境（见晴）、武陵四大高山农场，随着开发中横而成立。然而台湾山坡过陡，本不适合务农，浅根蔬果更因施用大量化肥农药，污染水源。

高利润诱引投机，财团租借了少数民族保留地，扩垦、超限利用，每逢暴雨辄造成土石流崩塌。如果美味竟付出环境代价，我宁愿一辈子不再吃尖头甜脆的高丽菜、水蜜桃和甜柿，不再喝高山茶。期待高丽菜下山。

幸亏台南农改场成功培育出耐热的"台南1号"新品种，翠绿，结球紧密，清甜多汁，适宜在平地种植。

台湾高丽菜特别好吃，一年四季都生产，秋冬春是盛产期，尤以冬天为佳，主要产地在彰化、云林及南投县。夏天台风季，高丽菜产量锐减，乃自印度尼西亚、越南进口，较硬，乏甜度和脆度，叫"石头高丽"。

高丽菜比一般蔬菜耐储存，似乎隐喻其坚忍性格。我们挑选时大抵从外观、颜色、重量来判断。最外层的菜叶呈绿色，不宜裂开或萎黄，还须注意切割的蒂头面要白皙。它是台湾餐桌上最常见的蔬菜，被誉为"菜母"，吃法多样，或清炒，或渍泡菜，或包水饺。我常在师大路吃鸿家凉面，店家提供免费辣拌高丽菜干，食客总是大量挟取。卖关东煮的商家通常会有高丽菜卷（ロールキャベツ），用高丽菜包裹着绞肉和鱼浆，切段，煮在甜不辣汤中，源自日本。

客家名肴"高丽菜封"，"封"是烃的意思，以烃肉为基底，搭配整棵高丽菜小火焖煮。这道炖菜颇异于传统客家味道，它既不油腻，又加了甘蔗或枸杞或冰糖去炖，表现客家菜中罕见的甜味。南机场小区一摊"鲜蚵之家"，我有时清晨去吃高丽菜饭，配料除了高丽菜，还有胡萝卜丝、油葱酥、香菇丝，搭配一碗牡蛎汤，天空忽然明亮了起来。

我的大姨厨艺高明，她自制高丽菜干，炒腊肉很下饭；用来煮排骨汤，滋味绝美。阳光亲吻过的蔬果，味道总是比较浓，令童年的记忆信仰般深刻。

我自己搞高丽菜，不用菜刀切，一层层剥下清洗，再撕片炒作，手工比刀工的口感爽脆。有次试做酸辣高丽菜，用辣椒、醋、糖，猛火爆炒，表现高丽菜的爽脆感，并以轻淡的辣味和酸甜度，凸显高丽菜的个性。另一次做宫保高丽菜，增加花椒修饰。最得意的一次是刻意将高丽菜撕细，拌炒木耳、香菇丝，起锅后覆以柴鱼丝；柴鱼的任务非仅调味，端上桌"孝敬"女儿时，由于底下的高丽菜热气上扬，柴鱼丝乃舞蹈般，使视觉的美感有效预告了味觉。

山 药

9月—隔年4月

家庭聚餐最郑重的形式之一是到"尚林铁板烧",坐定后开始点餐,要喝什么汤呢?山药汤。全家人都爱喝老板廖寿栈先生研发的山药汤,那味道庄严,才配得上幸福时光。

山药汤有一种情韵,气味满溢,浮动,勾引身体感官和心灵,召唤饥饿感,召唤着渴望。一般煮山药汤率皆切块;这碗山药汤是蒸熟后,磨成泥。那山药泥泡沫般,又看似结实地浮堆在碗里。汤水不多,汤底用鸡肉和干贝精心提炼出来,里面有小蘑菇帽、干贝丝,结构动人又十分可口,且心生一种健康感。

山药自古即是物美价廉的补虚佳品,可当主粮,可作蔬菜、点心,可以烹煮为菜肴,也可以熬粥,或碾粉蒸成糕;常见煮汤、熬粥、做山药手卷、山药沙拉、山药养生汤、山药泥等等。

日本人似乎偏爱山药,而且让山药象征着山野,冈本加野子的短篇小说《东海道五十三次》叙述山药饭时,先从炫目美丽的阳光开始描写,再带到正在吃的山药饭:"刚煮好的燕麦饭散发着热腾腾的香气,略带着神仙土壤般味觉的野生山药,尝起来有股沉静的美味。"谷崎润一郎也爱吃山药,他说:"我喜欢黏糊糊的东西。"芥川龙之介刚好相反,他讨厌山药泥。

中国人食用山药甚早,敦煌莫高窟发掘的史料中载有"神仙粥",用山药、粳米慢火熬煮。东京一般家庭煮山药饭,都用略带清甜的高汤让山药泥入味。历史上赞美山药的诗赋很多,例如陈达叟《玉延赞》说它色如玉、香如花:"山有灵药,缘于仙方。削数沌玉,清白花香"。朱熹断言它的滋味更胜羊羹和蜂蜜:"欲赋玉延无好语,羞论蜂蜜与羊羹"。陆游《甜羹之法,以菘菜、山药、芋、莱菔杂为之,不施醯酱山庖珍烹也,戏作一绝》:

老住湖边一把茅,时沽村酒具山肴。
年来传得甜羹法,更为吴酸作解嘲。

诗题明白说用白菜、萝卜、山药煮粥,他作此诗时66岁,生活贫困,却安之若素,予人清淡感。这种健康食品的名字始见于《本草衍义》,《本草纲目》记载别称很多:淮山、山芋、薯蓣、山薯、署豫、诸署、土薯、薯药、淮山药、白薯、长山药、野山豆、玉延、玉涎、修脆、儿草、延草、玉蓣、白苕、蛇芋、野白薯、野山豆、九黄姜、扇子薯、佛掌薯、白药子……我们吃的是块茎,狭长又深埋地下,采收时往往需要挖掘出一条狭深的长沟,才不致损伤。

山药种类甚夥,形状有圆形、掌状、纺锤状、长形及块状等,一般以长形山药的质量较佳,其肉质以洁白、细致为上品。选购时以外观完整、须根少、拿着有沉甸感者为佳。

不过,山药皮所含的皂角素,以及黏液中的植物碱,易引起过敏而发痒,处理时最好戴上手套。山药买回来若整根完好,只要放置通风阴凉处即可保存甚久;已经切开的山药没吃完,要浸泡柠檬水或盐水,避免氧化变黑。王祥夫《四方五味》叙述北方储存山药的方法:在崖头上打出大约一人半深的洞,一袋袋倒进山药,"在晋北,一家一户有时候可能拥有三四个这样的山药窖,储山药之前,要先把山药晾晾,去去水气,然后全家出动把小山药和烂掉的一一拣去"。

从前山药、番薯常并称,胡健任澎湖通判时作《薯米》,描述当地无稻粱,居人以薯干供食:"笑殊香秔供天府,喜并山芋唤地瓜。一自岛隅分种后,风流随处咏桃花。"香秔即"香粳",带有香味的粳米,用来上贡朝廷。末句谓混煮红心番薯和白心山药,雅称桃花米。

历代医家总是赞美山药"理虚之要药",说它是平补脾胃的食疗圣品,说它:甘,平,无毒。咸信能助五脏、强筋骨、健脾益胃、补肺止渴、益精固肾、明目聪耳。主治脾胃虚弱、倦怠无力、久泻久痢、食欲不振、肺气虚燥、痰喘咳嗽、肾气亏耗、下肢痿弱、带下白浊、遗精早泄、小便频数、皮肤赤肿。

《神农本草经》:"味甘,温。主伤中,补虚羸,除寒热邪气,补中益气力,长肌肉。久服耳目聪明,轻身不饥,延年。"孙思邈《备急千金要方》载:"薯蓣:味甘,温,平,无毒。主伤中,补虚羸,除寒热邪气,补中,益气力,长肌肉,面游风,风头眼眩,下气,止腰痛,补虚劳羸瘦,充五脏,除烦热,强阴。久服耳目聪明,轻身不饥,延年。"

山药含有大量的黏液蛋白、维生素和微量元素,可有效防止血管壁的脂肪沉淀,也能防治糖尿病。此外,它能调节肠道的规律性活动,刺激小肠运动,促进肠道排空秽物。

元·龚璛《掘山药歌》可以佐证:

> 绿薛紫藤缃色子,种玉绵延春透髓。
> 晴虹岁晚寒不起,托命长镵山谷里。
> 小隐墙东堑药栏,颙土政得才槃槃。
> 服食相传养生诀,茂陵刘郎和露啜。

苏轼谪居海南所作《和陶酬刘柴桑》呈现另一种境界,那时他初至儋耳,在住屋的四周种植山药,并借以抒发感怀:

> 红薯与紫芽,远插墙四周。
> 且放幽兰春,莫争霜菊秋。
> 穷冬出瓮盎,磊落胜农畴。
> 淇上白玉延,能复过此不?
> 一饱忘故山,不思马少游。

苏轼自注:"淇上出山药,一名玉延。"意谓谪居海南自种的山药,做成玉糁羹,不亚于淇水那著名的玉延。诗中的"红薯"就是薯蓣,也即山药。最后一句的马少游即汉代将军马援的从弟,马援尝言大丈夫立志须"穷当益坚,老当益壮",不惧"马革裹尸而还"。

蔬之属 | 107

此物自古人缘好，骚人墨客吟咏者不少，王羲之有《山药帖》传世；唐·马戴有"呼儿采山药，放犊饮溪泉"的诗句。苏轼病中独酌时歌咏："铜炉烧柏子，石鼎煮山药。"王安石《奉使道中寄育王山长老常坦》中有四句："苍烟寥寥池水漫，白玉菡萏吹高秋。夜燃柏子煮山药，忆此东望无时休。"宋·胡仲弓《寄颐斋》："蛙声喧夜枕，买静入林居。好句敲唐响，清谈笑晋虚。素馨和月种，山药带云锄。闲里多忙事，篝灯课子书。"

　　山药的名字和产地，令人兴山野之思，宋·梅尧臣《合流河堤上亭子》："隔河桑榆晚，蔼蔼明远川。寒渔下滩时，翠鸟飞我前。山药植琐细，野性仍所便。令人思濠上，独咏庄叟篇。"山野种山药，林下吃山药，一种云淡风轻的情境。

　　我喜欢这种归隐山林的符号。幺女年幼时我们就常去"尚林"喝山药汤，吃铁板烧，她的食量小，很快就吃饱了，吃饱后等待父母，就随手拿笔记纸、便条纸绘画，我至今珍藏着那些小纸条。焦妻谢世后我们父女仨不曾再去，忽然有一天想带她们去，却发现店家歇业了，世事无常如此。

玉 米

全年，10月—隔年5月盛产

中午下课后赶赴海洋大学演讲，我知道没有时间坐在餐厅里吃饭，只能买快餐路上吃。外带车道效率超高，五分钟之内即完成了点餐、付款、打包：汉堡，薯条，可乐。我单手驾车，在高速公路上以时速110千米单手吃着这些快餐，心知肚明所吃的其实都是玉米：那块汉堡有玉米甜味剂，肉饼和起司是吃玉米的乳牛所转化，那杯可乐和西红柿酱都含有高果糖玉米糖浆，炸薯条的油也有一部分来自玉米。连奔驰中的这辆车也在吃玉米——燃油中掺入了乙醇。吃太快了，一坨美乃滋掉落衬衫上，美乃滋当然也有高比例的玉米。

绝大部分的美国玉米属基因改造，玉米商为扩大产量，以基因改造方式培育出产量巨大的超级玉米，美国乃成为世界最大的玉米出口国。约有40%玉米用来制造乙醇。刚成形的玉米芯，约一寸长，即作为蔬菜的玉米笋。玉米脱粒后通常磨成粉状，间接制成食品、调味料；胚芽可以提炼玉米油。

玉米原产于中美洲，乃印第安人主要的粮食作物，16世纪传入中土。相对于欧洲的小麦文明、亚洲的稻米文明，拉丁美洲可谓玉米文明。一万多年前，拉丁美洲就有野生玉米，印第安人种植玉米也已经三千五百年。

古印第安神谱中，有好几位玉米神，它们都象征幸福和运气。玛雅神话叙述造物神用泥土、木头造人都失败了，最后用玉米才造出人，故世称印第安人为"玉米人"。玛雅的圆形太阳历，更以太阳的位置和玉米种植，划分一年为九个节气。

危地马拉作家阿斯图里亚斯（Miguel Angel Asturias，1899—1974）长篇小说《玉米人》描述玛雅人的现代遭遇，小说一开始写土地大规模改种玉米："玉米种植者砍倒原始森林中的古树。苏醒的土地上种满玉米。臭气熏天的暗绿的河水在土地上四处流淌。玉米种植者燃起熊熊烈火，挥舞着锋利的斧头，闯进浓荫蔽天的原始森林，一下子毁掉二十万株生长了千年的茁壮的木棉树。"玉米意象不断出现在小说中，如描写黑夜骤雨："在黑黢黢的深夜里，死去的印第安人从半空中倾倒下成吨的玉米粒。"又如叙述日常食物："用黄澄澄的玉米面烙辣玉米饼，用婴儿指甲般鲜嫩的玉米粒煮雪白的玉米粥。"

中美洲印第安人以玉米为主食，玉米深入生活各层面，和社会的组织形式。玉米崇拜甚至成为墨西哥的文化现象，艾斯基韦尔以十二道墨西哥菜肴，编织出充满情欲纠葛的《巧克力情人》。其中8月菜肴"香槟冬歌馅饼"（Champandongo）即使用玉米：绞肉熟透后，收干肉汁。接着煎玉米饼，油不要放太多，以免饼皮变硬。烘烤前，锅内先抹一层奶油，以免粘黏烤盘；放上玉米饼，饼上铺一层绞肉，淋上辣酱，撒些切成薄片的起司和奶油，烤到起司溶化、玉米变软。

发展至今,玉米人已经有不同的意涵。这是全球总产量最高的粮食作物,品种甚多,颜色也多:白、黄、红、深蓝、墨绿……人们一般食用的是高甜度玉米,其他玉米则用作动物饲料,或食品工业、化学工业原料。如今天地间几乎已无处不玉米,现在我们吃牛肉、猪肉、羊肉、鸡肉时都像是在吃玉米。目前美国的原物料玉米大部分拿来喂养牲口,尤其是牛;从前的牛都在草原上低头吃草。这当然违反了牛只演化而来的消化系统,饲育场的牛或多或少都带着病,必须靠抗生素维生。

麦克尔·波伦(Michael Pollan)指称这是工业化玉米(industrial corn),说美国人是会走路的加工玉米(processed corn),玉米成功驯化了人类,它不但适应了新的工业化体制,消耗掉庞大的石化燃料能源,还转变成更庞大的食物能源。

玉米的汉语别称多到不胜枚举,诸如:玉蜀黍、番麦、玉高粱、苞谷、油甜苞、玉茭子、珍珠米、包粟、苞米……我喜欢吃玉米可能更甚于牛肉,这种食物链上的基础食物,或炒或蒸或烤都有滋有味。台南保安路上"石头乡"焖烤珍珠玉米摊,口味多种:酱爆、蒜香、奶油、椰香、盐爆、素食,最受欢迎的是刷沙茶酱烧烤。做法是先焖再烤,以热石头焖熟玉米,再上机器烤架,以保留水分和甜分。靠近摊车即感受到热气,伴随着汹涌的香气;那热腾腾的黑石头中掩着台湾产甜玉米,电风扇用力吹;上烤架之前才除掉叶衣和玉米须。烧番麦在木炭上烤,明火兴旺,吃起来痛快,饱满弹劲。

一年冬日我去云贵高原探望助养的学生,在昆明,在昭通,在鲁甸,在贵阳,在安顺所有偏僻的穷乡中,我看到许多小孩站在寒冷的天气中,睁大好奇的双眼望着走访农户的陌生人,鼻下挂着两行脏污冻结的鼻涕;我看到饱受命运折磨的早衰女人,挣扎着为孩子的前程举债;我看到勤奋的小女生,照顾癌末的父亲……农舍旁总是成捆的干玉米秸秆,屋檐下都挂着一串串成熟的玉米棒和辣椒,沉甸甸。艳红与金黄交错排列,美丽的玉米穗交错着穷苦的生活,我想起痖弦的名作《红玉米》:

> 宣统那年的风吹着
> 吹着那串红玉米
>
> 它就挂在屋檐下
> 挂着
> 好像整个北方
> 整个北方的忧郁
> 都挂在那儿

这重要的庄稼作物,饱满着泥土气息,痖弦通过它反映现代中国剧变的苦难境况,透露离散的滋味。玉米似乎是文学艺术永恒的题材,如墨西哥诗人帕斯(Octavio Paz)的诗《石与花之间》里的玉米意象:"你有节制,温驯顺从,/像一只鸟那样生活,/靠着单耳罐里的一点玉米炒面糊。"又吟:"你的上帝由众多神灵组成,就像玉米穗子。"长诗《太阳石》也激情歌咏:"你的玉米色的裙子飘舞,歌唱。"

吾家餐桌也常见玉米，两个女儿从小吃焦妻煮的玉米浓汤：用超市买的汤包和玉米罐头，加火腿屑加热，轻松、方便、快速。我虽不喜这种罐头速成品，却明白是女儿吃了多年的"妈妈味道"，未便干涉。

现在换我煮玉米浓汤了，"爸爸的味道"肯定要舍弃罐头玉米粒、速成浓汤包、火腿屑；我会先炒新鲜玉米，加入洋葱、马铃薯拌炒后打成泥，以代替芡粉，再加鸡蛋同煮。避免使用火腿、热狗。其实玉米浓汤的变化多端，可以加入玉米粒煮熟，还可依口味加入南瓜、鸡肉丁、胡萝卜丁、青豆、虾仁等等配料，变换口味。啊，希望调整心情也能那么容易。

大白菜

10月—隔年4月

这次做佛跳墙不慎下手过重,咸味压抑了汤味该有的甘醇鲜香。我捞起所有的配料,用一整棵大白菜矫正那锅汤:锅内加水,大白菜撕小片入锅煮熟,再放回原配料。果然有效拯救了一锅佛跳墙。

世人皆知大白菜怎么做都好吃,煮汤尤其靓。苏东坡自述在黄州时好自煮鱼,"以鲜鲫鱼或鲤治斫,冷水下,入盐如常法,以菘菜心芼之",用大白菜心调配鱼汤,再放几根葱白,快熟时加入少许生姜萝卜汁、酒,临熟又放橘皮丝:"其珍食者自知,不尽谈也。"

最近密集考察台北旧城区的风味美食,久别重逢舺舺"美味小馆"的砂锅鱼头,嫌它里面添加了大量的胡椒粉,幸赖大白菜挽救了味道;又因为加入许多醋,令那白菜呈现酸白菜、醋熘白菜的错觉。

白菜以河北安肃所产最佳,酸白菜则是东北名产。大约20年前我拜访艾青先生,离开他家那四合院,胡同里出现一卡车大白菜,街坊四邻皆提了大袋子出门来买。老北京人习惯冬储大白菜,盖从前京城冬季的菜蔬极少,大白菜很耐储存。邓云乡在《云乡话食》中叙述：京郊秋末冬初"砍白菜"，从根部砍下白菜，打掉外层披散的叶子，好菜全部存在地下菜窖中，一棵棵整齐地根部向外堆起来，暂时不出售，待不能入窖的菜全部卖光，才拿出来上市。

这种结球白菜原产于中国北方，乃小白菜和芜菁的混种，品种繁多，基本有散叶形、花心形、结球形和半结球形几类，台湾所产比北京大白菜细一些。齐邦媛在《巨流河》中描写了一段比较文学会到韩国开会："到韩国访问第一天，车行出汉城郊外，旅馆旁有农家，大白菜和萝卜堆在墙旁，待做渍菜，令我想起童年在东北家乡看着长工运白菜入窖，准备过冬。"韩国泡菜的主要原料就是大白菜，乃明朝时由中国传到李氏朝鲜。

俗谚云"鱼生火，肉生痰，白菜豆腐保平安"，大白菜质嫩味鲜，又具养生疗效，难怪慈禧誉它为"天下第一菜"。中医说它性甘淡、平和、微寒；能开胃健脾，常吃能增强免疫功能；还能降低胆固醇，增加血管弹性，预防动脉粥样硬化。白菜含大量粗纤维，有利肠壁蠕动，帮助消化，促进排便，稀释肠道毒素，亦有减肥健美的意义。此外，白菜的钙含量高，所含微量元素钼，可抑制身体吸收、合成、累积亚硝酸盐，有一定的抗癌作用。

古时候唤大白菜"菘"，宋·陆佃《埤雅》云："菘性凌冬不凋，四时长见，有松之操，故其字会意，而《本草》以为耐霜雪也。"也有人叫它黄芽菜，《光绪顺天府志》载："黄芽菜为菘之最晚者，茎直心黄，紧束如卷，今土人专称为白菜。"清初经学家施闰章有一首《黄芽菜歌》："万钱日费卤莽儿，五侯鲭美贪饕辈。先生精馔不寻常，瓦盆饱啖黄芽菜。可怜佳种亦难求，安肃担来燕市卖。滑翻老米持作羹，雪汁云浆舌底生。江东莼脍浑闲事，张翰休含归去

情。"极言大白菜之美,我感同身受。

大白菜里外皆美,美而雅,令许多骚人墨客歌咏描绘,齐白石常以白菜入画,他的白菜图总是寥寥几笔,菜叶间浓墨拥抱着淡墨,青白肥壮,厚实,饱满着生活味,和清清白白的暗示;曾流传着用一幅白菜换一车新鲜白菜的佳话。罗青《水稻之歌》:"早晨一醒,就察觉满脸尽是露水／颗颗晶莹透明,粒粒清凉爽身∥回头看看住在隔壁的大白菜／肥肥胖胖相偎相依,一家子好梦正甜。"歌颂水稻顺便赞美白菜。

台北故宫珍藏"翠玉白菜"由翠玉所琢碾而成,翠色晶润淡雅,技艺精湛,菜叶上有两只虫,每一根触角都清晰可见,是寓意多子多孙的螽斯和蝗虫。然则种植大白菜的难度低,生产过剩时难免大量滞销,沈苇有一首诗歌颂大白菜,也为农人抱不平:

> 大白菜占领了整个秋天
> 所谓丰收,意味着更多的白菜烂在地里
> 而在瑟瑟抖动的灰色外衣后面
> 农民的愤怒充满了节制,他们的叹息
> 从来只是自言自语——
> 一个人在贫寒中成长,远走他乡
> 经过了红色时代和香水时代
> 现在又回来了,站在那里
> 怀着谢意,向大白菜深深地致敬

此菜常用来和肉同煮,能使浓腻的肉汤带着清爽的滋味,南宋·范成大诗曰:"桑下春蔬绿满畦,菘心青嫩芥薹肥。溪头洗择店头卖,日暮裹盐沽酒归。"康熙朝诗人查慎行亦赞曰:"柔滑清甘美无对,花猪肥荠真堪唾。"

我爱它翡翠绿之中有洁白,高尚而亲切的滋味。那滋味太深刻,味似无味,却蕴含着无穷气韵,淡、嫩、清、甘、柔、脆,丰姿表现一种肥胖美,水灵灵的气质。

从前我看焦妻减肥很辛苦,遂劝她别再折磨自己了:人类自古崇尚肥胖,猪也是肥胖才美,牛肥才美,马肥才美,羊肥才美……宇宙万物胡不以肥胖为美?连白菜都信仰白白胖胖的美学。

胡萝卜

11月—隔年3月

那天傍晚回家见女儿有访客,我检视冰箱,决定就炒米粉招待。胡萝卜刨丝,和高丽菜、韭菜、香菇丝一起烩炒爆香,注入鸡高汤,那脆硬的生胡萝卜丝经过盐水温存,很快就软化了,并且捐弃自身的气味。我将炉火关至最小,令干燥的米粉狂吸汤汁,接受它们的熏陶。

胡萝卜带着特殊野蒿味,一般人不爱鲜食;即使打成汁,我也习惯加蜂蜜,较鲜甜爽口。此物自古多经过烹调或腌渍泡菜,如《遵生八笺》记载的"胡萝卜鲊""胡萝卜菜"。人们好像多为了营养、健康而吃它。可能是因为穷困,居里夫妇却经常拿来当主食;如果吃胡萝卜能变得像他们夫妻那么优秀,我情愿三餐都吃它。

它的颜色艳丽,普遍使用为菜肴的陪衬、点缀;平日家居我偶尔用胡萝卜煮玉米排骨汤,或炖牛腩,或煮熟了和马铃薯、鸡蛋拌成台式沙拉,或刨丝炒蛋,或用咖喱烩煮马铃薯和肉,滋味和色泽都很不错。最常做的是炒米粉,令颜色平庸的米粉,有了薄施胭脂

的美化效果。

胡萝卜又名红萝卜、黄萝卜、番萝卜、丁香萝卜、金笋、菜人参、小人参、胡芦菔、红芦菔，原产于高加索一带，阿富汗为最早演化中心，栽培历史在 2000 年以上。最早的驯化种是黄色及紫色，17 世纪荷兰人培育出橘色系——当初国旗的颜色；最初胡萝卜是种来吃叶子的。

"生、熟皆可啖，兼果、蔬之用"，李时珍说"元时自胡地传来"，说法可能有误。聂凤乔引已故古农学家石声汉的分析，断言胡萝卜乃汉代由丝绸之路传入：凡植物名称前冠以"胡"字者如胡荽、胡桃，为汉晋时由西北引入；冠以"海"字的如海棠、海枣等，为南北朝后由海外传入；冠以"番"字的如番茄、番椒、番薯等，则为南宋至元明时由"番舶"引来；冠以"洋"字的如洋葱、洋芋、洋姜，为清代引入。

又，日本的植物学家说，日本的胡萝卜传自唐代中土。南宋《绍兴校定经史证类备急本草》亦提到胡萝卜。自汉代传入中土后，胡萝卜已发展成中国生态型；目前主要品种包括：红森、日本杂交胡萝卜、改良新黑田五寸、超级红芯、汉城六寸、法国阿雅、红映二号、宝冠、红芯六号、春红二号等等。台湾以将军、彰化为主要产区，每年 11 月至次年 3 月收获，过了产季则多为冷藏品。

选购时挑无虫蛀鼠啮痕迹者，色泽均匀无异色、表皮光洁无斑痕、拿在手上质地有硬实感较佳；若有软化现象表示不新鲜了。

自从美国老罗斯福总统讲了这句名言："Speak softly and carry a big stick, and you will go far." 棍棒与胡萝卜，就成了软硬兼施的两手策略。胡萝卜作为奖赏的象征，甚至有专书探讨"胡萝卜管理策略",发展出胡萝卜文化和理论,可见西方人比较肯定胡萝卜的食物角色。

胡萝卜是蔬、果、药兼用的佳品,素有"小人参"之称。所含大量的胡萝卜素在肝脏、小肠黏膜内经过酶的作用,50%可迅速转化成维生素A,能补肝明目,有效调节新陈代谢,增强免疫力,防治呼吸道感染,是治疗夜盲症、皮肤病的首选。苏正隆先生认为另有典故:"二战"时英国故意散布这个谣言来混淆视听,误导敌军。

《随息居饮食谱》记载:"葫芦菔,皮肉皆红,亦名红芦菔,然有皮肉皆黄者。辛甘温。下气宽肠,气微燥。"《本草纲目》:"下气补中,利胸膈肠胃,安五脏,令人健食,有益无损。"《日用本草》也说:"宽中下气,散胃中邪滞。"

不过所含维生素A为脂溶性,凉拌生吃较不利于吸收,最好用油炒或加肉一起煮。不同烹调方法,得到不同的胡萝卜素获得率:炖食93%,炒食80%,生食或凉拌10%。此外,胡萝卜素易被酸性物质破坏,因此不要和醋一起炒。

日本科学家发现,胡萝卜中的β胡萝卜素能有效预防花粉过敏症、过敏性皮炎。此外,胡萝卜素中含的槲皮素、山柰酚能增加冠状动脉血流量,降低血脂,促进肾上腺素的合成,有降压强心的作用。另含有一种免疫能力很强的木质素,能提高人体巨噬细胞的能力。

爱吃胡萝卜的人显然不多,张爱玲有一篇文章《说胡萝卜》,文章极短,"才抬头,已经完了",什么也没说到,仅记录几句她和姑姑的对话,猜想她也不爱吃。

有一年的台北诗歌节,被安排和日本诗人谷川俊太郎对谈,那

天晚上谈了些什么已完全忘光,倒是田原翻译过他的一首诗《胡萝卜的光荣》记忆深刻:

> 列宁的梦消失,普希金的秋天留下来
> 1990年的莫斯科……
> 裹着头巾、满脸皱纹、穿戴臃肿的老太婆
> 在街角摆出一捆捆像红旗褪了色的胡萝卜
> 那里也有人们在默默地排队
> 简陋的黑市
> 无数熏脏的圣像的眼睛凝视着
> 火箭的方尖塔指向的天空
> 胡萝卜的光荣今后还会在地上留下吧

通过街角的胡萝卜摊,透露强烈的历史喟叹,此诗乃谷川俊太郎访莫斯科所作,时逢苏联解体,褪了色的红旗、黑市、熏脏的圣像、火箭的方尖塔……好像只有地上的胡萝卜才是真实的存在,令人低回。

南　瓜

12月—隔年7月

在苗栗调查客家餐饮，经过南庄老街"南瓜故事馆"，外面摆饰有许多南瓜，门口竖着彩绘招牌："欢迎入内免费变装拍照。"坐下来喝一杯咖啡，吃南瓜蛋糕、蛋卷，听主人弃科技、种南瓜的故事。店内空间不大，却摆满了各种南瓜和巫婆的扫帚、鬼面具、南瓜灯，打造成万圣节（Halloween）的氛围。有些南瓜上镌刻有字：有你真好、吉祥如意、一帆风顺……乃是主人刻在小南瓜的表皮上，待它长大结痂成形。有你真好，有南瓜真好。

瓜果这种好东西似乎是《西游记》里的普世价值，地狱亦然。唐太宗游地府，打算重返阳世后，以瓜果酬谢，十殿阎王喜道："我处颇有东瓜、西瓜、只少南瓜。"后来新鳏的刘全赴命进瓜，阎王大喜，遂令刘全夫妇还魂。原来地府盛产东瓜（冬瓜）、西瓜，通过特殊管道进口的南瓜，自然珍贵欣喜，叫死人变成活人。于是这南瓜被转喻为善果，刘全因忠得福，还续配了唐太宗的妹妹李玉英，不但得回借尸还魂的老婆，更赚到丰厚的妆奁，唐太宗又赐予他永免差徭的特权。

南瓜是善果，童话世界中，南瓜变成灰姑娘的马车，成就了一桩良缘。南瓜别称麦瓜、倭瓜、金冬瓜、饭瓜，闽南语、客家语都叫金瓜，潮汕地区俗称"番瓜"，常德一带也称"北瓜"。果实形状有圆、扁圆、长圆、纺锤形或不规则葫芦状，前端多凹陷，表皮或光滑或粗糙，成熟后有白霜。美洲的呈圆筒形，巨硕，有黄、白、紫、绿等色；印度的呈乳白，长圆形，瓜皮柔滑；我们习见的中国南瓜扁圆形，皮外有棱，成熟时从绿色转变为橙黄。

其品种甚多，形状、颜色、个头差异极大，小的仅几十克，大的重达数十千克；英国人曾经种出660千克重的大南瓜，这个创纪录的南瓜，长最快的时候一天就能增重14千克。后来，美国更有人种出766千克的南瓜。2014年，瑞士农产品展览会上出现953.5千克的超级南瓜。

澎湖褒歌："人种金瓜像饭斗，咱种金瓜像茶瓯。人嫁翁婿即缘投，咱嫁翁婿齴牙猴。"南瓜无论种群、地理分布、开发利用，都极具多样性；仅中国品种就包括蜜本南瓜、黄狼南瓜、大磨盘南瓜、小磨盘南瓜、牛腿南瓜、蛇瓜南瓜等等。它性喜阴凉湿润气候，适应性强，容易栽培，原产于美洲大陆，地域分布广，目前世界各地普遍栽培。徐明达教授断言：中国古籍所载的南瓜可能是南瓜的近亲squash，并非我们现时吃的南瓜。

余光中《南瓜记》形容大南瓜"是昨晚的落日变成"，敲响果皮则听见"晚霞的笑声"；有一段描写它的形貌，赞颂它随遇而安和顽强的生命力：

　　而慈爱的土地啊那么久了

不计较我们的蹂躏与污染
仍然这么一胎又一胎
不吝惜她的无尽关怀
眼前这一胎奇异的南瓜
就一直蜷在她怀里长大
且伸出那许多贪嘴的爬藤
一天天,向她吮吸着乳汁
膨胀成大地一般的形象
——厚壳也像她一般浑圆
蛙绿的底色洒满了黄斑
沙土的条纹交汇于瓜蒂
像东经、西经,辐辏在两极
大地的宠子,每一只都烙上
母亲遗传的美丽胎记

  我曾经在家做过南瓜炖饭和南瓜炒米粉,让全家的女人都强烈感受到宠爱。南瓜的果、花、叶皆可吃,胡弦《菜书》叙述:"困难年月时,人的胃就像个大坑。南瓜,从身体到思想,从现实主义的肉到浪漫主义的花,都随时做好了填坑的准备。"说它是"既能出将入相又能布衣钗裙的菜"。南瓜亦菜亦饭,它的淀粉含量远高于一般蔬菜,小说家二月河作南瓜歌,赞它在三年困难时期救人无数:"是穷人瓜,是众人瓜,是功勋瓜。"
  每年 10 月 31 日,英语世界的人们会挖空南瓜雕绘成灯笼,叫"杰克的南瓜灯"(Jack-ó-lantern),用以纪念先人,祛邪辟鬼。万圣节最初是凯尔特人（Celts）欢庆丰收的节日。秋天来了，北方阴灰的冬天即将来临，他们相信这一天鬼魂都出来游荡，家家户户都雕瓜果成骷髅头，用以吓走脏东西。这场全球最盛大的化装舞会，原始意义是象征丰收。

美国诗人莱利（James Whitcomb Riley，1849—1916）的诗歌名作《霜降南瓜》(*When the Frost is on the Punkin*)，陈述农庄风情，秋风送爽，虽然蜂鸟停止了歌唱，枝头也缺少了花朵；然则散步的火鸡咯咯叫，篱上的珠鸡在鸣啼，带着欢快舒畅的节奏和质朴的兴味：

> The husky, rusty russel of the tossels of the corn,
> And the raspin' of the tangled leaves, as golden as the morn;
> The stubble in the furries—kindo' lonesome-like, but still
> A-preachin' sermuns to us of the barns they growed to fill;
> The strawstack in the medder, and the reaper in the shed;
> The hosses in theyr stalls below—the clover over-head!—
> O, it sets my hart a-clickin' like the tickin' of a clock,
> When the frost is on the punkin and the fodder's in the shock.

> 黄褐色玉米的穗须嘎嘎摇，
> 风吹着缠结穗叶的金色早晨；
> 地上残梗条寂寥，仍让
> 谷仓满得像冗长的布道；
> 干草乱堆，割草机在棚内；
> 马群在厩栏下仰头嚼苜蓿——

噢，我的心像钟滴答跳，
当霜降南瓜，禾草成垛。

最近我努力吃南瓜。自从验出血糖过高后，每次回去门诊都挨骂：你的血糖为什么一直降不下来？是我上次讲得不够严重，还是你根本不在乎！不是叫你带家人陪着门诊吗？为什么又是自己来！

我死了老婆已经很可怜了，他还要来骂我。读数据知道：南瓜很吊诡，明明是甜的，却能降低血糖。因胰岛素必须借铬、镍两种微量元素才可正常发挥作用，南瓜正好含有丰富的铬和镍；它又富含植物纤维，能延缓小肠吸收糖分。而且，更严重的是我觉得快要老年痴呆了；南瓜的食疗作用极佳，是很好的 β- 胡萝卜素来源，能促进大脑机能正常运作。

南瓜的生命力旺盛，在贫瘠的环境中也能疯长，到处寻找出路，伸展枝叶，创造发展的空间，努力向外探触。像我这样的糟老头一餐比一餐肥，像快速膨胀的南瓜，藏身宽阔的叶下，笨拙，觉得什么遭遇都无所谓，什么环境都可以。

茼 蒿

12月—隔年2月

在上海吃蓬蒿菜，仅简单拌一点油醋，风味绝佳；那味道有点像台湾茼蒿，更带着一股浓厚的清香，原野辽阔的气息，令人想赞美生菜，宋·葛长庚诗云："满园莴苣间蔓青，火急擎铃呼庖丁。细脍雨叶缕风茎，酢红姜紫银盐明，豆䜺麻膏和使成。食如辣玉兼甜冰，毛骨洒洒心泠泠。"从消化器官到心灵，满溢生菜清香。

由此我想到裸食（Raw Food），这种堪称目前最时尚的饮食方式，主张吃天然蔬果、果仁、发芽谷物等 Living Food，并添加冷压的健康油脂以利营养运送；烹煮不超过48℃，以保留蔬果中的酶、维生素和天然风味。

茼蒿即蓬蒿，又叫菊花菜、蒿菜、同蒿、塘蒿、菊花涝、蒿子秆、艾菜、鹅菜、打某菜等等，冬季采收其嫩叶食用，春天开黄花，因此有人叫它"春菊"。其根、茎、叶、花都可作药材，医书说有清血、养心、降压、润肺、清痰的功效；但不可和柿子同食。

这种菊科植物带着特殊蒿气，一种属于大自然的气味。欧洲人视它为庭园观叶植物；亚洲人较实际，取其幼株为蔬菜。苏轼《春菜》前面几句："蔓菁宿根已生叶，韭芽戴土拳如蕨；烂蒸香荠白鱼肥，碎点青蒿凉饼滑。宿酒初消春睡起，细履幽畦掇芳辣。茵陈甘菊不负渠，鲙缕堆盘纤手抹。北方苦寒今未已，雪底菠薐如铁甲。岂如吾蜀富冬蔬，霜叶露芽寒更苦。"黄庭坚的和诗也说："莼丝色紫菰首白，萎蒿芽甜薜头辣"，那种辣味其实有点轻淡，隐藏在蒿气中并不明显。据说茼蒿可以消痰开郁，难怪我每次都越吃越开心。

贾宝玉屋里的小丫鬟春燕通知厨娘柳嫂子："晴雯姐姐要吃芦蒿。"柳嫂子问：肉丝炒或鸡丝炒？春燕道："荤的因不好才另叫你炒个面筋的，少搁油才好。"

蒿子秆就是山茼蒿的茎，在这里，曹雪芹有点内行，盖蒿子秆不宜荤炒，素来素往最能表现山茼蒿之清香。北人吃的面筋异于南方的油面筋，而是水洗的湿面筋；为求爽口，当然须少油，水面筋也不要跟蒿子秆同炒，先个别炒，再翻锅拌匀，以免彼此争味矣。

澎湖产的茼蒿也是山茼蒿，冬日，正好是狗母鱼产季，用狗母鱼丸煮山茼蒿，两者皆新鲜当令，吃进嘴里，直接就印记在心里。狗母鱼丸汤允为澎湖食征，那东北季风吹来的符号，冷冽、强劲，温暖在记忆里飘香。

冬春季节，我到土鸡城吃饭，必点食清炒山茼蒿，只加些大蒜快炒甚美，味道很特殊，它所含精油挥发出不可思议的芬芳，入嘴即法喜充满，像一首喜欢赞叹的山歌。有一首歌《妹在江边洗茼蒿》，前面几句："妹在江边洗茼蒿／茼蒿叶子趁水漂／那天哥喝了江中水／害得我得了相思痨。"充满了山歌味道。

唐三藏师徒取经途中最让我动容的盛宴，只是几盘野菜——86回消灭豹子精之后，顺便救出同样被绑的樵夫，这樵夫自幼失父，和83岁的老母相依为命，如今死里逃生，母子二人自然千恩万谢，不断地磕头拜接到家里，慌忙地安排素斋酬谢：

  嫩焯黄花菜，酸斋白鼓丁。浮蔷马齿苋，江荠雁肠英。燕子不来香且嫩，芽儿拳小脆还青。烂煮马蓝头，白燉狗脚迹。猫耳朵，野落荜，灰条熟烂能中吃；剪刀股，牛塘利，倒灌窝螺操帚荠。碎米荠，莴菜荠，几品青香又滑腻。油炒乌英花，菱科甚可夸；蒲根菜并茭儿菜，四般近水实清华。看麦娘，娇且佳；破破纳，不穿他；苦麻台下藩篱架。雀儿绵单，猢狲脚迹；油灼灼煎来只好吃。斜蒿青蒿抱娘蒿，灯娥儿飞上板荞荠，羊耳秃，枸杞头，加上乌蓝不用油。

这是穷苦樵家拼尽全力所张罗出来的盛宴了，母子二人的物质条件自然是寒薄的，不可能端出"香蕈、蘑菰、川椒、大料"，美味的是感恩的态度、深情地备办，为救命恩人奉献所有，作者大费笔墨描述这几盘野菜，使山中溢满了菜香。

  躬耕读书，一直是文人浪漫的生活实践，可能就是因为菜根香。也许因此，我更爱山茼蒿，细而长的锯齿状叶子，形似凤凰羽毛，有人唤它"凤凰苗"，乃少数民族部落常见的野菜，味道比茼蒿浓烈，带着山头气，纯净的质地。

  茼蒿宜凉拌、生炒、煮汤，更是火锅、羊肉炉、咸汤圆的良伴。不过，茼蒿不耐煮，稍迟捞起即变黑，似乎在提醒我们，要努力爱春花。

　　我总觉得冬天吃火锅、羊肉炉才是正道；冬、春的蚵仔煎也比夏天的好吃，除了冬、春的牡蛎较肥美，恐怕也跟茼蒿有关，茼蒿盛产在冬、春，蚵仔煎加入它，显得气质脱俗。

　　茼蒿谐音"同好"，大家一起围炉，一起在氤氲升腾的水蒸气中说笑，欢谈。

芋　头

11月—隔年4月

细雨纷纷,她身着粉红T恤衫、白长裤,撑伞走出"旧道口牛肉面",忽然走下竖崎路阶梯,转眼进入"小上海茶饭馆",现身"天空之城"的阳台,复站在"阿柑姨芋圆店"门口买综合芋圆冰。这场景我记得最清楚,我们端着纸碗往里走,经过削、炊芋头和地瓜的阿伯,选了临窗的位置落座,刚好可以鸟瞰九份,徜徉于山风海景,吃芋圆。

像影片倒带,那年夏天,焦妻陪我去九份考察小吃,幸亏留下照片供追忆。这山城曾因盛产金矿而发达,矿藏挖掘殆尽后没落;后来变成观光景区,大概是因为电影《悲情城市》在这里取景,也是日本动画片《千与千寻》里的街道原型。阿柑姨本来卖小杂货,为了贴补家用才兼卖挫冰,没料到手工芋圆竟大受欢迎,几成九份芋圆的代名词。

台湾人擅长加工芋头为各式糕点甜品,诸如芋头酥、芋头蛋糕、椰汁芋茸西米露等等。台菜馆也偶见烹炒芋的地上幼茎或叶柄,唤"芋横",我若在街头吃清粥小菜,见有芋横辄点食一盘。

福州名点冰糖芋泥为了润滑的口感,烹制时往往添加不少猪油;点水楼"卡比绍冰淇淋佐白果芋泥"舍猪油,烫嘴的芋泥上置一球香草冰淇淋,其创意与用心在于,溶化的奶油能脂润芋泥口感,吃起来象征品尝冷暖人生。

芋头料理变化无穷:芋头米粉汤、芋头烧肉、排骨蒸芋头、香葱芋艿、蚬肉香芋煲、芋头扣肉、芋头排骨煲、芋头烧鸡、虾仁芋头煲……日本料理达人矢吹申彦断言秋天的酒好喝,是因为下酒菜变好吃了:里芋(さといも)特殊连皮烫熟,蘸点盐吃,叫"衣被",关键在于挑选理想的"石川小芋"品种。日文汉字"里芋"泛指在乡村种植的小芋头,去皮后呈白色,无紫色斑点,口感黏黏的似山药。他推荐红烧:里芋削皮后,在冷水中慢慢煮熟;用盐、淡味酱油调味,再磨点柚子皮撒上。

古人吃芋头多用煨的,诸如宋·刘克庄"芋头煨热当行厨";宋·范成大"归与来共煨芋头";宋·释道璨"争似山间煨芋头""除却煨芋头";宋·释梵琮"煨火芋头四五块";宋·释慧空"山芋头煨红软火";宋·释绍昙"粉芋头煨软火"。台北大稻埕人谢尊五(1872—1954)曾任教于大稻埕公学校,所作《煨芋》一诗写得较有情味有温度:

宝刹投嘉客,珍蔬物始然。鹑头纯枣火,龙脑炙松烟。
烧笋香同溢,烹葵味并鲜。才知调鼎鼐,寒夜款情牵。

芋头向来是台湾少数民族的传统主粮,清康熙年间广东人黄学明来台,作四首《台湾吟》,其中一首前半段:"山深深处又深山,一种名为傀儡番。负险杀人夸任侠,终年煨芋饱儿孙。"清嘉庆年间江苏人薛约作《台湾竹枝词》四十首,其中一首描述芋头,和黄学明所作相似:"积薪煨芋饱晨昏,人说山中傀儡番。果腹不须分甲乙,淳风偏让野人敦。"

我们吃的这种地下块茎,原产于印度,又称芋、芋艿,大别为水芋和旱芋,种类超过一百种,诸如红芋、白芋、九头芋、槟榔芋、荔浦芋……白芋与红芋不易煮烂,一般是捣烂制成芋粿等熟制品。槟榔芋是芋头中的上上品,可直接食用。荔浦芋肉质细腻,风味独特,自古是广西的首选贡品。果肉有白色、米白色及紫灰色,亦有粉红色或褐色的纹理。

台芋以甲仙、大甲、金山闻名,槟榔心芋为台湾栽培历史最久且最普遍的品种,母芋呈纺锤形,表皮棕褐色,肉白色,散布紫红筋丝,形状似成熟的槟榔种子,肉质松、粉,香气浓厚。李硕卿(1882—1944)《花岗山食蕃芋》所述即槟榔心种芋头:"蕃婆煨芋贩花岗,旦暮温存供客尝。自说蕃山风味好,槟榔心种最清香。"

无论水芋、旱芋都需要高温多湿的环境,水芋固须选择水田、低洼地或水沟栽培;旱芋也要选择潮湿地带种植。台湾的水土条件很适合芋头生长,孙尔准(1770—1832)《台阳杂咏》其中一首描述台湾的名物与农渔作物,提到鼠曲草、芋头、随海潮涌至的鱼群、鹿、杧果、椰子酒、姜:"拱鼠曾名曲,蹲鸥借作粮。潮鱼惊海熟,火鹿悯番荒。橤捣蓬莱酱,椰倾沉瀣浆。病来烦米卦,三保有遗姜。"芋头易和东南亚参薯(Dioscorea alata)混淆,因参薯粤语俗称"杏芋";芋头属天南星科,参薯则属薯蓣科。我看过日本电视台拍摄巴布亚新几内亚原住民种植薯芋,仍维持着刀耕火种。

刚从泥土里挖出来的芋头,有一种木讷的气质。性格憨厚,易于教化,喂它吃什么汤,它就带着那种味道。选购时挑体型匀称者,避免有烂点、掂着较轻者;切开来肉质细白而呈现粉质,表示质地蓬松,此即上品。

芋头的淀粉颗粒小,易消化。它营养丰富,所含黏液蛋白,能增强人体的免疫力,常作为防治癌瘤的药膳主食。然则它不耐低温,鲜芋头若放入冰箱易腐烂,放在阴凉处即好。芋头的黏液中含有草酸钙与草酸晶针,会刺激皮肤发痒,削皮时宜戴手套;或倒点醋在手中,搓一搓再削皮;或煮过再剥皮。

我从前不特别钟情于芋头,及年渐长才发现其美好,明白它令生活添增美味,连接着许多美丽的记忆。在马来西亚,我最理想的早餐是吃芋头饭,喝肉骨茶;焦妻和女儿多次陪我去吉隆坡评审世界华文文学奖,多次一起大啖芋头饭,仿佛滋味依旧在。也许因此家人都爱上芋头加工品,师大夜市芋头馒头、芋粿翘,是吾家的常备粮食。甚至它连外表都非常迷人,宽盾形叶片和高大肥厚的叶柄,予人信赖、愉悦、活力感。苏东坡赞美芋头:"香似龙涎仍酽白,味如牛乳更全清。"芋头的松、香、糯、绵、细软,是会诱人频频回首的食物。

我常看着那年拍的照片,芋圆、芋粿、海景、黄金山城、邮局前油葱粿、金枝红糟肉圆、鱼丸伯仔、基山街烧烤摊、阿兰草仔粿……像怪诞的剪接,珍藏的记忆。

蔬之属

芥 菜

11月—隔年4月

台湾客家庄在二期稻作收割后，农地常轮种芥菜。芥菜可以鲜吃，也多加工制作成酸菜、福菜、梅干菜。酸菜、福菜、梅干菜是台湾客家庄腌渍芥菜三部曲，酸菜又叫咸菜，是福菜、梅干菜的前世。

芥菜收割后，就地在田间曝晒一两天至萎软；再一层芥菜、一层盐入桶腌渍，压紧密封，发酵半个月，变成酸菜。

酸菜经过风干、曝晒，塞入空瓶中或瓮内，倒覆其口，封存三个月至半年就变成福菜；填塞过程须用力填实，越紧越好，并倒弃溢出的水分；如果捅得不够扎实，菜会发黑腐败。福菜原来叫作"覆菜"，这是因为存放福菜时，酱缸要倒"覆"着放的意思。

酸菜经过彻底的风干、曝晒，直到水分全失，密封储存，即变身为梅干菜。梅干菜正确的名称应是"霉干菜"，乃是制作完成几乎已全干，又发了霉，因为霉不是一个好字，大家遂以梅代霉。坊间又多写为"梅干菜"。

芥菜又称长年菜、大芥菜、包心芥菜、雪里蕻、大芥、刈菜。

芥菜10月下种,年底可收,应了年节的需求,因此客家人在冬末的餐桌上常见芥菜身影,甚至用作除夕夜的长年菜。邱一帆的客语诗《阿姆介咸菜》描述酸菜和福菜的制作:

> 该日　就像往摆共样
> 适收冬过后介田窦肚
> 阿姆用心血　种下了一行一行介芥菜
> 该日　就 lau 往年共款
> 适日头晒等介田窦肚
> 阿姆用汗水　淋出一头一头介大菜
> 昨暗哺　屋家人有机会
> 围一圈同心介圆　坐下来
> 窒出一罐一罐介咸菜

诗以客语召唤族群情感,以日常食用的芥菜、酸菜重述族群记忆,说话者通过母亲辛勤种植芥菜、腌渍酸菜,和家人团圆吃菜,凝聚了亲情之美。

医书说,芥菜所含抗坏血酸,是活性强的还原物质,参与机体氧化还原过程,增加大脑的含氧量,能醒脑提神,消除疲劳。此外,还能解毒消肿、抗感染、预防疾病、抑制细菌的毒性,促进伤口愈合,可辅助治疗感染性疾病。由于组织较粗,可明目利膈、宽肠通便,是眼科患者、防治便秘的食疗佳品。

苗栗县是台湾最大的芥菜产地,其中公馆乡的产量又占了大半,同时也是最主要的芥菜加工区,可谓"福菜之乡"。

大陆的客家庄也广种芥菜，也据以腌咸菜，房学嘉在客家饮食文学与文化国际学术研讨会上发表论文，说咸菜有三种："咸菜有'擦咸菜''水咸菜''干咸菜'之分。'擦咸菜'的制法是用芥菜晒至七八成干，用盐'擦'（腌）后入瓮，将瓮口用菜叶封紧。一个星期后将瓮倒扣于大瓷盆上，排出瓮内的菜酸液。这种咸菜是农家餐桌上的常见菜。'水咸菜'是将大芥菜晒至半干，再加上粗盐，搓到较为软和，然后将每根咸菜结成扎，装在'龙衣瓮'中，用水腌制，密封起来，经年不坏。而干咸菜则先将芥菜焯后晒至半干，继而团结放锅中蒸，蒸后再晒，晒后又蒸，经过三五次的重复而成。"以上擦咸菜与台湾酸菜做法一样，水咸菜、干咸菜则迥异。

　　客家人长期的动荡迁徙，不安全感恐已形成一种集体潜意识，那是一种在长期不稳定生活中追求安稳的适应策略，为了便于携带并储存过剩的蔬菜，乃广泛运用日晒、腌渍，制备耐留的食物，久而形成酱缸的陈香美学。

　　客家庄多开门见山，较劣的生产条件造成较高的劳动强度，需要补充脂肪和盐分，养成了又油又咸的饮食习惯。相对贫困的农业经济，又形塑了勤俭持家的客家人，擅以日晒、腌渍方式储存食物，客家菜肴中广泛使用的酸菜、福菜、梅干菜，即是在保鲜困难年代的发明，以期能长期保存这些芥菜。

　　台湾虽小，福菜亦有南北差异，北部对福菜的定义较为严谨；南部有人用高丽菜取代芥菜制作福菜，亦有人称鸭舌草为福菜、菔菜，钟铁民《菔菜？好吃！》叙述：

　　　　菔菜的这个菔字，客家音念起来像"降服"的"服"字，也有人称作福菜;闽南话念起来则像"学菜"。它虽然被称为菜,事实上却是生长在水稻田中的一种杂草,学名称作"鸭舌草"。尤其六月大冬禾秧苗莳落土以后,蕨菜随着秧苗,密密麻麻地在水稻行间发芽生长。如果稻田的土地肥沃,往往长的比稻苗还要快还要好,如果不管它任它生长,它会喧宾夺主,一时包荫住秧苗,影响稻子的发育,所以种田的农友们自来就视之为大敌,除之唯恐不快。从前躅田搓草,主要对付的也就是这种蕨菜呢。

鸭舌草这种野菜,南部客家人常吃,北部则鲜见。然则鸭舌草毕竟不是我们熟悉的福菜。福菜是自然发酵,不含防腐剂、色素及添加物,呈现一种高尚的"古风"。它在制作过程中需要大量曝晒,充满了阳光的味道。

在密封的坛内,干燥而紧紧叠压的菜,在发酵过程中会产生二氧化碳等气体,倒覆容器并紧封出口,容器内的气压大于外面,令外面的杂菌不易进入,以免破坏了未发酵好的菜。从前多以荷叶封口;现在则是罩上塑料套,再捆上绳索勒紧,容器四周撒上火灰或石灰。从前农村自制福菜,那些瓶瓶罐罐都堆放在眠床底下;现在则制成真空包装贩卖。此外,现在制作福菜已半自动化,用机器震动清洗,更能洗净菜里的杂物。

通过福菜、梅干菜、萝卜干等等这些食物的再现形式(representational forms),重复制作,而延续了客家庄的集体记忆。像2011年行政部门客委会举办的"齐力趣踩福:千人踏咸菜"活动,来自全台各地的超过1500人穿上鞋套,一起站在巨大的塑料桶中踩芥菜。踩福菜，带着采福的隐喻。

这是一项大规模的继承传统意识，一种象征仪式，彼此和不认识的人传递共有性，共同收集回忆；再通过强力传播，召唤族群感情，重复巩固共同体的血缘关系。

不过千人踩福菜更像一场丰收嘉年华，我在电视上看大家兴奋地在桶内跳舞、对着镜头微笑，其实并非正确的踩菜方式。盖踩菜的目的是把缝隙挤压到最小，务令桶内没有空气，并排出菜叶里的水分；踩踏的方式是身体缓慢转动，缓慢出力地踩踏，令芥菜密实，踏密实了才不会发霉，届时才能装到瓶中制作福菜。

这种瓶中菜最初的意义是节俭惜物，后来才发现它的美好。最常和福菜搭配的是猪肉，它有效吸纳油脂，释放甘美，进而提升了猪肉的味道。福菜之为用大矣，可煮可炒可卤可煴可蒸，搭配各种食材烹制。那天然发酵的气味，丰富了菜肴的滋味；它的酸味可启发味蕾，并促进油脂的分解，有效矫正重油重咸的客家口味。

福菜和梅干菜都带着山野气息。由于晒制过程不免沾惹杂质，烹煮前需多加冲洗，涤净才下锅。选购福菜时，以淡黄色泽者质量较佳，可用来做卤肉、卤桂竹笋、炒冬粉、炒蕨菜、炒苦瓜、煴猪肚、苦瓜镶肉、蒸鱼、蒸肉、蒸冬瓜扣肉、煮肉片汤、煮鸡汤、煮排骨汤……

苗栗有很多美味的客家餐馆，"龙华小吃"和南庄"饭盆头"的梅干菜扣肉都中规中矩，梅干菜的质地佳，完美帮助五花肉达成任务；梅干菜在这道菜中扮演着要紧的角色，梅干菜晒得好不好，直接关系到成败。苑里"闻香下马"是一家优质小餐馆，其"福菜肉丸"表现创意，又呈现正宗客家风味。

我去学校上课时，中午常就近在"新陶芳"吃福菜肉片汤。平日则在龙泉市场内一摊贩吃福菜炒苦瓜，总觉得它提升了整个清粥小菜摊的地位和质量；福菜轻淡的涩味刚好修饰了苦瓜的苦，两者又皆能回甘，彼此互为宾主，如潮汐陪伴沙滩，如和风抚摸树林，如月光拥吻海洋，它们表现了调和之美。

红 豆

12月—隔年1月

早春的迪化街冷雨飘落,撑伞走在欧陆风情调和闽式建筑间,屋檐下挂着的红灯笼仿佛透露着清代的光晕,映照在旧农具店的木门上,一种古老的氛围、怀旧的传说。

迪化街北段清代称"北街",明显不如南段热闹。春寒料峭,"大稻埕259"门口有保温砖筑起的小砖窑,用来窑烧红豆汤。那红豆每日窑煮,在窑中焖烧一整天,颗粒分明,绵、松、沙、微甜,饱满着豆香,风味温暖,有一种亲切感。店内兼营"248农学市集",致力于改善台湾农地休耕,推广小农产品,乃震惊台湾社会的"白米炸弹客"杨儒门所创立。

我是见识到美味,才意识到一碗红豆汤里面的理想和抱负,"一家小小的红豆汤店,一天煮10千克的红豆,一年大约4吨,就可以活化4公顷的休耕地"。杨儒门在接受采访时说,这店铺意在集结觉醒的小农共同摆摊,他们拒将农药与化学肥料洒进田里。

焦妻嗜食红豆,举凡红豆麻糬、红豆冰、红豆饼、红豆面包、红豆蛋糕,无一不爱;她经常自己煮红豆汤,例先洗净,浸泡红豆一夜,翌日才煮,沸腾后加红糖,焖煮至皮破豆散,汤汁浑浊。我常想起她寒夜里煮红豆,蒸气氤氲,弥漫着甜味的家庭生活。

红豆的种子暗红,别名赤小豆、赤豆、红小豆、小豆、朱赤豆、朱小豆、红饭豆,古代叫小菽、赤菽。品种不多,选购时首尚新鲜,即颗粒饱满具圆润感者。

自王维作《相思》,一千多年来,红豆的文化底蕴更深厚了,更在华人世界定型为诉说相思,诸如周密"一树湘桃飞茜雪,红豆相思渐结";杨韶父"红豆一枝秋思";陈允平"绿杨庭院,共寻红豆,同结丁香""相思叶底寻红豆";赵崇嶓"交枝红豆雨中看,为君滴尽相思血";黄机"双燕乍归,寄与绿笺红豆"……

贾宝玉也唱"滴不尽相思血泪抛红豆",以红豆象征热恋中的苦恼与伤感。闻一多著名的爱情组诗《红豆》一开始就感叹:"红豆似的相思啊!/一粒粒的/坠进生命底磁坛里了";"相思着了火,/有泪雨洒着,/还烧得好一点;/最难禁的,/是突如其来,/赶不及哭的干相思。"现代诗人刘大白在获得一荚双粒的"双红豆"后,激动作《双红豆》诗:"豆一粒,人一囊,红豆双贮锦囊,故人天一方。似心房,当心房,偎着心房密密藏,莫教离恨长。"余光中诗咏的红豆亦沿用此文化传统,以象征相思和爱情:

> 戴在腮边就是叮咛的耳环
> 佩在胸口就是体贴的项链
> 让邮票,传说中的青鸟
> 一路飞送衔来你掌中

挑情的颜色艳如火红
什么都不用说,什么
都代我,羞涩的我,说了

王维的诗以红豆饰品作为情物赠予情人,象征真挚的爱情;然则诗中的红豆并非我们吃的蔬食豆,应该也不是孔雀豆或鸡母珠,两种都有毒。真正的相思红豆粒形大,直径8—9毫米,形似心脏,质坚而色艳,红得发亮,其外形及纹路皆为心形,大心套小心,心心相印。传说是饱尝相思之苦的人,落泪树下,难以化解,最终凝结而成。

江阴市顾山镇有座红豆村,村里有红豆院,院内有棵千年红豆树,相传为梁代昭明太子手植。据管理人员介绍:"此株红豆树每三至五年开一次花,结一次果。春夏之交开花,其色洁白。秋末结果,豆荚为茶色,状若鸡心。剥开豆荚,便是一粒心脏形的红豆,灿若云霞。"

像我这种贪吃鬼,在乎的毋宁还是美味。红豆自古被誉为粮食中的"红珍珠",不仅提供人们营养,也适宜加工成各种食品和饮料。中医说它性味甘、酸、平,能健脾利水,消肿解毒,和血排脓,调经通乳,除湿退黄。《本草纲目》载:"其性下行,通乎小肠,能入阴分,治有形之病,故行津液,利小便,消胀除肿,止吐而治下痢肠澼。"并提醒我们:"久服则降令太过,津液渗泄,所以令肌瘦身重。"《食性本草》也说:"久食瘦人。"因此,津血枯燥消瘦的人,吃红豆不要贪多。

台湾红豆栽植多集中于高屏地区,主要品种有高雄一、二、

三、五、六、七、九、十号。"大稻埕259"选用的红豆就是高雄九号,友善种植。红豆之为用大矣,红豆汤仅是其中之一。红豆之为用大矣,希伯来书记载雅各布用一碗红豆汤,换取了长子权。

吾人对红豆汤的口腹之欲,亦可能转化为相思之意,叶石涛小说《唐菖蒲与小麦粉》叙述二等兵辜安顺,偶然送了花束给君子老师,君子遂邀他晚上熄灯后到她宿舍喝红豆汤,"那夜他们俩缠绵到天明"。

从前我对红豆不甚了了,焦妻离去后忽然喜欢吃红豆,仿佛它是一种疗郁偏方。

香　菇

全年，2月—4月，7月—9月盛产

好冷。不老部落海拔大约400米，可能是下着雨，更显料峭。大家在集会所围着炭火烤肉，喝小米酒。又送来一盘香菇，鲜香菇现采现食，撕小片细嚼，芳香惊人；或烤着吃，组织紧实，香气强劲，余韵悠远，忘也忘不了的浓郁。仿佛忽然间领悟什么。

不老部落的作物全采自然农法，每日只接待30位客人，若山里的农作物供应不足，也会暂停预约。不老，bulau bulau，泰雅语"闲逛"的意思，汉语发音不老不老，名字真美。

作物也美。部落里的香菇采段木野育，选用杜英木。段木法培育香菇是日本人发明，1909年率先在埔里种植成功。做法是在段木上打一小洞，植入种菌，搁森林里，令段木保持适当的温度、湿度和光照，待它自然长满菌丝，育出香菇。山上湿冷，非常适合种植香菇；段木野育的香菇成长慢，一般得10个月才能收成。

初次去部落，Wilan就介绍族人自己搭建的茅屋，说屋顶前高后低，是根据长年的风向，后方吹袭的季风会顺着屋顶往上吹，反而增加房屋的稳定度。古老的生活智慧。

这里处处透露着友善大自然、敬重大地的意志：鸡鸭全部放养，满山乱跑、觅食；晚上才回到自己的宿舍，吃当天仅有的一顿饲料。访客也都用竹筷、竹汤匙吃蔬果、地瓜、小米粽、苎麻糕，刺葱、马告佐烤猪肋排和竹鸡；用竹杯饮酒。我爱极了长时间熬煮的竹笋汤，舀进碗里加入生香菇。野育香菇太美味了，猴子、松鼠、蜥蜴和其他野生动物也爱吃，每年有1/3产量进了它们的肚子。部落视之为向大自然缴税。

不仅香菇，这里也有我最喜欢的小米酒，Wilan说，他们每年挑选最优质的小米作种，因而能育出美好的小米。虽则虫、鸟会来吃，也都视为自然规律；不老部落只是大环境的一分子，无权剥夺其他生物的权利。这是一个完整的生态体系。

中国最早的香菇种植为"砍花法"，在扑倒的树干上砍出许多"花口"，任它接受天然孢子，或在花口上刷上磨碎的香菇汁，经两三年后才能长出些许香菇。元代有"惊菌"栽培法，打击菇木以刺激出菇，此乃借打击促进酶作用。浙江的龙泉市、景宁县、庆元县交界处可能是世界最早栽培香菇的地方，其技术即砍花栽培法。最早记载栽培香菇的文献是南宋·何澹编的《龙泉县志》，其中记载香蕈"用斧斑驳剉木皮上，候淹湿，经二年始间出，至第三年，蕈乃遍出。每经立春后，地气发泄，雷雨震动，则交出木上，始采取以竹篾穿挂、焙干。至秋冬之交，再用扁木敲击，其蕈间出，名曰惊蕈"。

日本人善培香菇，育法多样，诸如胎木汁法、孢子法、砍木法、埋木法、种驹法。他们将种菌法引入台湾，利用木屑菌接种香菇，段木栽培即以木屑菌种为接种源。此法受树木、地区、季节的限制，发育速度很慢；太空包取代传统的段木栽培，扩大了生产面积、速度和产量。那是1970年发展出来的，从前太空包以相思木屑为主要成分，如今相思树生长赶不及砍伐的速度，无良厂商遂掺入家具业不用的三合板、木片，和造纸厂废弃的树皮纤维，粉碎当木屑，里面的化学物质会伤害菌丝，也伤害人体。

台产香菇以新社、埔里为大宗，这种食用真菌素有"真菌皇后"的美誉，别称包括冬菇、香蕈、香蕐、香信、北菇、厚菇、薄菇、花菇、平庄菇，日本叫"椎茸"。鲜菇和干菇的用途不同，气味相异；干香菇被阳光爱抚过，泡水发制后，气韵更加动人。花菇和香菇的烹饪条件、效果也不同。

朱国珍在《离奇料理》中叙述怀孕时获赠一大包肥美的椎茸，想起吃过同事的卤香菇，难忘美味，遂加水加酱油和冰糖，全部放进去卤一卤；一小时之后，那些美丽的花菇，每一朵都胀得像泰国番石榴那么大。她生性节俭，又勇于承担，心想又不是腌了砒霜，决定独自吃完一大锅味道怪异的"黑色泰国番石榴"；从早餐、午餐，吃到晚餐、消夜，吃到产生强烈的孕吐感，连看一眼都会害喜；最后把剩下的六个保鲜盒花菇全部带回娘家。事隔多日，朱爸爸突然说："孩子啊！我知道你不会做菜，但是每一次无论你做了什么菜，我都很开心地分享。只是这一次，这个卤香菇，真的很难吃下去，你到底是怎么做出来的呢？"

卤香菇经验直接惊吓了胎儿，她儿子天生罹患"恐菇症"，成长过程不敢吃任何菇蕈。花菇是一种冬菇，天气越冷品质越好，伞盖褐色，呈白色爆花菇纹，肉厚而细致，是在香菇生产过程中借控制温度、湿度、光照和通风，改变它的发育。花菇的纹路美丽，熬汤甚佳，堪称极品冬菇；不过，国珍获赠的花菇可能不是来自日本，而是中国大陆。大陆香菇常以香菇丝形态走私进口，广泛使用于食品加工，常见于办桌、团膳、小吃店。尤其花菇，几乎都来自中国大陆。

我习惯买的香菇是不老部落所产和齐民市集所售，两者皆由泰雅人部落以段木培育，长时期呼吸山林气息。由于宜兰多雨少日照，香菇采收后多用柴火烘烤，他们的香菇总是透露着优雅的气味和炭烧味。

段木野育和太空包，存在着慢／快的矛盾冲突，太空包育成的香菇长得速度太快了，殊乏风味。我们越专注在香菇上，越觉得它没有香菇味，经不起咀嚼。一味求快，生产快，进食快，常常吃什么就缺乏什么味道，吃西瓜没有西瓜味，吃肉没有肉味，蘸酱油没有酱香味，猪油炒菜没有猪油香……为了快，我们好像只是在吃那些东西的概念和符号。

山　葵

全年

已经习惯每天清晨吃芥末（mustard）了。摊商知道我这个老主顾食量大，蘸料也用得多，每次都给了约三倍的芥末量。这家虱目鱼摊比大部分餐馆洁净卫生，操作认真，鱼都是一份一份地煮，绝不马虎。我喜欢看邱氏夫妇煮鱼，常被那一丝不苟的态度所吸引。我问昨天为什么又不出来营业。鱼货不漂亮，邱老板说。

邱老板苦于眩晕宿疾，发作时就在家休息，或竟撑着营业，整治鱼肠，煮饭，熬汤。从前我不了解，曾埋怨他太爱休假，缺乏社会责任感。有一次我特地带音乐家陈郁秀、张正杰前往，又没出来营业，我们败兴地吃清粥小菜，也有鱼，却没有芥末。

台北除了邱丘虱目鱼摊，清晨只有在台南才吃得到这种好滋味，如阿堂咸粥的鱼粥、鱼肠、鱼汤都很美味，可惜其蘸料用辣酱和酱油，滋味稍逊矣。生活若没有了芥末，鱼鲜怎么办？人生太无常，世间美好的事物又都很短暂，我每天清晨吃虱目鱼蘸芥末酱油，总是充满了珍惜、感恩。

芥末又叫芥子末，乃芥菜成熟的种子，经干燥加工处理制成，台湾人吃生鱼片、握寿司多用芥末酱——以芥末粉泡水调制。芥末调一点酱油蘸水产吃，芳香辛辣，另带着呛味，能催泪，并强烈刺激口舌。大清早，它唤醒所有沉睡的感官。

台湾人多唤芥末为"わさび"，其实わさび是山葵。至于吃粤式点心、热狗、汉堡所用膏状"芥末酱"，其实是辣根（horseradish）所制，辣根又称为西洋芥末，味道相对温和。芥末作调料也常见于中国北方，主要用来拌菜，如芥末白菜和芥末鸡丝等。日本人则爱用咱们阿里山的新鲜山葵研磨，山葵的价格远较芥末粉、辣根昂贵。

山葵是温带植物，我们用来制蘸酱的是其绿色长条状根茎，表皮粗糙，较高档的日本料理餐厅多用山葵。检验日本料理店的水平，第一个标准可以是蘸酱，我们不会要求路边摊用山葵，我们也不会容忍收费昂贵的餐馆使用芥末粉。

芥末的辛呛甚强，一入口辛呛就直冲脑门，催人眼泪。山葵之味却相对轻淡，些微的辛呛味之外，散发幽微的清香，帮助鱼生展现其鲜美，是日本最有代表性的调料之一，可谓日本料理的符号。除了和生鱼同食，也适合佐各种海产，和荞麦面，泡饭。尤其夏天，わさび酱汁浇淋冰凉的荞麦面，如烈日柳荫下品茗，淡定，闲适，忽然领悟什么。

我爱山葵清新的气质，迷人的香味，每次去滨江果菜市场旁"安安海鲜"买生鱼片，都顺便买一根山葵回家，洗净，去皮，研磨成泥，抹一点在生鱼片上，再蘸一点点酱油吃。神的路途穿越涧水，穿越阿里山的烟岚，来到我面前。啊，求主垂允，在人生的道路上，常有它陪伴。

山葵原产于日本，性喜冷湿，它适宜生长于温带溪畔，水质越冷冽清澈越利于成长，过程不需要肥料，也无须呵护照顾，是不会污染环境的绿色食品，难怪气质脱俗出尘。日据时代日本人即引进阿里山上栽种，所生产的山葵几乎都是卖给日本人，至今新鲜山葵大部分仍然外销到日本。吾人旅游阿里山，买些山葵带回家，是高尚的伴手礼。

日本人总是把最好的农产品留给自己，次级以下的才外销让外国人吃。台湾山葵较日本所产硕大而芳香，我在东京筑地市场见咱们的阿里山山葵和当地山葵并列，风姿更美，价格更高，忽然升起一种优越感。

山葵清香，外在虽似烟笼寒水，却丝毫不婉约温柔，仿佛拒绝驯化的女性意识，智慧，勇敢，有一点野性，带着高度节制的叛逆性，却不致全面颠覆，不会强出头，去遮盖一切，主导一切。

果之属

香　蕉

全年

在麦士威路熟食中心（Maxwell Road Food Centre），先吃了一顿"天天"的海南鸡饭；再到"林记油炸苎蕉"买了一根炸香蕉，外皮香酥，果肉软嫩，一口咬下去竟会溢浆。这是我的新加坡初体验。

我不太敢边走边吃炸香蕉，那形状，拿在手上，似乎有点猥亵。《完全壮阳食谱》初由时报社出版时，选用林嘉翔的插画，《北海蛟龙》一诗配的是一幅香蕉花，红色的花朵像极了充血的阳具；诗集的最后一首《一柱擎天》，内容就是炸香蕉。香蕉一直都是阳具的象征，它的花序仿佛美国画家吉弗（Georgia O'Keeffe）笔下旖旎如女阴的巨幅花卉。

除了鲜食，香蕉很适合做成甜品。少年时代，冰果店最豪奢的产品大概是香蕉船（banana split），这种特大号圣代装在特制的船型容器内，把香蕉对半纵切，上面各放一球香草、巧克力、草莓冰淇淋，挤上鲜奶油，淋上巧克力酱、果酱，撒些坚果，并缀以樱桃。

人类早就食用香蕉，起初却是吃它的地下茎。香蕉有一千多个品种，包括数十种野生蕉，有的野生种像小指头，果肉甚少，里面满是坚硬的种子。杜潘芳格的客语诗《山地香蕉》："野生香蕉酸又青，／瘆瘆吊在香蕉树，／唔恐没人会爱你，／耶稣捞倨会爱你。"现在最常吃的是华蕉（Cavendish banana），是 1826 年英国人从中国南方带回去种植的。

可观的利润，不免怀着政治性的原罪，台湾蕉业大亨吴振瑞当年即被"剥蕉案"污名化。美国更是，香蕉企业一直支持南美的独裁政权，危地马拉就一度被戏称为香蕉共和国。香蕉驱使美国入侵拉丁美洲，如 1912 年侵略洪都拉斯，让联合水果公司在洪国种香蕉、建铁路；光是 1918 年这一年，美军平定了巴拿马、哥伦比亚、危地马拉多起香蕉工人罢工案。法雅伯爵（Von Vaya）慨叹，香蕉是一种征服掠夺的武器（a weapon of conquest）。

1929 年哥伦比亚爆发香蕉大屠杀。马尔克斯《百年孤独》的情节高潮在蕉园发动罢工时：三千多人涌入车站前广场，有工人、妇女、小孩，推挤着到周围街道上，军队举起一排排机枪封锁；14 挺机枪同时发射，火星迸散，密密麻麻的人群好像猛然意识到自己的脆弱，整个惊呆了。地震般的声音，火山般的气息，三千个参加罢工的香蕉工人丧命，尸体一个一个被丢进大海。

香蕉别称甘蕉、芎蕉、芽蕉，品种甚多，诸如大米七香蕉、香芽蕉、北蕉、宝岛蕉、仙人蕉、吕宋蕉、红皮蕉、粉蕉、苹果蕉……台湾和东南亚产的香蕉味道较浓郁。在美国，香蕉被定义为平价、营养又方便的国民水果。

台湾可谓水果的故乡，尤其是香蕉，四季结果，又以秋冬产量最高，个头大，滋味甜，非常适宜开发各种吃法。台湾诗人何崇岳有一首咏香蕉的诗："分绿窗纱透，参差月上初。浓痕开翠扇，淡色晚清渠。心卷千愁结，旗翻一叶舒。美人来夜半，环佩响徐徐。"诗中并未描写香蕉滋味，仅以蕉叶起兴。

蕉叶似乎容易引起愁绪，郑板桥借芭蕉叶描写相思："芭蕉叶叶为多情，一叶才舒一叶生。"也令李清照伤感："窗前谁种芭蕉树。阴满中庭。阴满中庭。叶叶心心，舒卷有余情。"香蕉树其实不是树，它是世上最大的草本植物，我们吃的果实是一个巨大的浆果。引发郑板桥和李清照忧愁的蕉叶是它地上的假茎，叶鞘以螺旋状卷成。

完全成熟时，蕉皮易裂，不利于搬运及储藏，一般多在七八分熟时采收。台湾一年四季皆产香蕉，以冬花春果最美味。市面上的香蕉都非在丛黄时摘取，皆经过后熟处理，我每次买都尽量挑棱线柔和者；颜色深黄的先吃，黄中带绿的再存放，表皮出现黑斑须赶紧吃；若遇瘀伤过熟，不妨拿来做蛋糕。它很诚实，过期了就在表皮显露越来越大的黑斑，好像自动告知；不过刚出现黑斑，正是香蕉风味最靓的时机，像青春年华，得努力珍惜。美好的事物都很快、很快就消逝了。

七千多年前人类就开始种植香蕉，迄今仍是最重要的作物，是世界上产量最高的水果。水果产业是因香蕉而出现：运输香蕉的船队是首先装设冷藏设备的船只，率先利用气调储藏法和化合物以延缓水果腐烂的，也是香蕉公司。

丹·科佩尔（Dan Koeppel）在《香蕉：改变世界的水果》（*Banana: The Fate of the Fruit That Changed the World*）一书中指出，最古老的希伯来文和希腊文圣经中，从来不认为禁果就是苹果，夏娃在伊甸园偷吃的水果可能是香蕉，而不是苹果。香蕉是真正的智慧之果；遮住亚当、夏娃身体重要部位的是香蕉叶，不会是那么小片的无花果叶。

相传释迦牟尼佛是吃了香蕉而获得智慧,因此人们称香蕉为"智慧之果"。据说常吃香蕉能提升脑力,我肯定是从小吃得太少,才会有点智障。

香蕉太普遍了,普遍到我们忽视它的存在和价值。它真是美丽、好吃、健康,又能获得智慧。中医认为香蕉犹有清热润肺、止渴除烦、通脉降压的功能;主治热性便秘、痔疮出血、高血压等。唐人司空曙诗咏:"倾筐呈绿叶,重叠色何鲜。讵是秋风里,犹如晓露前。仙方当见重,消疾本应便。全胜甘蕉赠,空投谢氏篇。"香蕉富含膳食纤维、果胶,能有效通便,充分润滑肠道。

至于除烦,我后来才知道。从小听台湾俗谚:"失恋食芎蕉皮。"总以为是玩笑话。现在医学证实,香蕉皮真的可以治疗失恋。香蕉皮富含色氨酸(tryptophan),能转换成血清素(serotonin),有助于缓和情绪。

人们常说:"An apple a day keeps doctors away." 似乎更可以说:"A banana a day keeps psychiatrists away." 据我观察,偶尔吃一点甜食,比较不会悲情。2007年我筹办饮食文学与文化国际学术研讨会,并设计了一场主题筵宴"文学宴",为了让人们更有智慧拼经济,不要常常被选举搞得太悲情,我安排香蕉作尾声。这道餐后甜点是清洗香蕉皮至非常洁净,附蜂蜜,让学者蘸着吃皮;不出所料,大家都只吃果肉,留下果皮。若依然有心理障碍,还有一种吃法可以参考:整根香蕉洗净,连皮带肉用果汁机搅拌,加蜂蜜、牛奶,制成香蕉牛奶喝。

这几年暴发了很多食安问题,毒淀粉、毒酱油、地沟油……连我自己都觉得沮丧,也许我们应该开发一些美味的香蕉皮食谱。

草 莓

1月—3月

工作室附近有一家日式和果子铺，产品种类不多，我总觉得都太甜。秀丽嗜甜食，偶尔去买麻糬吃，边吃边评论，很有甜点达人的架势。冬春之际，我常买"草莓大福"回家孝敬她。杵捣的糯米外皮，包覆着红豆馅和一大颗新鲜草莓。草莓的果酸，适度修饰红豆馅的甜腻；草莓清新的香味，大幅提升甜饼的气韵。她最后的日子，我几乎天天买，也许潜意识里害怕她吃不到了，遂期盼她常吃大福，能带来巨大的福分。我眼见她胃口日渐退化，连平常嗜吃的草莓大福也无法再吞咽。

我好像先认识草莓果酱，后来才吃过草莓。少年时吃草莓果酱夹土司，允为美味。后来有机会鲜吃，觉得香气袭人却不甚美，酸度太明显。再后来，逐渐吃到质地柔嫩、酸甜平衡、香气浓郁的好草莓，有一种邻家有女初长成的惊艳。

苗栗大湖是台湾草莓的家乡，产量最多，种植技术最成熟。这种温带浆果其实不那么适合亚热带，因此需重肥重药；又贴近泥土,成长过程不免遭污染,一定要清洗洁净。清洗时,先轻轻洗净再去掉蒂头,以避免附着在表皮上的杂质从蒂头渗进。

这种裸子浆果,种子裸露在果肉之外。多数水果由子房发育而成,草莓的果实则是花托所发育,我们吃的部分其实是假果。购买时挑选果蒂新鲜、果色红艳、果体结实者。

除了鲜吃,可制成各种加工品,如草莓果酱、草莓酒、草莓冰、草莓冰淇淋、草莓优格、草莓蛋糕等等。我喝过大湖酒庄酿造的草莓酒"湖莓恋""典藏情莓",两款酒皆以爱情命名,琥珀色酒液相当诱人,酒精度不同,都"莓"香强劲,冰镇后风味甚佳。我央请天香楼杨光宗主厨据以研发菜肴,他设计出"湖莓恋双鲜":将草莓打成泥,与湖莓恋、蜂蜜、草莓优格搅拌均匀,作为酱汁。鲜贝煮熟,烟熏;鳝背酥炸。以什锦生菜打底,和鲜贝、鳝背、新鲜草莓摆盘,淋上酱汁。我想象用它来煮洋梨,风味肯定也非常迷人。

无论外形或滋味,草莓自古就让人联想到爱情,罗马人认为是春药,是爱神维纳斯的象征。草莓更有着出淤泥而不染的象征,莎士比亚《亨利五世》:"草莓长在荨麻底下,四周越是劣等植物,草莓长得越茂盛。"莎翁另一出名剧,奥赛罗送给爱妻苔丝狄蒙娜(Desdemona)的定情物,就是绣着草莓的手帕,他要她妥善保存,随身携带;她也常拿出手帕亲吻。然而,后来出问题的也是那方草莓手帕,让歹人有机可乘,挑起可怕的嫉妒心。

草莓多略呈心形,艳红,肉纯白,多汁,太像饱受爱情折磨的心了。波提切利(Sandro Botticelli)的名画《春》(*La Primavera*),画面是优美宁静的森林,维纳斯和三女神沐浴在阳光中,蒙住双眼飞翔的小爱神丘比特正准备射出金箭；季节女神佛罗拉（Flora）身着缀有草莓图案的华服，身后跟着春神和风神；地上长了许多草莓，一切都迎接着春天降临。这幅蛋彩画色彩明丽，线条轻灵，描绘春天和爱情的寓言。

这种浆果似乎牵挂着许多艺术家的感情，披头士（Beatles）乐队名歌《永恒的草莓园》诉说约翰·列侬（John Lennon，1940—1980）永恒的乡愁：

> Let me take you down, 'cause I'm going to Strawberry Fields.
> Nothing is real, and nothing to get hung about.
> Strawberry Fields forever.
> 让我带你去，因为我正要前往草莓园。
> 没什么是真实的，也没什么值得牵挂。
> 永恒的草莓园。

草莓园是列侬姑妈家附近的一栋房子，是他童年玩耍的地方，象征生命中钟爱的角落。我跟列侬一样自幼羞怯、敏感、缺乏自信，孤独的心灵中有着独特的幻想世界；可惜我缺乏他的才华。

草莓含天冬氨酸，有助消脂排毒瘦身，欧美人称之为"苗条果"。它富含维生素C、钾、磷、铜、钙、镁，其果胶和纤维素能促进胃肠蠕动。它是台湾较常见的莓类水果，其他像蓝莓、覆盆子、蔓越莓则仰赖进口。从前住阳明山，农舍外面野生着桑葚、蛇莓、悬钩子，我有时采来吃，觉得亲自采摘水果的滋味更美好。希尼（Seamus Heaney）在《采黑草莓》（*Blackberry-*

Picking）一诗中追忆童年采集草莓的经验，赞美尝到黑草莓的鲜甜，如饮醇酒，那色泽"饱含着夏天的血液"，令人渴望去采摘，于是他和同伴拿着奶罐、青豆盆、果酱瓶走入荆棘丛中，"潮湿的草刷亮了我们的靴子"，黑亮的大草莓，"像火热的眼睛"：

> You ate that first one and its flesh was sweet
> Like thickened wine: summer's blood was in it
> Leaving stains upon the tongue and lust for
> Picking. Then red ones inked up and that hunger
> Sent us out with milk cans, pea tins, jam-pots
> Where briars scratched and wet grass bleached our boots.

岁月如水果，每一种水果都有自己的产期和独特的色调、气息、滋味。波兰诗人伊瓦什凯维奇（Jaroslaw Iwaszkiewicz，1894—1980）喻草莓为妙龄十八的青年，戴着桃色眼镜观看世界，一切如花似锦、韶华灿烂。真的，我记得昨天还是一个大学生，怎么忽然已是花甲老翁了呢。

草莓果然像爱情一般脆弱，不耐储存、运送，可它是那么动人，外观碧玉嫣红，风姿妩媚；它又如此脆弱，经不起猜疑的折磨。

柑 橘

1月—4月

大学时期赁居在阳明山偏僻的农舍，闭门读书；偶然外出散步，发现一橘园，结实累累的草山橘掉落一地，无人闻问，我捡了吃，颇有风味。跟秀丽交往后，有次带她探幽，来到橘园，见一对年轻人正在采橘子，一时想在女朋友面前耍酷，虚张声势地喊：喂，我是园主，不可以偷摘橘子喔。年轻夫妻相视，笑着对我说：这橘园是我们家的，反正我们也没时间上山来摘，你想吃就尽管摘去吃吧。

很多人有摘橘子的经验，俞平伯描写童年橘黄时打橘子："我们拿着细竹竿去打橘子，仰着头在绿荫里希里霍六一阵，扑秃扑秃的已有两三个下来了。红的、黄的、红黄的、青的、一半青一半黄的、大的、小的、微圆的、甚扁的、带叶儿的、带把儿的、什么不带的、一跌就破的、跌而不破的，全都有，全都有，好的时候分来吃，不好的时候抢来吃，再不然夺来吃。"他打的是"黄岩蜜橘"，皮相当结实，虽言蜜橘，酸度颇高。

俞平伯追忆孩提时还吃"塘栖蜜橘":"小到和孩子的拳头仿佛,恰好握在小手里,皮极薄,色明黄,形微扁,有的偶带小蒂和一两瓣的绿叶,瓤嫩筋细,水分极多,到嘴有一种柔和清新的味儿。"这段叙述有点像我们今天吃的茂谷柑;茂谷柑由宽皮柑、甜橙杂交选育而成,果皮薄,亮丽,油胞小;果基和果顶扁平,掂着坚实饱满;吃起来柔软多汁,渣少,甜味较高。

好吃的橘子应该就像张岱在《陶庵梦忆·樊江陈氏橘》所述:"橘皮宽而绽,色黄而深,瓤坚而脆,筋解而脱,味甜而鲜。"陈氏的橘子好吃,品种之外,是把握到采摘的时机,等橘子成熟到最佳状态才摘,"青不撷,酸不撷,不树上红不撷,不霜不撷,不连蒂剪不撷"。天下水果不多崇尚在丛黄、在丛红?违逆了大自然的时序和节奏,岂有美味。

柑、橘、橙外形相仿,常被混为一谈。橘可谓基本种,花小,果皮好剥,种子多呈深绿色;柑是橘与甜橙等其他柑橘的杂种,花大,果实较不易剥皮,种子为淡绿色。它们是同科同属而不同种;简而言之,柑橘是总称。

早期台湾土产橘子味酸,观赏价值高于味赏价值。沈光文(1612—1688)《番柑》:"种出蛮方味作酸,熟来包灿小金丸。假如移向中原去,压雪庭前亦可看。"又,《番橘》一诗亦是描写橘成熟的形貌:"枝头俨若挂繁星,此地何堪比洞庭。除是土番寻得到,满筐携出小金铃。"好像把柑橘当花卉观赏。

移植过来的柑橘很快适应了美丽之岛,后来的西螺柑、九头柑逐渐赢得赞赏。清乾隆九年,李闳权任台湾知县,其诗《柑子》写得不如何,却可见欢喜之情:"色变金衣偏灿烂,香浮朱实倍晶荧。

才披露叶儿童喜,试嚼琼浆齿颊馨。"

范咸在乾隆年间任巡台御史兼理学政(1745—1747),治台期间尝到九头柑,非常惊艳:

> 传来海上得分甘,玉乳琼浆旧未谙。
> 千树何当夸异种,九头今始识真柑。
> 曾经黄帕分携重,不厌筠笼取次贪。
> 正值上元嘉节后,洞庭休再忆江南。

范咸说台湾产九头柑,可能传自广东或浙江,瓣九瓣,应是名称由来。胡承珙有两首《西螺柑》,评价不高:"橙黄橘绿一天愁,赖有尝新慰滞留。欲寄书题三百颗,故人多在海西头。"另一首:"露叶烟枝傍水涯,洞庭春色漫相夸。素罗双帕无由致,不及金盘进御瓜。"他似乎对台湾的柑、西瓜都不甚了了。

西螺柑是一种椪柑,原产于印度,清初从广东、福建移植来台。椪柑因外形膨胀像充了气,故名。西螺柑是清代台湾特产中,少数得到中土宦游人士称赞的果品。

到了黄清泰,西螺柑的风味已相当迷人,他也有两首《咏西螺柑》,第一首喻西螺柑金黄澄亮如宝石闪耀,又喻为君子般温润如玉,其美学观、价值观显然承袭自屈原以降的传统:

> 人烟寒处点秋光,火齐星星艳夕阳。
> 材足抗衡唯佛手,妙能分润到诗肠。
> 饶金便觉无酸态,怀玉端宜作冷香。

> 莫羡洞庭千万树,西螺洲畔摘轻霜。

轻霜,柑橘的代称,秋天采西螺柑,顺手摘下结在上面的轻霜;黄清泰对西螺柑的评价不输江苏太湖的"洞庭柑"。他另一首《咏西螺柑》,直接描述西螺柑风味及血源:"踰淮化枳笑区区,试问江南有此无?书字从甘名不愧,医人消渴病全苏。梨虽清品难为偶,蔗亦长材惜太粗。今日孙枝传遍处,丰栽不减味微殊。"

此外,吕敦礼《西螺柑》盛赞西螺柑远胜温州、台州所产:"经冬万树实盈枝,品比温台远胜之。藏待来年春二月,携同斗酒听黄鹂。"施钰(1789—1850)歌咏西螺柑的风味绝佳,果形美丽,并有药功:

> 皮黄宛似鹅儿染,色艳尤如蜡样含。
> 小摘罗疏陈棐几,珍藏端重贮筠篮。
> 劈开雪瓣周身洁,捧上瑶盘信手探。
> 咀嚼耐人良可爱,朵颐供我又焉贪。
> 津流齿颊脾先沁,甜入衷肠意正酣。
> 绝胜楂梨形澹涩,俨然橘柚蕴清湛。
> 非同化枳淮而北,不羡离枝岭以南。
> 品擅药囊功匪浅,馨偕兰室善奚惭。

现在台湾柑橘品种已多,主要包括椪柑、桶柑、海梨仔、茂谷柑、温州柑等等。温州瓯柑历代是朝廷贡品,素有"端午瓯柑似羚羊"之誉。有时橘越淮不一定变成枳,我在台湾吃瓯柑,与在温州所尝一个样,一样质优味美,每尝它总想到瓯江风情,想到我的朋友曹众童年时,提着两篓瓯柑搭长途火车上京,很有上朝进贡的况味。

　　柑橘的外形美丽未必就质优,选购时勿以貌取橘,粗放的桶柑虽则长相平庸,却风味甚美。要之:皮薄,色深艳,结实有沉甸感,果蒂细,脐部的凹陷处平广;如张岱所描述,大抵不差。

　　洞庭橘自古闻名,当然跟屈原有关。我曾赴洞庭湖畔屈子祠参拜屈原,墙上还有他早年的作品《橘颂》,这是中国的第一首咏物诗,以橘树为喻,表达自己坚贞的意志和理想:

　　　　后皇嘉树,橘徕服兮。
　　　　受命不迁,生南国兮。
　　　　深固难徙,更壹志兮。
　　　　绿叶素荣,纷其可喜兮。
　　　　曾枝剡棘,圆果抟兮。
　　　　青黄杂糅,文章烂兮。
　　　　精色内白,类可任兮。
　　　　纷缊宜修,姱而不丑兮。
　　　　嗟尔幼志,有以异兮。
　　　　独立不迁,岂不可喜兮。
　　　　深固难徙,廓其无求兮。
　　　　苏世独立,横而不流兮。

　　后代诗人都能想象这位千古辞赋老祖宗漫步橘林,难掩抑郁,喻橘为君子、为知己、为好友，又比作师长。《橘颂》问世，几乎就定位了后世对橘的文学想象。如"受命不迁"的忠诚，"愿岁并谢"的坚定，"独立不迁"的风范，和伯夷叔齐的隐逸之情……却偏偏没讲橘子的滋味。

古来骚人墨客咏橘者甚夥，柑橘意象在唐代尤其大规模生产，《全唐诗》中的"橘"诗就有285首，多继承了屈子赋予的高风亮节之情操，和岁寒然后知松柏之后凋的抱负和期许。张九龄被贬荆州后，作《感遇》，即是明显的例子："江南有丹橘，经冬犹绿林。岂伊地气暖，自有岁寒心。可以荐嘉客，奈何阻重深。"

比较触探到滋味的还是要等美食家出场，如苏轼《食柑》中描写："露叶霜枝剪寒碧，金盘玉指破芳辛。清泉蔌蔌先流齿，香雾霏霏欲噀人。"

中国是柑橘的重要原产地之一，已栽培四千多年，宋·韩彦直《橘录》是世界上第一部栽培橘子的专书。柑橘总在深秋成熟，李白的"人烟寒橘柚，秋色老梧桐"，叙说秋冬美丽的风景和略显萧瑟的人情。

华人赋予橘树高雅的形象，其芳香令周围的空气为之震动。唐·钱起《江行》："轻云未护霜，树杪橘初黄。信是知名物，微风过水香。"柑橘之于华人，除了美味，另有深刻的文化性格和意涵。

橘和吉音近，柑与甘同音，其气味、滋味和色泽，同时讨好了吾人的嗅觉、味觉、视觉，乃至于听觉。晒干橘皮炮制中药，即是陈皮，能健胃整肠，去油腻；更是烹调良伴，卤味、甜汤的最佳配角。甚至烘烤橘子皮的气味，是海明威重燃枯竭文思的办法。

无论多么甜的柑橘，多少会带着些酸味，它的柠檬酸、苹果酸，令果糖有了较丰富的层次感。那酸，很启人深思。

东汉末年，6岁的小陆绩去九江见袁术，辞别行礼时，三颗金黄的橘子从怀中掉出，术谓曰："陆郎作宾客而怀橘乎？"

小陆绩跪了下来，说："欲归以遗母。"

什么美味令陆绩小小年纪要带回家孝敬母亲？后来这三颗橘子就成了文学上思念母亲的象征。

莲 雾

台湾南部1月—5月，嘉义以北7月—9月

旧工作室对面是师范大学，校门内两株莲雾，七八月间见它结实累累，果粒小，果色甚淡，显然是台湾早期的莲雾，稍带涩味，甜度低，并无人采摘，落果被来往行人踩来踩去，黏着木板、步道，空气中纠缠着发酵味。

莲雾长得像铃铛，别名包括：菩提果、辇雾、染雾、南无、琏雾、香果、蜡苹果、爪哇浦桃、洋蒲桃，新马一带唤水蓊、天桃。王凯泰（1823—1875）任福建巡抚时来台视事，在莲雾的名称上作诗："南无知否是菩提，一例称名佛在西。不染云霞偏染雾，慈航欲渡世人迷。"并注："菩提果，其色白，其实中空，状如蜡丸，与南无相似，俗名染雾。"王凯泰所尝自然是白莲雾。

这种热带水果原产于马来半岛及安达曼群岛，荷兰人在17世纪引进台湾，目前已发展出许多品种，如大果种、马六甲种、翡翠莲雾、凸脐莲雾、子弹莲雾、紫钻莲雾、甘蔗莲雾、香水莲雾、斗笠莲雾等等。农业试验所更在各产地试种改良大果型莲雾品系，"黑钻

果之属 | 173

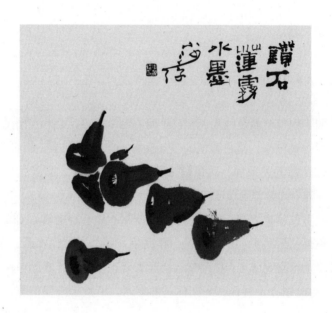

石""黑金刚"莲雾皆改良自"黑珍珠",分别是高雄六龟和屏东林边、南州果农的杰作,以疏果、套袋技术培育所得,果实硕大。

黑珍珠是自南洋引进的改良品种,果形为圆锥形,甜度、水分都高,甜中带着清爽感。无过多的海绵体组织,果肉组织密实。余光中赞莲雾,最后几句描述到黑珍珠滋味:

> 发出最大的诱惑,对喉舌
> 和最小的抵抗,对牙齿
> 刷地一口咬下,势如破竹
> 满嘴爽脆的清香,不腻,不黏
> 细细地嚼吧,慢慢地咽
> 莫错过这一季幸运的春天
> 泥土的恩情,阳光的眷顾
> 和一双糙手日夜的爱抚

莲雾原本生产于5月至7月,果色和口感都欠佳。目前台湾所栽培者以印度尼西亚大果种最具市场潜力;农试所改善其缺点,调节产期为1月至4月的冬春果,果形硕大,果色深红亮丽,糖度稳定,清脆多汁,甜中带酸,不易裂果,耐运送储存。其习性喜欢湿热,台湾的主要产地在屏东县沿海乡镇,挑选时宜用闽南语口诀"黑透红、肚脐开、皮幼幼、粒头饱",意思是果皮暗红泛黑,脐底开阔,有光泽无斑点,果粒沉甸。

文人习惯拟人化莲雾,喻为美人,热带美人,如"素裹红装肌如玉""姿容俏丽惹人爱""粉面佳人生南国"……相传康熙皇帝

（应为孙元衡——编按）游台湾时，曾经以此"香果"题诗："但有繁须开烂漫，曾无轻片见摧残。海天春色谁拘管，封奏东皇蜡一丸。"诗作得不好，确实像出自皇帝手笔。

不一定莲雾都素裹红装，王凯泰尝过的白莲雾以新市所产者最著名，此乃莲雾家族中的白色种和青色种，白莲雾的经济价值较低；早期纯白色种甜度低而带涩味，新市农家遂混合青绿色种，培育出独特的白莲雾风味。

任何农产品的魅力皆来自于友善的环境，叫它缓慢汲取土地精华，待它自熟莫催它，看它发育得丰满诱人，色泽明亮。莲雾买回来，冷藏储放前不要清洗，要吃的时候才洗，盖它的果皮甚薄，非常脆弱，像亟待小心经营的感情，莫碰撞，莫摩擦。

木栅旧家对面是明道小学，假日常陪幺女来玩耍，滑滑梯，梯边也有一株高大的莲雾，和师大校门口那两株相似。树梢总是有许多白头翁跳来跳去，偶尔啄食莲雾，可能不甜，弃落满地。好莲雾不至于过甜，隽永中足堪咀嚼，梁秉钧咏莲雾："平淡么可又还在咀嚼／日常的滋味心有甘甜／清爽里连着缠绵。"这名字太好听了，真像山野乍逢雾岚，像枝头遇到一阵清风。

那时候双双两三岁，每天都要滑滑梯，我担心她的脚磨伤，总是为她穿上厚袜，站到旁边保护她。我太喜欢听她滑下来高亢的笑声了，伴奏着枝头雀跃的白头翁。好像是昨天的事，我分明还听见她雀跃地喊："我还要玩！我还要玩！"猛回头，她已经亭亭玉立了。

青 梅

3月—5月

滨江市场规模相当大,各类蔬果肉品齐全,海产更多样,我每次在家宴客总是来采购。有一天买齐了菜,本来还要买莲雾,焦妻见青梅上市,遂买了一箱回家,她准备酿梅醋,说酿过的梅子也好吃。

翠绿的梅果诱舌生津,她忽然起心动念要买来加工。为了酿梅,她特别去买了广口玻璃缸,以一种土法炼钢的精神,先洗净梅子,用电风扇吹干;一层梅子一层糖,再加入大量的醋,密封。她宣布半年后就可以开缸饮用。

以糖、盐、醋腌渍梅子都很好吃,诸如酸梅、话梅、紫苏梅、奶梅、脆梅、茶梅、乌梅、咖啡梅、绍兴梅等等。先秦已出现腌梅,《吕氏春秋》录有盐梅烹鱼,《尚书》亦记载盐梅合羹,《三国演义》曹操与刘备"青梅煮酒论英雄"。最早的文献见于《诗经·召南·摽有梅》,描述周代每年一次的舞会,男女在舞会中择偶,自由订婚或结婚:"摽有梅,顷筐墍之。求我庶士,迨其谓之。"梅与媒同音,梅落乃有花开结实的隐喻,故兴起男女宜及时嫁娶之义。

这种亚热带特产果树,原产于中国南方,已栽培了三千多年。《齐民要术》记载的梅子加工:"梅,杏类也。树及叶皆如杏而黑耳,实赤于杏而醋,亦可生啖也;煮而曝干为蘇,置羹、臛、齑中;又可含以香口,类蜜藏而食。"可见当时已常制成零嘴。又如《东京梦华录》中所述梅汁、梅子、香药脆梅等,皆是梅子饮品和蜜饯。到了宋代,更以梅花入馔,《山家清供》所载包括:梅花汤饼、蜜渍梅花、汤绽梅、梅粥、不寒齑、素醒酒冰。

梅有两百多个品种,依果实色泽大别为青梅、红梅、白梅,诸如欧阳修"叶间梅子青如豆",刘秉忠"梅子黄时雨",王安石"雨如梅子欲黄时",王之道"梅子更红肥",吴文英"半红梅子荐盐新"……吾人吃的青梅并非一般观赏梅花所结;果梅是蔷薇科杏属梅,又称梅子、酸梅。

然而《尚书》《诗经》早就提到的梅,指的都是果实而不是花,对于花,唐人题咏竟作。对梅用情最深的人可能是宋代的范成大,《范村梅谱》赞叹:"梅,天下尤物。"他记载所居范村之梅,凡十二种,他所描述当然是梅树,后序又说:"梅,以韵胜,以格高,故以横斜疏瘦与老枝怪奇者为贵。"

梅子富含人体所需的多种氨基酸、维生素和大量的柠檬酸,能促进血液循环、消除疲劳、抗老化;若与钙质结合,还能强化骨骼,促进铁的吸收,是优质的保健食品,被誉为"凉果之王""天然绿色保健食品",日本人盛赞"碱性食物之王",可平衡人体酸碱值。

华人一向爱梅,古来骚人墨客赏梅、咏梅、品梅的作品不少。李白《长干行》:"郎骑竹马来,绕床弄青梅。"用青梅那酸甜的滋味隐喻爱情,那是一种非常深刻的酸,令三国时曹军"望梅止渴",

令杨万里吟咏出"梅子留酸软齿牙"。

实在太酸了,不适合鲜食,吾人多品尝加工后的梅制产品,依照梅子成熟度不同,进行不同的加工处理。小妹盈君忧虑我长期暴食暴饮,常送我梅精,青梅产品已深入我的生活。我尤其喜欢中华农桑文化工作室炼制的梅精丸、梅醋,每次出国都带着梅精丸,旅途中随时含一粒,觉得很有安全感。

台湾的农村酒庄善酿梅酒,车埕酒庄融入地方的铁道文化,酒品命名都和铁道有关,如"铁道公主""车埕老站长""烈车长""铁轨",四款酒我都喝过。"铁道公主"选用水里所产的梅子酿造,色泽金黄,酒庄的宣传手册上如此叙述:在20世纪70年代集集支线的通勤列车上,有位最明亮可爱的少女,她是所有少男心仪的对象,也是当时所有火车族的共同回忆,更是许多人存封多年的暗恋。这个甜美的女孩,我们都叫她"铁道公主",品尝之间仿佛时光回到往昔,又见到那健康美丽的身影缓缓走来。

好深情的青梅故事啊。《清稗类钞》载钱枚之妻善做糖梅,味极甘脆,某年夏天,睹糖梅悼亡妻,作《望梅》一词:

> 江城夏五。正梅肥时候,风风雨雨。
> 记窗前,一树青青,早吩咐园丁,倾筐摘取。
> 亲手搓挲,更方法,从头说与。
> 青钱细簌,白蜜生腌,红瓷封贮。
> 追思十年前事,怅绿幺弦断,翠奁香炷。
> 又江南、节物登盘,问旧时滋味,何尝如许?
> 春梦销沉,访嫩绿、池塘何处?

剩微酸一点，常在心头留住。

焦妻生病时酿了一大缸梅醋，透过玻璃缸，那青梅和里面的醋日渐转成褐色。她离开后我想吃，可说来诡异，那缸梅醋竟无端消失。我问过母亲、女儿，均摇头不知，仿佛是一个谜，在迷茫的岁月中那么真实存在过，我在记忆中努力想象那消失的青梅，酸得像寂寞中年。

杧 果

杧果产期为 4 月—6 月，爱文与金煌杧果为 6 月—7 月，凯特杧果为 8 月—9 月

早晨匆匆忙忙出门前先从冰箱取出一颗爱文杧果吃了，像激情的吻，气息回荡在口腔，几乎能鼓舞一整天的精神意志。杧果出产前我总是渴望着，盛产时每天都热烈大啖，待产期结束又怅惘落寞。每天下午都巴望着早点回家，切一盘冰镇杧果慢慢享受。恋爱像杧果，想要看见时巴不得立刻就看见。

杧果树高大，很容易看见，南部有些路段植杧果为行道树，树高可达 20—30 米。福建漳浦人陈梦林在康熙、雍正年间三度来台，初来在 1716 年，为纂修《诸罗县志》，诗《檬圃》作于纂修期间："小圃茅斋曲径通，参天老树郁青葱。"张湄在乾隆年间来任巡台御史，亦有诗为证：

参天高树午风清，嘉实累累当暑成。
好事久传番尔雅，南方草木未知名。

无论品种，杧果都是舶来品，它性喜高温、干燥，适合生长在排水良好富含腐殖质的沙土上，原产于北印度、马来半岛，Mango之音来自印度原住民达罗毗荼人（Dravidian）的称呼 maangai，不少印度菜肴和点心以杧果为材料。杧果别名不少：芒果、檬果、漭果、闷果、蜜望、香盖、庵罗果、庵摩罗迦果，《大唐西域记》载"庵波罗果，见珍于世"。人类栽种它已四千多年，历经杂交和培育，不断产生新品种，风味、果形愈趋多样。

　　据云杧果是在明代嘉靖年间由荷兰人引进台湾的，起初栽种于台南。此间的品种甚夥，1954年农复会引种考察团到美国佛罗里达州，带回四十多种杧果品种，经过七年的试种、驯化，选出最适合台湾的爱文和海登、吉禄、肯特、凯特推广；此外，怀特、四季样、金兴、玉林、红龙、文心、黑香、圣心等也都是名种。怀特的果实修长，尾端微勾，形似香蕉，果肉也偏白，又称"香蕉样"。黑香带着浓郁的桂圆味，气息魅人。1966年，高雄六龟农民黄金煌以凯特、怀特两品种杂交，培育出象牙形杧果"金煌"，黄皮，澄黄中略带微红，个头硕大。

　　爱文杧果俗称"苹果样"，外形十分美丽，皮肤如苹果般红润鲜艳，红里透黄，红与黄糅合愉悦，仿佛经过上帝调色盘的调制。爱文的香气浓郁，纤维少，甜度高，果汁饱满，果肉柔嫩细致，常用来制作冰品、菜肴，乃目前栽培面积最广、最受欢迎的品种。

　　台南玉井人郑罕池先生最早试种爱文杧果，历三年有成，大家传承了他的技术，逐渐扩大了种植面积，直接奠定玉井为爱文杧果的故乡。"扑鼻的体香多诱人啊／还有艳红而丰隆的体态"，余光中歌咏的应是爱文，喻杧果为青春女体，香、丰满，诱人如禁果：

"一刀偷偷地剖开／触目的隐私赤裸得可怕／但一切已经太迟了／怀着外遇的心情，我一口／向最肥沃处咬下。"台南市玉井区是全台最大杧果产区，昔称"噍吧哖"，原是西拉雅平埔人噍吧哖社所在地，也是1915年余清芳等台湾汉人武装抗日事件的发生地。

我偏爱土杧果，爱它特立独行，酸度比爱文、金煌高，虽然没什么果肉，香味却特别浓郁。土杧果俗称"土檨仔"，歪卵形，个头小，绿皮微黄，富含纤维质，吃完了不免塞牙缝。当年郁永河所歌咏的就是土杧果："不是哀梨不是楂，酸香滋味似甜瓜。枇杷不见黄金果，番檨何劳向客夸。"

从前流行一种吃法：轻敲整颗熟透的土杧果，令果肉变成果汁，尾端咬开一小洞，就嘴吸吮，状似吸奶。如果奶味如此甜美，我情愿一辈子不要断奶。

土杧果的产期短，仿佛才刚相聚，又要道别。然则知道再过三季还会重逢，长期的相思似乎差堪安慰了。

檨子俗称"番蒜"，切片腌食，名"蓬莱酱"。嘉庆年间，谢金銮（1757—1820）来台任儒学教喻，他显然不爱当官，却很爱吃檨仔："投老风情甘润滑，少年趣味太辛酸。儿家一碗蓬莱酱，待与神仙下箸餐。"另一首更咏叹："吮蜜含浆到口和。"王凯泰在担任福建巡抚期间渡台，才五个月，就治理得"海波不兴，庶务毕举"，他在《台湾杂咏》一诗中歌颂杧果："高树浓阴盛暑天，出林檨子最新鲜。岛人艳说蓬莱酱，谁是蓬莱籍里仙？"

未成熟的土杧果俗称"檨仔青"，又酸又涩，须腌渍才吃，从前叫蓬莱酱，现在唤"情人果"。起初是为疏果故，打下发育不良的果实，集中营养给较壮硕的幼果。做法：檨仔青洗净，削皮，泡

果之属 | 183

过盐水约半小时，涤去盐分，加糖腌渍一天即可。腌渍过程会出水，绝不可丢弃；和樣仔青一起冰冻，成品似冰沙，微酸，略甜，清香，滋味果然如恋爱。

最早见识情人果是在海霸王餐厅，这间发迹于高雄的海鲜餐厅以情人果为餐后甜品，甚受欢迎，仿效者众。道听途说称杧果有毒，不能多吃。然则李时珍《本草纲目》盛赞为果中极品："种出西域，亦柰类也。叶似茶叶，实似北梨，五六月熟，多食亦无害。"

美好的事物都要认真疼惜。杧果身躯脆弱，不堪运送过程的碰撞；一般在八九分熟时即采收，若买回来时果体尚未软化，先别急着放冰箱，室温下静置几天，令果肉的淀粉转化为果糖，香气与风味都更显饱满。

杧果含有杧果黄素，刚吃过土杧果，牙齿不免染黄，吃多了汗水甚至呈黄色。美味才要紧，稍碍观瞻何妨。

口舌接触时，那气息，弥漫着淡淡的温馨、平和氛围；又觉得胸中有一股力量蓬勃升起，在它面前，我甘心做一个仆人。如果世间有一见钟情、终生不渝的情意，那么我对杧果庶几近之。我每天都想要它。夏天的味觉，夏日的感官，因它而存在、苏醒。

可惜它无法常相左右，随着季节递嬗就离去了。像一段夏日恋情，深刻，倾慕，思念，甜得有点忧伤。

玉荷包

5月

"玉荷包"荔枝成熟期约在5月中旬至6月中旬,形模如心型荷包而得名。果壳颜色呈红黄绿相间,属台湾荔枝的中熟高焦核品种,比"黑叶"荔枝早半个月左右。采收期由南往北,如甜蜜的接力赛般,从恒春、满州一路北上。其果棘尖而深;内核较小,呈长椭圆形;果肉如玉,肥厚、晶莹且细致,呈半透明凝脂状;皮薄,汁饱满,甜度高,甜中透露轻淡的酸。我尤其喜爱它的微香,尾韵悠长;它是台湾的精致农产品之一,荔枝中的贵族。

早年玉荷包荔枝较为娇嫩,只爱开花,不爱结果;幼果期落果严重,产量不稳定。第一个成功量产玉荷包的果农是大树的王金带先生,人称"玉荷包之父",他研发的技术分享给其他农友,如今已在各地开枝散叶。

荔枝为亚热带的常绿果树,原产于中国南方,台湾省从广东、福建引进栽培,自新竹宝山至恒春皆有荔枝园,品种不少,诸如早熟的"三月红""楠西早生",中熟的"黑叶""沙坑",晚熟的"桂味""糯米糍",以及最近农试所培育成功的"旺荔""古荔"等等,尤以黑叶为大宗,约占80%。玉荷包品质好价优,日显取代黑叶荔枝之势。主要产区在高雄大树,堪称玉荷包之乡。现在大树山区结实累累的玉荷包,从前只种植甘蔗和地瓜。

崇祯年间进士王忠孝(1593—1666)老年时应郑成功之邀来台,有一次获赠荔枝,非常惊艳:

> 海外何从得异果,于今不见已更年。
> 色香疑自云中落,苞叶宛然旧国迁。
> 好友寄缄嫌少许,老人开筐喜奇缘。
> 余甘分啖惊新候,遥忆上林红杏天。

世间大概鲜有不嗜荔枝的人,当年王忠孝尚无福气品尝玉荷包,普通品种已令他如此感动;在动荡不安的时代,海外得尝家乡水果,可能又多了孤臣孽子的心情。

夏天宛如一场荔枝的嘉年华,驱车在高雄山区,常可见自产自销的农户信誓旦旦地张贴广告:"不甜砍头。"余光中亦有诗记述:"七月的水果摊口福成堆/旗山的路畔花伞成排/伞下的农妇吆喝着过客/赤鳞鳞的虬珠诱我停车/今夏的丰收任我满载/未曾入口已经够醒目/裸露的雪肤一入口,你想/该化作怎样消暑的津甜……"

玉荷包即中国大陆的"妃子笑"。另一相近品种是广东"挂绿",更是荔枝中的珍品,早在12世纪即有栽培,产地以增城为主;果壳六分红四分绿,红壳上环绕着一圈绿痕,那绿痕承载着何仙姑的故事。李凤修有诗赞曰:"南州荔枝无处无,增城挂绿贵如珠。兼金欲购不易得，五月尚未登盘盂。"西园挂绿母树已活了四百多岁，连续几年的挂绿拍卖哄传海内外，2004年曾以55.5万人民币拍出一粒挂绿荔枝。

荔枝之迷人，如白居易所盛赞："嚼疑天上味，嗅异世间香。"古来骚人墨客竞相吟咏，形成了浓厚的文化氛围，渲染着许多趣闻和传说。

唐代以降，荔枝是永远跟杨玉环相连了，最出名的大概是杜牧的《过华清宫》："长安回望绣成堆，山顶千门次第开。一骑红尘妃子笑，无人知是荔枝来。"南宋·谢枋得在《选唐诗》也说："明皇天宝间，涪州贡荔枝，到长安色香不变，贵妃乃喜。州县以邮传疾走称上意，人马僵毙，相望于道。"东坡《荔枝叹》亦感叹贡品带给百姓巨大的伤害，前几句节奏急促，摄人心魄："十里一置飞尘灰，五里一堠兵火催。颠坑仆谷相枕藉，知是荔枝龙眼来。飞车跨山鹘横海，风枝露叶如新采。宫中美人一破颜，惊尘溅血流千载。"一次次跨山越河快跑狂奔，杨贵妃送进嘴里的荔枝，颗颗都浸着别人的血。

当年用麻竹筒装荔枝保鲜，将荔枝从涪州（州治在今重庆市涪陵区）运送到长安。麻竹筒容量大、水分足，利于保存新鲜荔枝——先用水浸泡竹筒两天，再将刚采收的荔枝洗净，装入竹筒，以蜂蜡封口，飞骑接力，日夜兼程送到长安。封在麻竹筒内七日的荔枝，果皮保有原色，果肉质地良好，维持原来的新鲜风味。白居易《荔枝图序》有几句说："若离本枝，一日而色变，二日而香变，三日而味变，四五日外，色香味尽去矣。"现今冷藏方便，买来后一时吃不完，千万别直接送进冰箱；我惯用湿报纸包覆，再套入塑料袋冷藏，以防水分流失。

古人咏荔枝以东坡居士最厉害，他被贬惠州后，初尝荔枝，盛赞："海山仙人绛罗襦，红纱中单白玉肤；不须更待妃子笑，风骨自是倾城姝。"待剥开果皮，品尝果肉，竟以两种水产比喻："似开江鳐斫玉柱，更洗河豚烹腹腴。"他另一首七言绝句《惠州一绝》末两句云："日啖荔枝三百颗，不辞长作岭南人。"这才是美食家本色。

台湾的农业科技令玉荷包勇于生育，各农场有独门培育法，施肥方式也不同，"坪顶果园"称采自然农法栽培，果园内放养土鸡，鸡、果共荣，减少了农药使用。有人给果树喝牛奶，据说可以提高甜度，《旧约》所说上帝应许的乐土"流奶与蜜之地"，说的好像是南台湾的荔枝园。

玉荷包的产季短，采收、销售、赏味都必须有效把握。今年受气候影响，约延后了20天收成。前几天辅大比较文学所博士生孙智龄快递了一箱送我，品尝这么甜美的礼物，得非常认真地帮助这个学生啊。

荔　枝

5月—7月

我闲逛载酒堂，放纵想象，浮忆东坡先生的诗文。他晚年远谪儋耳，在那里住了三年。在那样困顿的环境下，讲学育才，是如何豁达的心境，才能写下"菜肥人愈瘦，灶闲井常勤"？当时黎子云兄弟、张中为他醵钱作屋，"客来有美载，果熟多幽欣。丹荔破玉肤，黄柑溢芳津。借我三亩地，结茅为子邻。鴃舌倘可学，化为黎母民。"院子里有两株高大的荔枝树，结实累累，我知道并非当年东坡先生手植。

中国在华南栽种和生产荔枝已两千年，这种亚热带水果，北方人罕见，古代显得十分珍奇，清·梁章钜《归田琐记》叙述女婿从福州飞寄两篓荔枝来，侵晓摘下，即装笼登舟；分赠亲友品尝，大家都觉得是生平口福。

清康熙年间，诗人孙元衡任官台湾，"创置学田，以资贫士，严缉捕，以靖地方"，政绩颇有口碑，在台期间慈惠爱民。他爱极了荔枝，曾歌咏荔枝多首，诸如《喜荔枝船到》叙述终于盼到货船

果之属 | 189

运来荔枝，欣喜非常；《累日望荔枝船不到》则难掩盼不到的失望神情。《咏荔枝》二首赞为仙果、美人："味含仙意空南国，姿近天然是美人。丹罽潜胎珠玓珠，脂肤满绽玉精神。""轻红照肉白凝齿，芳气袭魂寒沁心。"《最后买得荔枝友人言味少逊率成一绝》：

澹红衫子白罗裳，还是佳人倒晕妆。
天与色香南渡海，醉中风味不寻常。

历来骚人墨客多对荔枝一往情深，并惯以水晶、雪喻果肉，范咸于乾隆年间任巡台御史兼理学政（1745—1747），并编纂《重修台湾府志》，亦有诗咏荔枝：

绛罗衫子雪肌肤，一种香甜绝胜酥。
消渴液寒青玉髓，脱囊盘走水晶珠。
阿环风味差堪拟，卢橘芳名亦少殊。
饱啖拚教烟瘴绝，不辞人唤作狂奴。

荔枝保鲜较困难增加了珍贵感，所谓"一日而色变，二日而香变，三日而味变，四五日外，色香味尽去矣"。刘家谋感叹荔枝自内地运来色香味俱变："片帆度重洋，潮汐苦留滞。竟为风日侵，颜色欲变异。百年在乡好，万事及时贵。君看仙人姿，过海亦憔悴。"

盛产时除了鲜食，荔枝还被加工成罐头、果脯、果酱、果蜜，并用来酿酒，杨朔《荔枝蜜》描述荔枝蜜："荔枝蜜的特点是成色纯，养分多……滋养精神……一开瓶子塞儿，就是那么一股甜香；

调上半杯一喝,甜香里带着股清气,很有点鲜荔枝味儿。喝着这样的好蜜,你会觉得生活都是甜的呢。"

《红楼梦》第37回叙述袭人寻缠丝白玛瑙碟子,要给史湘云送东西,晴雯笑道:给三姑娘送荔枝去了,还没送回来。袭人嘀咕:家常送东西的家伙也多,巴巴的偏拿这个。晴雯回道:"(他说)这个碟子配上鲜荔枝才好看。"荔枝果形一端微尖,表皮紫红,略似尖腮猴脸。第22回贾母作谜语给贾政猜:"猴子身轻站树梢。"谜底是荔枝。盖"站树梢"义同"立枝","立""荔"谐音;又,荔枝与"离枝"谐音,故脂批说此谜有"树倒猢狲散"寓意。

余光中《荔枝》歌赞荔枝之津甜,倡言先在冰箱冷藏一夜,待"冷艳沁澈了清甘"味道更佳;末四句呈现白盘、红荔枝配色之美:

> 七八粒冻红托在白瓷盘里
> 东坡的三百颗无此冰凉
> 梵谷和塞尚无此眼福
> 齐璜的画意怎忍下手?

我不记得凡高和塞尚画过荔枝,倒是白石老人喜欢画荔枝,浓墨画枝,焦墨勾叶,淡胭脂打底浓胭脂加点。"白石老人笔下的墨与色都是亮的",王祥夫在《四方五味:中国民间饮食文化散记》中说:"他笔下的荔枝还敢用赭石做衬,一大串荔枝里有一两个以淡墨和赭石画的荔枝,衬得那胭脂更好看。"

荔枝品种不少,桂味、糯米糍、挂绿、玉荷包皆是高尚的品种,也有无核者。无核荔枝果肉凝脂,晶莹,清脆无渣,甜度比普通荔枝明显，无论色、香、味都是荔枝中的精品。晚唐段公路《北户录》载无核荔枝：

> 南方果之美者，有欐支。（卫洪《七闻》曰："蒲桃、龙目、椰子、欐支。"作此字。）梧州火山者，夏初先熟而味小劣，其高潘州者最佳，五六月方熟，有无核类，鸡卵大者，其肪莹白，不减水精，性热、液甘，乃奇实也。又有蜡荔支，作青黄色，亦绝美。《南越志》云：荔枝洲有焦核黄蜡者为优，故《广州记》曰：荔枝如鸡卵大，壳朱肉白，五六月熟，核若鸡舌香。陈藏器曰：荔枝树如冬青，实如鸡子，核黄，黑似熟莲子，实白如肪，甘而多汁，百鸟食之为肥，极宜人。《广志》云：焦核胡偈，此最美；次有鳖卵焉。其树自合抱至数围，大者材中梁栋。其坚，即柅陕等木，无以加也。岭中荔枝才尽，龙眼子方熟，大如弹丸，皮褐肉白，而味过甜。俗呼为荔枝奴，非虚语耳。

段公路所述仍属有核荔枝，只是核较小罢了。无论品种，荔枝都是红艳成熟时才美味，青荔枝吃起来攒眉蹙口，涩难下咽。《清稗类钞》载粤人李倩嗜食青荔枝，蘸盐虾酱，每次吃掉百枚，自言："人间至味无逾于是，惜不能与腌鸭尾日夕慰我馋耳。"

描写荔枝之味是高难度动作，白居易《荔枝图序》："壳如红缯，膜如紫绡，瓤肉莹白如冰雪，浆液甘酸如醴酪。"描写外壳像红色锦缎，膜如紫色薄绸，果肉仿佛冰雪般晶莹，都恰如其分；然则说到滋味像甜粥，则不免弱矣。

苏东坡无疑是非常杰出的修辞家，对饮食的鉴赏品味卓越而深富想象力，《食荔支》诗第一首以"炎云骈火实"描写外形之诱人，以"瑞露酌天浆"形容这种水果的滋味，再用"分甘遍铃下，也到黑衣郎"点出荔枝盛产，部属和猿猴都可以分食的欢愉景象。然则《荔枝似江瑶柱说》竟指荔枝很像干贝，却不言明如何像，大家再三追问所以，乃以作家比喻，说荔枝与甘贝，就像杜甫与司马迁，深奥得像打哑谜。

成熟的荔枝味，是供人体会的，生活中有许多苦涩，需要荔枝来矫正。那令人深深迷恋的甜味，仔细分辨，除了风韵极佳的果香，甜中犹透露轻淡的酸，节制，温柔，深刻，好像叫甜蜜不要太腻，不要太放纵。

圣女西红柿

5月—9月，11月—隔年4月

大概觉得西红柿甜度不高，较适合我这种高血糖的糟老头；它高纤维、低糖、低GI值，又有强烈的健康暗示，已经成为我的日常零食。尤其小西红柿非常方便食用，洗净后置之保鲜盒中，工作时随手送入嘴里，一口一颗，比抽烟好多了。

中医断言西红柿生津、利尿、清热解毒、健胃消食、凉血平肝，有清补之功。世人皆知它营养价值丰富，大部分都容易被人体吸收。其中的西红柿素、柠檬酸和苹果酸能促进唾液、胃液分泌，帮助消化；维生素B有利大脑发育，缓解脑细胞疲劳，预防动脉粥样硬化、高血压；氯化汞对肝脏有益；谷胱甘肽有抗癌功能；里面的胡萝卜素，能防治小儿佝偻病、夜盲症、干眼症。此外，还可抑制多种细菌；抑制酪氨酸酶，令雀斑减少，使皮肤洁净，防止细胞老化……我应及早爱上西红柿。

1970年前，台湾多种大果西红柿。经济的提升，提升了人们对水果的甜度和细致度的需求，小果西红柿遂日渐受欢迎。小果西红

蕃茄應非本土水菓

柿又称樱桃西红柿,品种越来越多,农友公司先推出"联珠""明珠""四季红"等品种,由于酸度较明显,常夹着蜜饯吃。1989年"圣女"现身江湖,普遍受到宠爱,鲜食西红柿的市场乃发生革命性变革,也令日后长椭圆形的西红柿都泛称为"圣女型"西红柿,诸如"秀女""小蜜""玉女""仙女""花莲亚蔬13号""台南亚蔬6号""夏越3号"……

樱桃西红柿是野生型亚种和半栽培型亚种的统称,果型小,似樱桃。果实大小整齐,糖度高,色泽鲜艳,不裂果,耐储存、运送。圣女西红柿又称圣女果、珍珠小西红柿,果实鲜艳,有红、黄等果色;皮薄,富弹性,甜度较高,且无生草味。

许多水果都是在运输途中成熟,以西红柿来讲,从前得趁坚硬、青涩时采收,再用乙烯气体进行人工催熟。莎弗基因(Flavr Savr gene)能有效延缓成熟西红柿的快速腐烂,容许它们在藤蔓上熟成。卡尔京(Calgene)公司研制的基因改造西红柿1994—1995年间上市,是世界上第一种商业化生产的基因改造作物;该公司采用反义RNA技术,抑制了使西红柿变软的基因,从而避免西红柿在运输中腐烂。

农业总是致力于抗病、耐运送储存品种作物的育种;西红柿更是常见新品种。有人误以为圣女果也是基改产品,其实是农友公司所育。欣见台湾果农逐渐觉醒,越来越多农园采有机栽培,耐心除草,修剪枝叶,用微生物防治法,培养各种害虫天敌,维护生态完整。

西红柿兼具观赏和蔬果价值,原产于秘鲁、厄瓜多尔、玻利维亚等地,既是舶来品,故别称西红柿、番柿、洋柿子;早期只是观赏性植物,清光绪年间才引进食用品种,嘉义诗人、画家林玉山

(1907—2004)歌咏:"果如红柿出西洋,气味芳香养素强。忆昔无多人赏识,年来酿酱作羹汤。"林献堂作《次少奇园蔬四品原韵》时,西红柿也还是只当蔬菜:"异域传佳种,勤栽不计丛。果成当返照,惟见满园红。"

大仲马好客,周日常在别墅举办大型午餐会,他的同居伴侣非常不善于管家,经常任性地辞退仆人。宴客的前一天,她忽然又解雇全家三个仆人。大仲马站在窗前发愁,望着花园里那群等待喂饱的访客。他精谙厨艺,发挥了文学天才的想象力和创造力,在厨房里找到三磅奶油、米和一些西红柿,立即生火煮出一大锅西红柿焖饭,吃得大家赞不绝口。

歌咏西红柿的诗作中,我最喜欢智利诗人聂鲁达以短句结构的《西红柿颂》,他颂扬西红柿之灿烂夺目:"正午,/夏日,/光/破裂成/两半/的/西红柿。"除了视觉上喻为眩目的阳光,也视它为沙拉必备之浆果:"它的果汁/奔跑/经过街道,/在十二月,/也不能减缓,/西红柿/入侵/厨房,接管午餐,/舒适地/在流理台上,/跟着玻璃杯,/奶油碟/蓝色的盐罐。"赞美西红柿的芬芳,"一颗鲜艳/深沉,/取用不尽的/冷太阳/淹没了全智利的/沙拉";并咏叹它赐予人们艳热的节庆,和拥抱一切的新鲜,是"我们地上的星星,/我们繁衍而肥沃/的星星"。聂鲁达的西红柿基本上还是当作蔬菜。

鲜食西红柿的美味标准大抵是:甜度高,皮薄,肉质细腻。温室有机栽培的口感尤佳。我参访过彰化的有机西红柿的温室,入口处以网门隔离可能的病虫害,采滴灌、悬空网架种植。好像去探访深闺中的梦里人。

胡弦在《菜书》中赞美西红柿："猛一看是含蓄的，体内，每一条水系都像盛着憧憬和怀想；其实却是奔放的，涨满了太阳的蜜和大地的血性。"这段文字颇能呼应聂鲁达的诗境。难怪洋人奉为爱情果。

它红艳的肤色诱人想一亲芳泽；它酸中带甜的滋味，像极了爱情的滋味。

台湾人超爱过情人节，一年中大半的节庆都被过得像情人节。情人节赠送巧克力太庸俗了，且有龋齿之虞；不如鼓励果商包装圣女小西红柿成礼物，营销台湾特色的绵绵情意，也差堪不辜负情人节热。

槟　榔

5—12月，9月、10月盛产

去往旧好茶山的山径上，颇多峭壁，显见鲁凯人修筑这条步道之艰辛。两只老鹰在上空盘旋，绣眼画眉、山红头四处啼叫，好像嘲笑着我的喘息声，蝴蝶冒冒失失地撞来撞去。来到瀑布旁，奥威尼·卡露斯采了些槟榔，切开，夹进李子蜜饯，递给我。初尝没有红灰、荖叶、菁仔的槟榔，惊觉风味隽永。蜜饯有效矫正了槟榔的涩感，好像准确调味过的蔬果。忽然有所领悟，未添加石灰，降低致癌性，也许是嚼槟榔的理想方式。

从前供职于《人间副刊》，同事邓献志、李疾嗜嚼槟榔，我们也跟着每天嚼食，垃圾桶里除了稿纸就是槟榔渣，办公室每天流动着一种槟榔气味，透露些草莽、乡土气息。献志常告诫：槟榔碱性，像你这么爱吃肉，常嚼，可以改变酸性体质呈弱碱，好东西啊。

余光中也觉得是好东西，《初嚼槟榔》首段生动地描述槟榔之味：

说不出这青盖的小白坛子
装的是香茗还是清酒
只觉得一嚼就清香满口
再嚼，舌底就来了甘津
涓涓从一个惊异的源头
三嚼之后像刚漱过口
唾液如泉在齿间流过
白齿兴奋地磨了又磨
直到有一点麻麻的滋味
来到了舌尖，而恍惚的微醺
升上了头顶，一股蟠蟠的元气
正旋下去，旋下去，旋
旋进了蠕动的丹田

初尝之人，惊异是一定的。首先是脑海里涌动的微醺感，口舌胸膛突然升起热流，接着是生津，"唾液如泉"。孙霖在乾隆初期来台湾，《赤嵌竹枝词》其中一首道："雌雄别味嚼槟榔，古贲灰和荖叶香。番女朱唇生酒晕，争看猱采耀蛮方。"

台湾的槟榔质量佳，从前普遍嚼食，尤以妇女为甚，"吸生烟，吃槟榔，日夜不断"，刘家谋（1814—1853）在台任官4年，不免爱上槟榔："烟草槟榔遍几家，金钱不惜掷泥沙。"彰化人吴德功（1850—1924）也歌咏："槟榔佳种产台湾，荖叶蛎灰和食殷。十五女郎欣咀嚼，红潮上颊醉酡颜。"台中人吕敦礼作诗歌颂槟榔，甚至比喻嚼食声为音乐：

> 箨解霜风实结成，一枚入口异香生。
> 脆如小芭斋才断，嚼出宫商角徵声。

槟榔又不是口琴，说它能嚼出音乐委实是诗的夸饰。黄逢昶有一首诗描写早年台中妇女喜嚼槟榔："槟榔何与美人妆？黑齿犹增皓齿光。一望色如香草碧，隔窗遥指是吴娘。"

常嚼槟榔牙齿会变黑，颇碍观瞻，当时的审美观异于当前，竟以黑齿为美，就像刘家谋一首诗所咏"黑齿偏云助艳姿"。刘家谋《海音诗》是一部规划性创作，凡百首七绝，无诗题，诗末皆加注，以诗证事，引注证诗，那些注对台湾的政治、社会、文化的观察和描写都颇具价值，那首诗的注释如此洞察：

> 妇女以黑齿为妍，多取槟榔和孩儿茶嚼之。按《彰化县志·番俗考》："男女以涩草或芭蕉花擦齿，令黑。"盖本之番俗也。

清康熙四十四年（1705），孙元衡来台任台湾府海防捕盗同知，其诗作深刻反映台湾风俗民情，艺术性高，连横盛赞他的作品"健笔凌空，蜚声海上，足为台湾生色"。孙元衡是安徽桐城人，大概来台湾后才尝到槟榔，《食槟榔有感》云："扶留藤脆香能久，古贲灰匀色更娇。人到称翁休更食，衰颜无处着红潮。"诗里感叹年老色衰，食槟榔之后，连脸红的生理反应也没有了。清嘉庆年间杨桂森担任彰化知县，他的诗《红潮登颊醉槟榔》就是描述这种生理反应："陡觉温颜流汗雨，真教铁面亦春风。颊端浑认餐霞赤，潮势凭看吐沫红。渴斟未容茶社解，醉乡不借酒兵攻。"

除了日常嚼食，从前台湾人也常用来待客、送礼；贵客来访，适时奉上槟榔，很能表示敬意和热情。槟榔原产于马来西亚，名称源自马来语 pinang，别名包括宾门、仁频、仁榔、洗瘴丹、仙瘴丹、螺果等等，宾、郎，都是称呼贵客。嵇含《南方草木状》载："彼人以为贵，婚族客必先进。若邂逅不设，用相嫌恨。"则槟榔名义，盖取于此。清乾隆年间，张湄被派任为巡台御史，其间颇多吟咏风物之作，《槟榔》一诗叙述化解纠纷之妙用："睚眦小忿久难忘，牙角频争雀鼠伤。一抹腮红还旧好，解纷惟有送槟榔。"

诗后附注释："台地闾里诟谇，辄易构讼，亲到其家送槟榔，数口即可消怨释忿。"可见槟榔关系到社交酬酢，大家一起吃槟榔，和一起喝酒相同，嚼到脸红耳赤时能有效弭平怨气。他另一首《枣子槟榔》极言槟榔味道迷人："丹颊无端生酒晕，朱唇那复吐脂香。饥餐饱嚼日百颗，倾尽蛮州金错囊。"不仅台湾，槟榔自古即是中国东南沿海各省居民迎宾敬客、款待亲朋的佳果。此外，中国海南、越南、菲律宾、马来西亚、印度均有嚼食槟榔的风俗。

当时台湾人嚼食槟榔相当普遍，范咸在张湄之后也担任过巡台御史，虽仅两年就罢职，在台期间也不免要吃槟榔，赞道："南海嗜宾门，初尝面觉温。苦饥如中酒，得饱胜朝餐。种必连椰子，功宁比稻孙。瘴乡能已疾，留得口脂痕。"

早期台湾还被视为瘴疠之乡，人们咸信嚼食槟榔能助消化，具药效。施钰诗咏："瀛壖自昔称多瘴，佳实功宜补药方。"槟榔的品种不少，凤山人氏陈斗南偏爱萧笼鸡心："台湾槟榔何最美，萧笼鸡心称无比。"

海南岛的槟榔较硕大，即苏东坡当年所嚼，苏东坡《食槟榔》

描述槟榔作为呈客上品，嚼槟榔之形状，对身体的影响：

> 风欺紫凤卵，雨暗苍龙乳。裂包一堕地，还以皮自煮。
> 北客初未谙，劝食俗难阻。中虚畏泄气，始嚼或半吐。
> 吸津得微甘，着齿随亦苦。面目太严冷，滋味绝媚妩。
> 诛彭勋可策，推毂勇宜贾。瘴风作坚顽，导利时有补。
> 药储固可尔，果录讵用许。先生失膏粱，便腹委败鼓。
> 日啖过一粒，肠胃为所侮。

无论任一品种，嚼槟榔总会面红耳赤、心跳加速，像灌了黄汤，接近软毒品，可能是那种迷醉功能，竟带着调情效果。《红楼梦》第64回叙述贾琏贪图尤二姐美色，借口回家取银子，钻进宁府勾引二姐，又不敢造次动手动脚，便搭讪着："'槟榔荷包也忘记了带了来，妹妹有槟榔，赏我一口吃。'二姐道：'槟榔倒有，就只是我的槟榔从来不给人吃。'贾琏便笑着，欲近身来拿。二姐怕人看见不雅，便连忙一笑，撂了过来。贾琏接在手中，都倒了出来，拣了半块吃剩下的，撂在口中吃了。"

此物原是重要的中药，大概是味道强烈，前人用槟榔煎液有驱虫作用，对绦虫、蛔虫、蛲虫、姜片虫、血吸虫等皆有作用；相传还能抗忧郁，乃历代医家治病的药果。李时珍在《本草纲目》说明了它的性味功能，又补充：

> 岭南人以槟榔代茶御瘴，其功有四：一曰醒能使之醉，盖食之久，则醺然颊赤，若饮酒然，苏东坡所谓"红潮登颊醉槟

榔"也。二曰醉能使之醒，盖酒后嚼之，则宽气下痰，余醒顿解，朱晦庵所谓"槟榔收得为祛痰"也。三曰饥能使之饱。四曰饱能使之饥。盖空腹食之，则充然气盛如饱；饱后食之，则饮食快然易消。又且赋性疏通而不泄气，禀味严正而更有余甘，有是德故有是功也。

世间好物多如双面刃，再好的东西吃多了也不好，国际癌症研究署（IARC）确定槟榔为"第一类致癌物"。嚼槟榔最为人诟病的形象大概是吐红沫，这种吃法自古即然，李时珍："槟榔生食，必以扶留藤、古贲灰为使，相合嚼之，吐去红水一口，乃滑美不涩，下气消食。"华人吃槟榔，吐红沫，性质跟大联盟职棒球员嚼烟草（dipping）很像，每次看大联盟，球员总是鼓起面颊嚼着烟草。从前王建民还效力纽约洋基队时我常看大联盟赛事，罗德里格兹（Alex Rodriguez）出场时嘴巴都嚼着烟草，试挥几下球棒，瞪着波士顿红袜队的王牌投手，吐出大量的唾液烟草汁，带着挑衅、对决的况味，那帅劲充满了力量，酷到极点。

烟草也属第一类致癌物，和槟榔一样嚼食后都会身体发热、出汗、精神亢奋，皆直接影响中枢神经：提神，产生微醺感，反应变灵敏，有生津的快感、兴奋感，吞咽汁液时升起一股热流。二十几年前去纽约演讲，在皇后区法拉盛，时差令我疲惫不堪，主办单位见我频打哈欠，立刻去超市买了槟榔给我嚼。那槟榔经过长途运输，已经略显干枯，我倒宁愿嚼一点烟草。

古人认为"多食槟榔，令人破气"。现代医学证实，槟榔果实含多酚类化合物、槟榔素、槟榔碱，会影响人体内的大脑、交感神经及副交感神经作用，提高警觉度，提高肾上腺激素浓度。经验令我觉得嚼槟榔很容易成瘾，但不知它的成瘾机制。上瘾之后，戒除甚难。我曾在新好茶部落拜访一位年逾百岁的老婆婆，已经没有牙齿可以咀嚼了，她边织布边讲话边用小木杵捣着钵里的槟榔，研磨成泥再送进嘴里吞食。

世界卫生组织证实：菁仔中的槟榔素、槟榔碱具潜在致癌性，常食会危害健康；槟榔所添加的石灰堪称助癌剂，会破坏口腔黏膜的表皮细胞，导致细胞增生变异。这些因素都会诱发口腔癌。台湾人嚼槟榔的习惯是加红灰，若合并吸烟、喝酒，更容易罹患口腔癌、咽喉癌和食道癌。

槟榔树相当高大，引茎直上，如柱子般不生枝叶。现代诗人数纪弦最爱槟榔树了，不但诗集多以槟榔树为名，也自喻为槟榔树，可能是他长得又高又瘦，"高高的槟榔树。/如此单纯而又神秘的槟榔树。/和我同类的槟榔树。/摇曳着的槟榔树。/沉思着的槟榔树。/使这海岛的黄昏富于情调了的槟榔树。"槟榔虽然长得高大，却根浅，抓不住土壤，无法护土又易遇强风摧折，在纪弦笔下转喻为人的崇高的品格："怀着征服的意念的大台风/所加于你的虐待是拦腰截断；/而那些懂得如何低首的花枝/依然招展在风后的丽日下。"

抓地力弱，水土保持差，导致土壤崩蚀、地下水水位迅速下降，大面积种植槟榔会造成土地深层风化，每逢大雨冲蚀，山坡地极易造成泥石流灾难。我有时行走山区，见满山槟榔，顿感触目惊心。据说槟榔已取代茶、蔬菜，成为台湾第二大农作物，每年山坡地因槟榔园流失的沙土约 5 至 20 吨，槟榔还造成沿海地层下陷、地下水源枯竭。果然如此，则槟榔又堪称台湾环保之癌。

种植槟榔的利润优厚，经济效益带动20世纪70年代"槟榔西施"满满是。这是台湾特有的行业，妙龄女子穿着暴露在公路旁卖槟榔，薄纱露毛，颤乳摇臀，引男顾客遐思。全台的槟榔摊超过三万家，和牛肉面店家一样多，橱窗、红唇，展现了女体营销，纠结着食欲、色欲、偷窥和买卖的风情，展现另一种生猛有力的台客文化。

刚到学校任教时开一门"报告文学"课，有学生的期末报告作槟榔西施，他的结论是中央路出来右转，大约走六百米，左边那摊最漂亮。我几度动念想去偷看这位"全台湾最漂亮的槟榔西施"，可惜忙得忘记了，如今多年过去，成为悬念。槟榔的生物碱能提神，使人心跳加速；槟榔西施令男人产生生物学反应，造成心律不齐。

刚出土的槟榔笋亦美，外观似箭竹笋，风味甚美，台湾人在三四月间采食，连一天到晚想回中原的胡承珙也赞叹，"青子和灰曾代茗，白肪包箨腹中蔬。蛮乡风味新奇剧，坡老徒夸食木鱼。"槟榔笋美，花也美。

槟榔花奇特，花序分枝中开着两种不同的花，如稻穗般，小而量多，没有花柄，紧贴分枝上部生长的是雄花，而着生于花序轴或分枝基部的是雌花；不凋谢，不掉落，花萼和花瓣宿存，变成卵圆形的果实。每年二次开花。清炒、凉拌都很好吃，我常吃木栅野山土鸡园的清炒槟榔花；也爱吃点水楼一道小菜塔香半天花，半天花即槟榔花，用九层塔凉拌，鲜嫩爽脆，有一种清凉的气息缠绵在口腔，在心里。

最近一次嚼槟榔是带两个女儿去日月潭作"疗伤之旅"，好山好水确实抚慰了我们父女。驾车回程困得要命,在公路边买了一包槟榔,一粒入嘴,立刻精神起来,头脑忽然清醒了。

我知道吃槟榔过量会产生中毒反应,它能迷惑人,极具危险,像不正常的亲密关系,像禁忌的游戏,嚼多了会有堕落感、罪恶感,越陷越深。可它那么清香,那么容易上瘾。

木 瓜

5月—10月,9、10月盛产

龙瑛宗《植有木瓜树的小镇》的背景是在日据时代,刚从中学校毕业的陈有三考进街役场担任助理会计,他望着梦想中的职工住宅:"右边连翘的围墙内,日人住宅舒畅地并排着,周围长着很多木瓜树,稳重的绿色大叶下,结着累累椭圆形的果实,被夕阳的微弱茜草色涂上异彩。"木瓜树在这里成为富足安逸的象征,只有日本人和职位高的人才有资格居住,奋发向上的青年坚定意志,期待努力几年后,升至一定的位置,住日本式房子,过日本式生活。

木瓜树总是以正面形象出现,公园里,"草地的边上,有一群木瓜树,静静地吸着刚升起的上弦月光。地上投射着淡淡的树影"。又如走访同事家,"十二三岁的少女端来一盘木瓜。美丽而黄晕的瓜肉上,圆圆小小的黑色种子发着湿濡的光"。

整篇小说色调暗淡,透露着无可奈何的哀愁和苦闷,陈有三日益消沉,倦怠,彷徨,"只有木瓜树都一样地欣欣向荣地长高着,并且展开大八手状的叶子,透出淡黄而滋润的果实,累累地密集于树干上。这美丽色彩的丰饶南国风景使他的心稳静下来，也给空洞的生活里投射入微弱的阳光"。

台湾人现在吃的木瓜皆为番木瓜，原产于中美洲，17世纪传至亚洲；20世纪初才引进台湾，当时栽培的木瓜果小质劣，甚至略带苦味，多当作饲料。木瓜从槽里的饲料变成桌上的水果后，开始大量栽培。从日据时代起，台湾木瓜持续改良品种，经分离纯化，杂交育种，目前种植最普遍的是台农2号，多采用网室栽培，以降低毒素病害。

番木瓜多作为水果鲜吃，中土的原生木瓜则作为药材使用，乃极佳的食疗水果，又称木冬瓜、石瓜、蓬生果、榍、海棠梨、木瓜实、铁脚梨。木瓜富含各种维生素，自古被称作"万寿果"，中医书即说它有许多功能：理脾和胃，平肝舒筋，抗菌消炎；还能促进消化，抗痉挛，帮助溃疡愈合，增强体质，保护肝脏，对结核杆菌、蛔虫、绦虫、鞭虫、阿米巴原虫有明显抑制作用。难怪世界卫生组织誉木瓜为水果类第一名。

除了解毒、改善体质，木瓜的蛋白酶（papain）能抑制发炎，帮助消化蛋白质食物，因此这种酶被提炼成嫩精，以软化不易熟烂的肉类。可能木瓜酶能促进乳腺激素分泌，具有通乳效果，江湖传言木瓜炖煮排骨可以丰胸，焦妻曾认真煮青木瓜排骨汤给发育中的女儿吃，可能煮得太难吃，人体实验结果失败，也证实胸大并不等于美丽。

不过凉拌青木瓜丝确实美味开胃，几乎每一家泰式餐厅都有供应。新疆"抓饭"有时亦佐以木瓜丝。要注意的是，青木瓜自古多用于避孕、堕胎，妇女怀孕时忌食。木瓜，尤其是木瓜子会抑制精虫泳动，具雄性避孕效果。

中国大陆原产的木瓜以安徽宣城所产最佳，其果实个小质硬，有木渣感；但可以药用，医用价值远甚于果用。宋·张耒《宫中词》称："木瓜甘酸轻病股。"木瓜在古代还曾是互相传情的礼品，《诗经》有一首《木瓜》诗："投我以木瓜，报之以琼琚。匪报也，永以为好也。"人家赠我木瓜，我答赠以珍美的玉佩，并非表达礼尚往来，而是永结恩情。

木瓜盛产的季节，吾家天天吃木瓜，我爱它外形予人丰腴感，味道软滑微甜，若一次买多了，用报纸包妥置入冰箱冷藏，赏味期可延长几天。彰化诗人周定山（1898—1975）有七言律诗《屏东木瓜》盛赞南台湾的木瓜：

> 寿山南畔凤山傍，名果累累萃一乡。
> 地以物传征骨干，人为品重试瓢房。
> 味涵玉液甘逾蜜，囊瘗金砂色尚黄。
> 文旦香蕉争鼎立，宣州声价让炎方。

最后一句意谓屏东番木瓜胜过宣州宣木瓜。安徽宣城出产的宣木瓜，体型小，鲜食味酸涩，多蒸熟后用蜜浸之，或蜜渍为果饯、果酱。

木瓜花五瓣，淡红色，十分艳丽、柔媚，宋·王令诗赞："簇簇红葩间绿荄，阳和闲暇不须催。天教尔艳足奇绝，不与夭桃次第开。"不唯花美，果实也气味芬芳，陆游咏木瓜："宣城绣瓜有奇香，偶得并蒂置枕傍。六根互用亦何常？我以鼻嗅代舌尝。"可见当时欣赏木瓜很重视嗅觉。

《红楼梦》里的姑娘们常在房间中摆着新鲜木瓜，秦可卿房间飘散着木瓜甜香,令宝玉一闻到就眼饧骨软,乃在木瓜幽香中梦游了太虚幻境,醒来遂强要袭人领受云雨。

番木瓜叶大成掌状,多数撑开如同一把巨大的伞,在木瓜园,每一步都是风景,如宋·文同的五律《木瓜园》所歌咏。幼时寄居外婆家,舅舅种了一园木瓜树,我穿梭于累累的瓜树下,每每神往于那些淡黄带着微绿的果实,正是"沉沉黛色浓,糁糁金沙绚"。

最近登二担岛,到处是坦克、碉堡、坑道、轨条砦的蕞尔小岛,曩昔的前线,将来的观光地,竟有一"开心农场",里面的木瓜树已结满绿色果实,等待成熟。世事变化如电如雾,在危疑肃杀的年代,炮弹如雨落的小岛竟开辟出迷你农场,供养戍守的军人。在沉闷空洞的旧战地,微弱的阳光透射进来。

柠 檬

6月—8月

我的生活中不能没有柠檬，平日在家烤鱼炙肉，总是会淋几滴柠檬汁在肉上，再刨一些柠檬皮丝，一则装饰，再则去腥、提味。有时吃木瓜，也会淋一些柠檬汁在上面，柠檬酸结合木瓜甜，改变了木瓜风味，一盘木瓜两种口感。

柠檬的果肉极酸，不适合鲜食；果肉和果皮多用来烹饪及烘焙，尤其常用于榨汁。柠檬的维生素含量丰富，每回感冒，离家前回家后，总是泡一杯热柠檬水喝。据说柠檬还能防止或淡化皮肤色素沉淀，有美白润肤的作用。

柠檬汁也能令鸡肉、鱼肉变白变嫩，广泛运用于欧式烹调，普遍用于调味酱，诸如希腊料理的鸡肉柠檬蛋汤，和沙拉、甜品；普罗旺斯炖肉锅中也少不了它；意大利炖小牛胫所需的三味酱（gremolata）就是切碎的柠檬皮、欧芹和大蒜。

这种芸香科水果咸信原产于亚热带，可能在印度南部、缅甸北部和中国南部；又很适宜地中海型气候，庞贝古城中有一幅马赛克画中出现柠檬，人们在菜肴中加入它，也当作药物，可见罗马人早就熟悉柠檬。不知何故柠檬在中世纪竟消失了，十字军东征时才重现江湖，到了16世纪已经普遍种植。

据一项柠檬基因研究，柠檬是枸橼和苦橙的天然杂交体，果实呈椭圆状，或绿或黄；在台湾，四季都持续开花结果，夏天尤为盛产。1998年我赴意大利开会，顺游南意，途经苏莲托（Sorrento）海岸，深深着迷于海岸风情，遂作诗怀念，其中两句："山坡上猖獗着红玫瑰／结实累累的柠檬黄。"路边总是有人摆摊卖自酿的柠檬酒，色泽橙黄，气味极芳香，非常诱人，遂买了几瓶回家，夏日冰镇品饮，其风味至今难忘。

柠檬的品种不多，超市常见的似为尤力克（Eureka）和里斯本（Lisbon），汁多，酸度高。我在苏莲托海岸所见则是费米耐罗（Femminello），或叫苏莲托，鲜黄的果皮，含较高的柠檬油成分，特别适宜酿造柠檬酒。

可能是酸涩难以鲜食，美国人以柠檬车（Lemon Car）表示有瑕疵的汽车，二手车市场则称"柠檬市场"，更制定"柠檬法"以保障消费者的权益。

大航海时代，许多水手因坏血病（scurvy）死在航行途中。是柠檬，解决了欧洲人远程航海的致命问题。18世纪中叶，英国医生研究发现，柠檬富含维生素C，能有效治愈坏血病，因而拯救了数以万计的水手。英国海军乃规定水兵航海期间，每天要饮用定量的柠檬叶子水，彻底解决了海军中的坏血病；英国人遂以"柠檬人"（Limey）戏称自己的水兵和海员。

世人常青柠（lime）、柠檬（lemon）不分，两者同属不同种，味道非常接近，果实的用途与植株生长特性也很像。青柠的果实无籽、皮薄而较光滑，果形呈短椭圆，果肉淡绿色，颗粒较小；柠檬的果实皮稍粗，果形长椭圆，果肉较偏浅黄色。

日本诗人高村光太郎作《柠檬哀歌》哀悼亡妻，在她遗像前供上柠檬，追忆妻子临终前吃柠檬，陈述的语调如日常生活般平静、实在，寓夫妻深情于柠檬，令人动容，全诗抄录如下：

> そんなにもあなたはレモンを待つてるた
> かなしく白くあかるい死の床で
> わたしの手からとつた一つのレモンを
> あなたのきれいな歯ががりりと噛んだ
> トパアズいろの香気が立つ
> その数滴の天のものなるレモンの汁は
> ぱつとあなたの意識を正常にした
> あなたの青く澄んだ眼がかすかに笑ふ
> わたしの手を握るあなたの力の健康さよ
> あなたの咽喉に嵐はあるが
> かういふ命の瀬戸ぎはに
> 智恵子はもとの智恵子となり
> 生涯の愛を一瞬にかたむけた
> それからひと時
> 昔山巓でしたやうな深呼吸を一つして
> あなたの機関はそれなり止まつた
> 写真の前に挿した桜の花かげに

すずしく光るレモンを今日も置かう

　　此诗收录于《智惠子抄》，诗中所唤智惠子的是他的亡妻，生前爱吃柠檬，临终前在那惨白的病床上犹等待着柠檬，皓齿咬下去，芳香四溢，清澈的眼睛露出微笑，在弥留的时刻，一生的爱倾注于一瞬，像从前在山顶上那样深深地呼吸……那样轻淡的哀伤，那样芬芳、凄美。

　　柠檬的酸味崇高，亲切，自然，生活中若没有柠檬，就像婚姻没有爱情。焦妻最后的那段日子，有一晚她忽然说想吃肉圆，我忙碌了一整天已疲惫不堪，何况和信医院附近一带很荒凉，这时候更不太可能有人在卖肉圆。我看到她略显失望的表情，又勉力露出微笑，嗳噫着，听不清她在说什么。脑瘤严重影响了她的言语能力。

　　后来我明白，很多事不立刻去做，可能就永远没有机会做了。她过世后我一直懊恼着那天夜里没有振作起来，驾车全台北寻觅肉圆，我清楚记得她略显失望的眼神，她体谅地微笑，嗳噫着，好像在自责嘴馋。

蜜红葡萄

夏果 6 月—9 月，冬果 11 月—12 月

李昂快递来一箱路葡萄隧道农场的蜜红葡萄，猛然醒悟，啊，蜜红葡萄开始采收了。

这种由"金香"葡萄接种改良而来的混血儿外形浑圆，果粒大，色泽艳红，表皮有均匀的果粉。果肉比巨峰葡萄、黄金葡萄都更细嫩多汁，香气更浓郁，带着独特的蜂蜜风味，余韵中还透露轻淡的白兰地香，相当迷人，堪称台湾葡萄中的逸品。

蜂蜜真是好东西，水果有了它的气味，仿佛就有了另一番境界。柏拉图襁褓时，有一天被母亲放在香桃木丛中，蜜蜂适时来了，它们把从山上花朵采来的蜜，涂在婴孩的嘴唇上，围着他嗡嗡叫着。很多人认为这是一则预言，表示这位希腊哲学家将有神奇的口才。

可惜蜜红照顾不易，易掉果、裂果，产量少，栽培技术门槛高，种植面积远不如巨峰葡萄，也相对不耐久放，不堪长途运送。由于生长时有套袋管理，因此只要以清水冲洗即可享用，我觉得冰镇后风味

绝佳。蜜红葡萄还有一种流畅感，吃的时候不像美国加州葡萄需费心剥皮，只要轻轻一挤，香甜多汁的蜜红葡萄即溜入嘴里。

鲜食葡萄是台湾重要的经济果树，以内销为主，巨峰葡萄几乎是一统江湖了，约占97%，一年两收。巨峰的夏果期在6—8月，属正产期；冬果在11月至翌年2月。不过部分果农调节产期，并以塑料布防寒，现在台湾全年都能生产葡萄。

我读资料知道，蜜红葡萄是20世纪80年代初期才由中兴大学研究团队引进、试作，1990年开始在大村、埔心、溪湖、信义，新社、石冈、东势及卓兰等乡镇试种。起初，农民不了解其生育特性，无法达到经济栽培之目标，致许多农户将蜜红葡萄砍除，改种巨峰葡萄。蜜红葡萄之新梢生长势强，枝径粗大，叶形大而厚，叶色浓绿，果穗上着果粒不平均，果粒含种子数不均匀，果粒大小不一致，需有效疏花、疏果。是台湾的农业科技，不断提升蜜红的质量。

如果世间没有葡萄，人类文明将多么贫困。我偏执地认为，法国、意大利之所以迷人，是因为有广袤的葡萄园；古希腊戏剧之所以迷人，莫非是狄奥尼索斯（Dionysos）加持。台湾栽培葡萄甚晚，1953年烟酒公卖局推广酿酒用葡萄后，才开始大量种植。

明·冯琦《葡萄》一诗歌咏了中国葡萄的来历和葡萄酒的美味："晻暧繁荫覆绿苔，藤枝萝蔓共萦回。自随博望仙槎后，诏许甘泉别殿栽。的的紫房含雨润，疏疏翠幄向风开。词臣消渴沾新酿，不羡金茎露一杯。"

我在吐鲁番葡萄沟品尝过无核白葡萄、马奶子、喀什哈尔等多种葡萄。信步葡萄架下，随手摘取鲜葡萄品尝，边吃边欣赏维吾尔人弹琴唱歌跳舞，至今引为生平快事。葡萄沟峡谷位于火焰山西侧，崖壁陡峭，溪流清澈，葡萄园就在溪流两侧，引天山雪水灌溉，那幽邃的葡萄长廊经常浮沉于脑海。然则我必须说，台湾的蜜红，夏果甜度约在20度，冬果甜度约20—22度，论风味气息、论风姿体态，丝毫不逊于吐鲁番的无核白葡萄或马奶子。

1989年我到了北京，特地去拜访汪曾祺先生，他在书房作一幅画要送我，吩咐我在客厅稍坐。汪太太端来一盘葡萄待客，很得意地对我说："台湾没有这种水果吧。"

蜜红仅适合鲜食，不适合酿酒，目前主要凭葡农直销，"阿僖葡萄迷宫""丽水农场"所产亦我所欣赏，阿僖的葡萄每一盒都附无农药残留检验合格报告。蜜红，仿佛是一个美丽的村姑名字，产期分夏、冬两次，夏果在6、7月时采收，冬果在12月，比巨峰葡萄略早采收；赏味期短，须把握良机。它似乎提醒世人，人生太苦太短，要珍惜一切美好的时光。

西　瓜

5月—8月

那次我打靶神准，所有弹孔都穿过靶心，被"罚"吃一颗小玉西瓜，对切，规定整个头埋进西瓜里吃光光。小玉太窄太深，头又显得过大，虽然满脸和头发都已是西瓜渣，犹无法吃干净。服兵役时经常打靶，面对无聊的军旅生活，同袍间玩游戏，通常赢一分获得一个荷包蛋，西瓜季节则埋头啃小玉。

台湾气候及环境适合西瓜生产，花莲、台南、云林、屏东、彰化为主要产区，所产西瓜堪称风靡全球，品种甚夥，大别为三类：大西瓜，小西瓜，无籽西瓜。大西瓜如华宝、富宝、新龙；小西瓜如红铃、宝冠、金兰、新兰、黑美人；无籽西瓜如农友新奇、凤山1号、蕙宝、丽兰等等。另外还有小玉、小凤、嘉宝、凤光、英妙、黛安娜、英伦、花姑娘……西瓜需要大量水分，又得排水良好，根部纤细脆弱，耐旱但不耐湿，易水伤，浇多了水会降低甜度，因此最适宜生长在高温、日照充足的沙质土壤上。台湾的瓜田多见于河床沙洲。

西瓜原产于非洲南部沙漠地区，经丝路传至西域新疆，因此称为西瓜，野生西瓜虽只有网球大，也甚受欢迎；古埃及人甚至以西瓜作为法老的陪葬品，供来世继续享用。

迟至五代，西瓜始传入中土，欧阳修《新五代史》记载后晋胡峤在辽国吃西瓜。而李时珍在《本草纲目》中指出，"盖五代之先，瓜种已入浙东，但无西瓜之名，未遍中国尔"，"其色或青或绿，其瓤或白或红，红者味尤胜。其子或黄或红，或黑或白，白者味更劣。其味有甘、有淡、有酸，酸者为下"。他所说的白瓤应是野生西瓜。古人或称西瓜为"寒瓜"，我觉得可疑，陶弘景《本草经集注》载："永嘉有寒瓜甚大，可藏至春。"当时西瓜怎么能保存到翌年春天？永嘉之寒瓜，恐怕是冬瓜吧。

乌鲁木齐的西瓜成熟较晚。徐珂《清稗类钞》载："迪化之人多食西瓜，冬、春之交且有之。盖其地沍寒而成熟迟，且食之足以解煤毒也。"

新疆是中土最早种植西瓜的地方，各地皆有生产，维吾尔族民歌《达坂城的姑娘》："达坂城的石路硬又平呀，西瓜大又甜呀，达坂城的姑娘辫子长呀，两颗眼睛真漂亮……"达坂城位于天山东段最高峰博格达峰南部，我从乌鲁木齐到吐鲁番曾路过，未见美丽的姑娘，倒是在公路旁的水果摊见识了水汪汪的甜西瓜。

到了两宋，西瓜已经是很普遍的水果，《清明上河图》中就有小贩在卖西瓜。文天祥有《西瓜吟》传世："拔出金佩刀，斫破苍玉瓶。千点红樱桃，一团黄水晶。下咽顿除烟火气，入齿便作冰雪声。"拔刀剖西瓜如砍破绿色的玉瓶，诗以许多红樱桃形容瓜瓤，用黄水晶比喻瓜子，复以嚼食冰雪的沙沙声状西瓜吃起来清凉退火。

剖西瓜多用西瓜刀,长、锋利;不过,终不如文天祥的金佩刀有魄力。电影《巧克力情人》有一场景描述墨西哥热浪翻腾的深夜,男主角身心沸腾,把一颗大西瓜摔在桌上,抓起破裂的西瓜狂吃,并不时用冰块摩挲颈项。这是我见过最粗鲁的剥食方式了。不过那场景印证了中医的说法:西瓜主治胸膈气壅、满闷不舒、暑热,解酒毒。宋·刘子翚描写西瓜:

> 柘浆溜溜香浮玉,苏水沉沉色弄金。
> 那似甘瓜能破暑,一盘霜露沍清襟。

西瓜永远关联着消暑降火,其美学特征也就是清凉,李商隐早就形容西瓜"碧玉冰寒浆"。它含92%水分,当然解渴。野生西瓜最初长在沙漠地带,有着与生俱来的耐旱机制,果肉所含的多氨基酸、单糖、蔗糖都能有效抓牢水分子。元·耶律楚材《西域响新瓜》:"西征军旅未还家,六月攻城汗滴沙。自愧不才还有幸,午风凉处剖新瓜。"元·方一夔《食西瓜》亦云:

> 恨无纤手削驼峰,醉嚼寒瓜一百筒。
> 缕缕花衫粘唾碧,痕痕丹血掐肤红。
> 香浮笑语牙生水,凉入衣襟骨有风。
> 从此安心师老圃,青门何处问穷通。

之所以另名寒瓜,大概是中医认为太生冷,为天生的白虎汤,《本草纲目》说它"甘,淡,寒",主治"消烦止渴,解暑热",还能解酒;

李时珍说明:"世俗以为醍醐灌顶,甘露洒心,取其一时之快,不知其伤脾助湿之害也。"清代嘉兴人氏祝明甫狂嗜西瓜,世间大概罕见。他在渤海书院教书,爱西瓜爱到不要命,病重时,还大啖几颗,医师劝阻,竟回答:"我将死,食此以洗肠胃耳。"

吃西瓜宜冰镇,没有冷藏设备时辄浸于溪流中,明·瞿佑《红瓢瓜》:"采得青门绿玉房,巧将猩血沁中央。结成晞日三危露,泻出流霞九酿浆。溪女洗花新染色,山翁炼药旧传方。宾筵满把瑛盘饫,雪藕调冰信有光。"

现在一年四季都吃得到西瓜了,冬天也有温室栽培的西瓜上市,风味自然以夏天所产最佳。美味的西瓜皆有一种沙沙的口感,罗青却有一首妙诗《吃西瓜的六种方法》,虚张声势谈西瓜的血统、西瓜的籍贯、西瓜的哲学、西瓜的版图,"如果我们敲破了一个西瓜/那纯粹是为了,嫉妒/敲破西瓜就等于滚碎一个圆圆的夜/就等于敲落了所有的,星,星/敲烂了一个完整的宇宙"。此诗虽曰六种方法,却仅道出五种,其中第一种还只说"吃了再说",陈述语境和布局饶富趣味和机巧,偏偏就是没有西瓜的滋味。

旧工作室对面是台师大,校庆那天是"西瓜节",男生在这天送西瓜给女生,听说是借用英文 watermelon,谐音为"我的美人",借以传达情意;听说红西瓜代表爱慕,黄西瓜代表友情,近年更发展出不同的瓜语,诸如苦瓜隐喻爱得好苦,胡瓜象征糊里糊涂爱上你。

西瓜重肥,所幸台湾农民的环境观念逐渐落实,逐渐以有机肥取代化肥,谨守用药原则,并以微生物防治病虫害。从前西瓜率皆以产地名称营销,现在则渐渐创立农民品牌,区隔市场,如花莲玉里乡的"玉里大西瓜"、寿丰乡的"果艳西瓜",等等。

西瓜之为用大矣，除了鲜食瓜瓤，西瓜皮切薄片可制成泡菜，或料理成各式茶饮、汤品，或作为蔬菜烹饪。西瓜霜用来治疗口腔的疳疮、急性咽喉炎。西瓜中的瓜氨酸能增加阴茎海绵体的血液量，药理作用似威而刚；不过，30颗西瓜才有1颗威而刚的效力。

生命中不乏虚火、欲火、肝火、心火、怒火、妒火……西瓜恰似叙事文本中的插叙，帮助情节的展开或人物的刻画更生动。它具清热解暑、生津止渴、利尿除烦的功效，天生有抚慰人的本质、纳凉的任务。炎炎夏日，幸亏它来陪伴，来稳定情绪，镇静平和，生活于是有了清凉的意思。西瓜有一种激情，激励欲睡的细胞，修复昏眊的意志，令人心旷神怡，振作精神。此外，我觉得西瓜具有唤起记忆的功能，能召唤一些美好的过往，一些闪亮的人生风景。

吃西瓜最有情趣的地方可能是新疆公路边的水果摊，是乡村老榕树下，好风习习吹拂，群蝉乱鸣，有人在树下玩棋，有人泡茶眺望远山，小贩在前面卖刨冰。

巨峰葡萄

全年，各季节不同品种

我在南机场小区吃过虱目鱼。离去时，老板娘赠送一盒津味果园的巨峰葡萄，说是纯净有机的葡萄，邱老板接话说："踢馆啦！"意思要我试试这果园所产。暑假了，忠义小学已不见学童，周末清晨的阳光穿透树隙，又整片倾入水果摊。这一天清晨因为手上提了一盒葡萄而觉得步履轻快，而显得日子甜美。那葡萄果然硕大结实，甜度很高，果香甚浓。

巨峰葡萄是日本人所培育的。1937 年，日本农学者大井上康将日本冈山县的"石原早生"和外国葡萄交配，培育出这种色泽深紫、外形硕大、果粒圆润、甜度高、弹性佳、果肉饱满厚实的混血种。除了日本，美国加州、智利、中国新疆也都有出产；中国台湾是从 20 世纪 60 年代自日本引进的这一品种，主要产地在彰化县大村乡、溪湖镇、埔心乡和苗栗县卓兰镇、南投县信义乡、台中县新社乡。

大村乡约有 500 座葡萄园，由于气候温暖干燥，土质松软而肥

沃,适合葡萄生长。大村乡巨峰葡萄的主要栽种地分布于过沟、南势、加锡、茄苓、贡旗、田洋等村。陈家果园所植巨峰葡萄是喝牛奶长大的:用回收的豆浆、牛奶、羊奶、酸奶灌溉,以补充葡萄树的营养。葡萄树那么会生产,确实需要好好地补充营养。南势村奈米休闲农场用巨峰葡萄制作九重粿,还喂土鸡吃葡萄,号称"葡萄鸡"。

　　甜美果园里有两株号称是全台最高寿的巨峰葡萄树,种于1964年,树茎粗壮,它们在过沟村开枝散叶,子嗣绵延遍及彰化、台中、南投,据说年轻时生育过多,现在虽然还能开花结果,却已是年迈体衰;这两株巨峰葡萄的母丛,彻底改变了地方产业生态。

　　没有任何水果能像葡萄,如此深入人类文化的核心。似乎葡萄园都有自己的故事,像彰化县埔心乡古月农场的葡萄藤下,有上百只鸡、鸭、鹅和火鸡来回啄虫食草,令葡萄园和饲养的鸡鸭鹅共栖共荣。台中县新社乡"白毛台"海拔约600米,其冬果生长期昼夜温差常达15℃以上,也是用有机肥液、牛奶、黄豆粕、米糠、益菌一起发酵施肥。

　　整个彰化县可谓台湾最重要的葡萄产地,种植面积占台湾葡萄园44%,意即台湾每两颗葡萄就有一颗产自彰化。我很难想象哪个番薯囝仔(台湾人)没吃过巨峰葡萄。从小吃到大,只觉得它好吃,理所当然的美味;直到广泛涉猎养生饮膳的数据,才知道它是多么有益人体。

　　葡萄有一种天然的聚合苯酚物质,能结合病毒或细菌蛋白质,令其失去致病力;葡萄中的白藜芦醇化合物质,可阻止正常细胞癌突变,并抑制癌细胞扩散,此外还能防治动脉粥样硬化、恶性贫血，帮助消除疲劳、兴奋大脑，等等。

台湾消费者越来越重视食物的安全健康，果农对质量的自觉意识遂相对提升，许多葡萄也套了袋，农药残留量日益降低。"津味"的葡萄均套袋处理，有效降低病虫害及污染，果皮光亮鲜艳。我整箱购买后，就用报纸分串包裹，再套上塑料袋放进冰箱冷藏，吃的时候用水逐颗清洗便可连着皮一起下肚，不必像从前那样神经兮兮地用力搓洗，往往磨破了葡萄皮。

至于浸泡盐水，并无涤除农药之效，反而会造成软果，不足为训。葡萄皮上的果粉，常被误会成肮脏尘垢或农药，其实那是好东西，带着健康的暗示。倒是挑选时要挑无腐烂、无虫害者，也要选无药斑、无脱粒的葡萄。

巨峰葡萄是鲜食的葡萄，不适合酿酒，二林镇盛产的"金香""黑后"，可能是目前台湾最适合酿酒的两种葡萄，前者用来酿白葡萄酒，后者用来酿红葡萄酒。尤其是金香，我很喜欢的树生酒庄"冰酿甜酒"即是用金香白葡萄酿造，酒色呈淡金，酒质轻淡，甜度不高；另一款"金香白葡萄酒"经不锈钢储存槽7个月熟成，酒色淡黄略带青绿，清香优雅，温和平顺。

二林镇内有六十几间酒庄，已发展成台湾的酒乡，假以时日，极有潜力跃上国际舞台。台湾开放民间酿酒后，农村酒庄迅速成长，短短几年已有可观的初步成绩，正式宣告酿酒工业起跑。这些农村酒庄多在山水明媚的地方，它们除了年轻、充满追求的活力和可塑性之外，还有一种共同的趋势：与休闲旅游结合。

溪湖镇号称"羊葡小镇"，意为盛产羊肉炉和葡萄的地方，我曾在溪湖"百丰酒庄"品饮其得奖作品"经典顶级红酒"；也曾在

"杨仔头羊肉店"大啖全羊席美味时,东道主郑重拿出这款红葡萄酒待客,可见本土的葡萄美酒已深入彰化人的日常生活。

日前几个香港美食家来台北,大家聚会于中和的餐馆,老板拿出私酿葡萄酒待客。朋友们喝了一口,同声惊呼:是的,就是我们小时候喝过的私酿葡萄酒。这种葡萄酒已成为我们这些中年人的集体记忆,在夏天葡萄盛产时,洗净玻璃瓶罐和葡萄,拭净风干,一层葡萄一层砂糖,九分满时封存,待过年时开封品饮。那种葡萄酒自然甚甜,甜得很适合还不懂葡萄酒的台湾人;那些酿酒后的葡萄残渣成为零食,足以醉倒每一个孩子。

我自幼失怙,寄养在大阿姨家,有一个风狂雨暴的台风夜,帮助大人将洗净的葡萄挤进玻璃罐里,等待过年时享受私酿葡萄酒的滋味。我一生都会记得那滋味,如何安慰一个忧郁的孩子。

台湾的巨峰葡萄年可两收,夏果盛产期在6月—7月,到9月还吃得到;冬果的盛产期是12月—1月,11月就有,2月还有得吃。巨峰葡萄的身影渐去渐远,我像等候恋人般等待重逢。

菠　萝

全年，各季节不同品种

靠近微热山丘的老家，139线道两旁停满了车，车旁是契作菠萝田和贩卖当地农产品的摊贩。这是微热山丘发迹的地方，除了南投门市，另设有村民市集，这座白帆布建筑物里在假日还常有团体来表演。三合院前，许多人在排队领取试吃的凤梨酥，一人一个，外加一杯茶，店家表现出慷慨和气度。卖凤梨酥能卖出国际性品牌，形塑周遭环境，成就菠萝风情，令人尊敬。

后来我阅报知道，微热山丘与土菠萝农户发生契作纠纷，微热山丘以过熟为由大退货，并临时通知减产。微热山丘带起凤梨酥热潮，然则土菠萝除了加工之外，没有其他出路。错愕、茫然，令我吃凤梨酥不复旧时味。

台湾几家知名的凤梨酥品牌如微热山丘、日出、旺来春秋、咕咕霍夫等，都选用2号仔土菠萝作馅料。2号仔酸度高，不适合鲜食，故常用来制作加工品，尤其是凤梨酥，也因凤梨酥而闻名。2号仔菠萝启示我们：一味追求甜其实很呆，甜中掺了酸，加上外皮的酥香，乃建构出凤梨酥魅力。

从前台湾人疯迷果实硕大的改良种；近年来似乎有回归自然的趋势，也比较能欣赏小果型菠萝。前几天尝到有机"五目仔"菠萝，惊艳于它浓缩的风味：谨慎的酸、准确的表现张力，衬托出层次丰富的甜，令菠萝的甜味带着生动的表情。

五目仔源自金钻菠萝，可谓小品种金钻。菠萝第一次采收后，母株会生出侧芽，果实小，却因孕育时间长，香气、口感浓郁；由于成长非常缓慢，表现出缓慢的美学，一种从容的风韵，浓郁的自信。

现在台湾菠萝驰名天下，品种多，风味佳，农业科技发达，菠萝是越来越好吃。金钻菠萝即台农17号，又叫春蜜菠萝、蜜菠萝、焦糖菠萝；除了金钻，目前台湾的菠萝品种包括1号仔、2号仔（两者皆俗名"突目仔"）、3号仔、释迦菠萝（台农4号）、苹果菠萝（台农6号）、香水菠萝（台农11号）、甘蔗菠萝（台农13号）、甜蜜蜜菠萝（台农16号）、金桂花菠萝（台农18号）、蜜宝菠萝（台农19号）、牛奶菠萝（台农20号）、青农菠萝（台农21号，俗名"水蜜桃菠萝"）。我尤其喜欢那些俗名，好像老朋友的诨号。

释迦菠萝食用时可将果肉纵剖为2或4等份，免削果皮故又称"剥皮菠萝"，多外销日本。苹果菠萝、金钻菠萝、甜蜜蜜菠萝、牛奶菠萝都是很受欢迎的鲜食品种。

台农17号果衍变自"正常开英"品种，肉纤维细，果心小，甜度高，香味浓，适合鲜食。全球栽培数最广是开英种，果目浅，易形成"花樟"，常用来制作罐头。有些果农为了产量和外观，恣意使用农药、化肥和成长激素，令菠萝失去了菠萝味，失去绵密厚实的口感。

菠萝连接着大航海时代，原产于巴西、巴拉圭的亚马孙河流域一带，经由加勒比海居民带回中南美洲种植。相传哥伦布第二次远航，来到东加勒比海的瓜德罗普（Guadeloupe）岛（小安地列斯群岛中部），炎炎烈日下，印第安人以菠萝款待他们。初来乍到的欧洲人初次品尝，非常着迷，没多久，却恩将仇报地杀戮、掠夺。

瓜德罗普16世纪被西班牙统治，17世纪被法国占领，现在是法国的海外省。环加勒比海国家的菠萝大概以古巴为尊，古巴文化对菠萝有特殊感情，它赋予艺术家创作灵感。早期古巴诗人常奉菠萝为带着神秘感的神果，是最高级的仙品。19世纪的古巴诗人卡夫列尔·德拉·孔塞普西翁名作《菠萝之花》：

> 生长在西印度群岛上的最美丽的水果，
> 使多少人望眼欲穿的最珍贵的水果，
> ——啊！甜蜜的菠萝，
> 它赐给我们永恒的果汁。
> 比昔日奥林匹斯山上诸神所饮的长生不老酒，
> 更为醇和、甘甜、可口。

加勒比海的菠萝总是令我联想到芬芳的田野、翠鸟、白云、黄昏的钟声、霞光、清爽的空气、月光河流、逆风的帆、待垦的海岸、竖琴拨响海风。古巴诗人何塞·马利亚·埃雷迪亚（1803—1839）因参加革命而流亡外国，他的诗流露出浓烈的故国之思：

> 柑橘、菠萝和飒飒作响的香蕉——
> 昼夜相等的大地的儿子们
> 和茂盛的葡萄、田野的青松、
> 潇洒的密涅瓦之树混成一片。

密涅瓦是罗马神话中的智慧女神,即希腊神话中的雅典娜;密涅瓦之树就是橄榄树。

菠萝又名凤梨,传到台湾相当晚,康熙年间王士祯《分甘余话》记载:"通体成章,抱干而生,叶自顶出,森若凤尾,其色淡黄。"这大概是较早的菠萝文献了,也仅是简单描述其外形。王凯泰1875年来台视事,有诗描写菠萝:"参差凤尾聚林端,染就鹅黄秀可餐。毕竟热中非所贵,只宜位置水晶盘。"又自注:"黄梨,一名菠萝。味颇甘美,性热,发病不宜多食。置之几案,尚有清香。"菠萝的表皮非常粗糙,表面是疙疙瘩瘩的钉眼和毛刺;里面却十分亮丽,有着烈日般的热情。

从前我不爱吃菠萝,吃过菠萝的舌头好像受了伤,产生刺痛感,有人说是因为菠萝的蛋白分解酶在作祟。我的经验是处理菠萝时,先用刷子洗净外皮,沥干,刀子不能沾水,切头去尾,再用弯刀削皮。

水果尚甜,"菠萝头,西瓜尾",意谓那两部位最甜,较受青睐。菠萝头是指连接果柄的那端。所幸台湾菠萝不断改良品种,矫正酸度,弥补刺舌的缺点。菠萝会自然追熟,它通常初熟即上市;买回家后不必猴急,先置于通风阴凉处几天,风味更佳。

菠萝的闽南语谐音"旺来",表达对好运道的渴望,因而常和白萝卜一起出现在选战场合,象征旺盛的好彩头和好运道。菠萝如纯情的美人，须善加对待；最不堪的际遇是供在政客选举时的神案上，其次是放进祭神猪公的嘴里。

它在初夏时重现江湖，黄昏的路口总是停着一辆水果摊车，上书"关庙蜜菠萝"；市场外围的水果摊也都罗列在明显处，摊主代客削了皮，套上透明塑料袋，色泽魅丽的菠萝，令整个夏天香甜，并以甜美的汁液滋润着我的记忆。

即使是开英菠萝或2号仔，穷孩子未必都吃得起。我念小学时偶尔吃菠萝心，大概是菠萝罐头工厂不要的；三凤中街有摊商在卖，我放学后有时买一支，边走边吃，又舍不得太快吃完，连带缓慢了回家的脚步。我记得它酸中带着淡淡的甜味，那甜味，在我的追忆中一天比一天芳香。

三湾梨

6月—8月

三湾高接梨重现江湖了，君郡快递一箱赠我，果肉细腻，含水量相当高，一口咬下去是果汁四溢，几乎无渣，水汪汪地，灵动着幸福感，委实是我吃过的最美味的台湾梨了。三湾高接梨又称三湾梨，果粒硕大浑圆，表皮金黄，果核小，果肉细腻，清脆，汁多，蜜口，产期大约在每年6月中旬至8月底，像一年一度的甜蜜演出。

三湾乡位于苗栗县最北端，境内山峦起伏，中港溪河道蜿蜒，在这里形成三个大弯，三湾乡因而得名。河流所冲积成的沃土，和优质的气候条件，为高接梨的出众品质提供了舞台。

台湾有不少地方出产高接梨，我尤其服膺三湾乡所产，三湾素称"梨乡"并非浪得虚名。自从引进日本丰水梨、幸水梨等温带梨穗，嫁接于平地梨树高处，加上多年的接枝技术，农人乃培育出此新品种。水梨需重肥，产销班透露甜美的秘诀：采用植物有机粕，敷养土地；嫁接前再添各种益菌丰满土质，并以腐殖酸令根部更健康。三湾梨农皆为自产自销，梨农大都以直销的方式，沿台三线三

湾街段设摊销售。路过买一些,旅途上都是上帝吻过的味道。

梨的品种多,果皮颜色各异:黄、绿、黄绿相间、褐、黄褐、绿褐、红褐,听说还有紫红色。中国是梨属植物的起源地之一,亦是世界上梨树品种最多的国家。梨在中土的栽培史悠久,三皇五帝时代即被视为"百果之宗",栽培的历史在4500年以上。东汉·辛氏《三秦记》载:"汉武帝园,一名樊川,一名御宿,有大梨如五升瓶,落地则破。其主取布囊承之,名曰含消梨。"《史记》《广志》《西京杂记》《洛阳花木记》及《花镜》等古籍中,也都记载梨的许多品种,如蜜梨、红梨、白梨、鹅梨、哀家梨等品种名,至今沿用。

这种水果深入文化,予人一种珍贵感、珍惜感。孔融让梨让出一种普世美德。"祸枣灾梨"则用于比喻滥刻没有价值的书籍,带着环保意识。《红楼梦》第28回叙述宝玉、冯紫英、蒋玉菡、薛蟠、云儿等人饮酒行令,席上有梨,宝玉拈起一片梨,酒底便是"雨打梨花深闭门"。南北朝诗人庾信《奉梨诗》歌咏:"接枝秋转脆,含情落更香。擎置仙人掌,应添瑞露浆。"显见世人多爱梨。

西门庆嗜梨,也曾以梨佐酒,《金瓶梅》多次提到梨,第4回叙述乔郓哥提着一篮雪梨满街找他。第31回西门庆做了提刑所千户,又逢儿子满月,在家里设宴庆祝,"堂客正饮酒中间,只见玉箫拿下一银执壶酒,并四个梨,一个杯子,径来厢房中,送与书童儿吃"。西门家宴上的梨,可能就是莱阳梨,又称茌梨,果实呈卵圆形,皮薄果大,肉色洁白,肉质细致,脆嫩多汁而无渣。

除了果形不同,茌梨的滋味接近三湾梨。《聊斋志异·种梨》的故事很有意思,一个道士破巾絮衣,跟摊商讨梨吃,纠缠不去,有人看不下去,买了一个给他吃,吃完了将梨核埋入地里,"向市人索汤沃灌。好事者于临路店索得沸沈,道士接浸坎处。万目攒视,见有勾萌出,渐大,俄成树,枝叶扶疏;倏而花,倏而实,硕大芳馥,累累满树。道士乃即树头摘赐观者,顷刻向尽"。这株梨树很像英国童话《杰克与豌豆》(Jack and the Beanstalk),都带着说教劝世的意旨。

那卖梨的乡人虽则吝啬惹人厌,毕竟是私人财产,是自家营生的资本;兀那妖道,丐梨不果,就用乾坤大挪移将乡人的梨转移到树上,再分送给围观者,如此施法整人,未免卑鄙可恶。

梨总是清脆香甜,梨花则洁白淡雅,自古是骚人墨客歌咏的对象,诸如白居易"玉容寂寞泪阑干,梨花一枝春带雨",以梨花比喻杨贵妃的皮肤;李白有"柳色黄金嫩,梨花白雪香";岑参写有"忽如一夜春风来,千树万树梨花开";刘方平写有"寂寞空庭春欲晚,梨花满地不开门";苏东坡调侃朋友80岁时娶了18岁的妾:"十八新娘八十郎,苍苍白发对红妆。鸳鸯被里成双夜,一树梨花压海棠"……

至于洛夫的《午夜削梨》,以韩国梨的表皮颜色喻黄种人,感喟朝鲜半岛的历史伤痛,召唤朝鲜族和汉族的情感:"那确是一只 / 触手冰凉的 / 闪着黄铜肤色的 / 梨 / 一刀剖开 / 它胸中 / 竟然藏有 / 一口好深好深的井。"然则洛夫似乎未闻梨之味,他念兹在兹的是民族情感。

民间咸信,常吃梨的人感冒概率较低,被视为全方位的健康水果。梨有清肺养肺功能,能止咳、去热,用梨汁煮成的"梨膏糖"就用来止咳。清·王士雄《随息居饮食谱》说它"润肺清胃,凉心涤热,息风化痰已嗽,养阴濡燥,散结通肠,消痈疽,止烦渴",

赞为"天生甘露饮"。

《红楼梦》第80回提到宝玉到天齐庙烧香,询问王道士可有医治妇人妒病的方子。王道士胡诌"疗妒汤":"用极好的秋梨一个,二钱冰糖,一钱陈皮,水三碗,梨熟为度,每日清早吃这么一个梨,吃来吃去就好了。"王一贴也算诚实,补充说:"一剂不效吃十剂,今日不效明日再吃,今年不效吃到明年。横竖这三味药都是润肺开胃不伤人的,甜丝丝的,又止咳嗽,又好吃。吃过一百岁,人横竖是要死的,死了还妒什么!那时就见效了。"

从前削梨切片后都先泡盐水,防止水梨变黄;现在的梨越来越美味,削一个就猴急吃完,来不及令它变黄矣。

除了鲜食,梨还可酿酒、制醋、作果脯,亦可入肴。袁枚在食单中记载了一道梨炒鸡:"取雏鸡胸肉切片,先用猪油三两熬熟,炒三四次,加麻油一瓢,纤粉、盐花、姜汁、花椒末各一茶匙,再加雪梨薄片、香蕈小块,炒三四次起锅,盛五寸盘。"现今杭州菜中就有一味鸭梨炒鸡片。

《诗经·秦风·晨风》最后一段:"山有苞棣,隰有树檖,未见君子,忧心如醉。如何如何,忘我实多。"棣,即梨树;山上有结实累累的梨树,山下有茂盛的檖树,爱人离我而去,心中忧伤如醉酒。

世人多向往果实硕大、体圆、皮薄、肉厚、色佳、汁多、味香甜的梨。皮薄,甜嫩多汁,是人类为了美味而培育出来的。野生梨果径较小,长在杂虫丛生的山野,发展出自我保护的机制。

李辉英《故乡的山梨》提到野生山梨"不像一般梨子那样甜蜜可口,皮嫩如膏;反之,它倒是一身酸味,皮厚得像一层老布";"外皮虽然粗糙异常,但它的内中肉瓤却又嫩又甜,比起本地生梨和天津鸭梨要细致得多，而且又富有水分，剥了皮，一口就全吃净吮干了"。无论什么梨，近核心处不免带着酸味。俗话说"莲子心中苦，梨儿腹内酸"，我猜想那酸味，蕴含着追忆之味，怀念之味，久久不散，在口舌间，在心灵间。辛酸的往事特别不易忘记。

我曾经独自来到三湾山谷中的巴巴坑道，这座五十余年的老矿坑，如今转型为休闲矿场、怀旧实景。矿区设计成咖啡区、餐饮区、民宿、森林步道。从前交通不便时，三湾人为往来旅人备置茶亭，绿荫下奉茶、歇脚，透露珍重的意思。

也曾经和家人夜宿南庄"水云间"民宿，晚餐的套餐朴素而诚恳，饭后啖水梨、泡茶聊天。清晨走出木屋，云雾缭绕山峦，面对着山清水秀啜饮咖啡，天地静谧，似乎离梦想很近。

水蜜桃

6月—8月

民宿好像就建在上巴陵起伏温柔的山岭,早晨醒来见自己在云海之上,好像误闯了仙乡。房屋,果树,一切失去了重量感。远处隐约可辨一些山峦,绵延、漂浮,四周没有了方向感。直到阳光驱散岚雾,露现农场、谷壑、针叶林,我知道群山那边有神木群。拉拉山算中级山,却有高山景致。

那年夏天拉拉山之旅如梦似幻,我们住的木屋设备简单、洁净;窗外可见水蜜桃园,整片小乔木排队站好,树冠开张。民宿主人赠送自家栽种的水蜜桃,艳丽、皮薄、果肉丰满,轻轻撕去果皮,入口滑润,含糖量甚高,汁甜如蜜,好像不需要动用牙齿即化成了汁。果核甚大,沟纹深而明显。上巴陵一带属大汉溪流域,土壤排水性良好,非常适合水蜜桃生长,林明德《拉拉山水蜜桃》:"肉嫩汁多清甜,还有／一股沁凉的滋味／窗外,林荫深处／突然随风传来——／声声蝉,多音交响。"

水蜜桃原产于中国,先传播到亚洲周边地区,再从波斯传入西方。最早的文献记载见于明代《群芳谱》:"水蜜桃独上海有之,而顾尚宝西园所出尤佳。"之后向外发展,繁衍出"玉露桃""白花桃""爱保太""红港"和日本的"冈山白""大久保""白凤"等品种,皆源自"上海水蜜桃"。

高冷海拔地区所产质量尤佳,故台湾水蜜桃以拉拉山所产者驰名,拉拉山堪称水蜜桃的故乡,很早就和巨木群观光结合;偏偏产季是多台风的七月,水果极易遭受风雨摧残。拉拉山的水蜜桃一年一获,皮薄得吹弹可破,汁液饱满,香浓,甘甜,爽滑,予人名贵感。它定义了水果的美学。余光中歌咏的水蜜桃应该来自拉拉山,喻之为性感美人:

> 水蜜桃,红夭夭
> 是哪位情人在树下
> 一时轻狂竟为你
> 取了这样
> 令人咽涎的小名?
>
> 而体态和脸晕
> 是同样的妖娆
> 躺在白净的瓷盘上
> 又像是带嗔
> 又像是发娇
>
> 遮住你的诱惑
> 一袭轻轻的什么

牵一牵就褪掉了
这就算抗拒了吗？
又何其单薄

炎炎夏夜走在信义路上，看见水蜜桃美丽的身影，遂买了两个回家尝鲜。

水蜜桃美味，美得令人想象此果只应天上有。《西游记》第5回叙述齐天大圣偷吃蟠桃，虽未描写蟠桃的滋味，却细表那些桃树：

夭夭灼灼，颗颗株株。夭夭灼灼花盈树，颗颗株株果压枝。果压枝头垂锦弹，花盈树上簇胭脂。时开时结千年熟，无夏无冬万载迟。先熟的，酡颜醉脸；还生的，带蒂青皮。凝烟肌带绿，映日显丹姿。树下奇葩并异卉，四时不谢色齐齐。左右楼台并馆舍，盈空常见罩云霓。不是玄都凡俗种，瑶池王母自栽培。

大圣看玩多时，问土地道："此树有多少株数？"土地道："有三千六百株：前面一千二百株，花微果小，三千年一熟，人吃了成仙了道，体健身轻。中间一千二百株，层花甘实，六千年一熟，人吃了霞举飞升，长生不老。后面一千二百株，紫纹缃核，九千年一熟，人吃了与天地齐寿，日月同庚。"

这种稀珍蟠桃自然不是现实物产。如此长的篇幅并未描写滋味，只着墨于水果的外形、疗效。对于那场蟠桃宴，也仅止于外观的呈现："琼香缭绕，瑞霭缤纷，瑶台铺彩结，宝阁散氤氲。凤鸾腾形缥缈，金花玉萼影浮沉。上排着九凤丹霞扆，八宝紫霓墩。五彩描金桌，千花碧玉盆。桌上有龙肝和凤髓，熊掌与猩唇。珍馐百味

果之属 | 245

般般美,异果嘉肴色色新。"描写蟠桃宴,极尽所能仅形容各种尊崇的筵席摆设,以及场地布置之豪华和食材之珍贵、餐具之精致繁饰——就是完全没有提食物的味道。

寿桃古来即是长寿、吉祥的象征,中国文学里的桃总是美好的,桃花、桃子常关联着仙境瑶池。夸父追赶太阳,半路渴死;死前抛开手杖,那杖化为一片桃林,结出甘甜的桃子,给路人解渴。

桃花之娇红、烂漫,为历代诗人所歌咏,诗经《桃夭》就是女子出嫁时所唱的歌。咏桃花最广为传诵的,大概是唐人崔护:"去年今日此门中,人面桃花相映红。人面不知何处去,桃花依旧笑春风。"我尤其喜欢明人唐伯虎的《桃花庵歌》,机智、风趣、轻快:

> 桃花坞里桃花庵,桃花庵下桃花仙。
> 桃花仙人种桃树,又摘桃花卖酒钱。
> 酒醒只在花前坐,酒醉还来花下眠。
> 半醒半醉日复日,花落花开年复年。
> ……

华人无不向往陶渊明笔下桃花林"夹岸数百步,中无杂树,芳草鲜美,落英缤纷"。《桃花源记》影响中国读书人的隐退心情,淑世不得,转而追求鸡犬相闻的乡间生活,寄托对美好生活的渴望。

水蜜桃肉厚汁多、甜度高、纤维少,有滑润感;唯一的缺点是较难储运。我深爱它的香味,送进嘴里,润入肺腑。二十几年前的拉拉山景象一直在我脑海回荡,仿佛在召唤,是水蜜桃的滋味如潮涌,还是怀念同游同宿的人?

释　迦

7月—11月

刚抵达丰年机场，齐儒老师已等在门口，递过来一盒释迦果，一盒地瓜酥，令人喜出望外。台东人之热情待客，如释迦甜美迷人。

追溯起来，是荷兰人给台湾农业奠下的根基；荷据时期引进释迦，种植已超过四百年，早年鲜见史料记载。乾隆年间，范咸纂修之《重修台湾府志》云："佛头果，叶类番石榴而长，结实大如拳，熟时自裂，状似蜂房，房房含子，味甘香美；子中有核，又名番荔枝。"清末连横《台湾通史·农业志》载台湾之释迦果"种出印度，荷人引入。以子种之，二三年则可结实。树高丈余，实大如柿，状若佛头，故名。皮碧、肉白、味甘而腻。夏秋盛出"。目前培育的品种大多为土释迦、菠萝释迦、软枝释迦、大旺释迦。

当年沈光文目睹台湾乡野释迦果，心生感触，通过移情作用，作《释迦果》："称名颇似足夸人，不是中原大谷珍。端为上林栽未得，只应海岛作安身。"他所吃的释迦，风味应远逊于时下。

释迦是一种聚合果，每粒果实由许多小果实组成，每一小果实都有一凸出的鳞目果皮,其间的组织相当严密,果实里的酶又有效软化其组织,令它松软,成熟时微裂,用手一拨就开。

释迦除了袭用佛名,其形象又貌似佛头,历来骚人墨客歌咏不乏对两者的模拟,施钰《释迦果》绕着佛陀吟咏:"谁增梵果列禅房,青实端如宝相庄。佛在西华蕃种子,何年杯渡现台阳。"另一首又云:"树幻菩提果幻形,旋螺真比佛头青。"那黄绿色的果实形似佛陀的头,又像放大十数倍的荔枝。

诗人吴怀晨颂释迦为"绿金",描写它遍布都兰山脚、太平溪岸、太麻里,也以佛头为喻,描述鳞目一粒粒突起:"款款音容/颗颗真迹/无大不大/一粒粒/目合沉思/累累苦修/大日照临下/无通不通/恐大目不得如来/不得/离苦之道/不得/顺利落蒂/则不得/功德成就/入你口我口/入你胃我味/释迦尊者/一盒一百/现吃/现渡。"诗中饱含机趣和幽默。

它是台东最主要的经济果树,据说卑南溪畔的石头皆是含大量石灰质的变质岩,这种带着碱性的石头,提供释迦生长大量需要的营养物,乃释迦果合成甜分之所需。果农通过矮化树型,调节产期等技术,令果形大,供果期长,台湾人的生活中遂常有美味。

释迦原产于热带美洲,又称番荔枝、番鬼荔枝、佛头果、亚大果子、林檎、洋波罗、假波罗、唛螺陀等,会有"番"字自然是因它引自番邦,像新住民,适应了台湾,并成为台湾特产;尤其是台东的风土条件,质量最优,台湾释迦绝大部分产自这里,特别以卑南乡最多。出产那么多优质释迦果,难怪他们有优越感;卑南人朋友孙大川对我最大的称赞是:"焦桐,你很有才华,一定有我们卑南人的血统。"

上次参加台东诗歌节，在铁花村观赏外籍配偶歌唱表演，十分感动，她们成为台东媳妇，融入社会似乎比其他地方都更好。

台湾人都有丰富的吃释迦经验，知道释迦未软熟前不能放入冰箱，否则发生后熟障碍，会变成又黑又硬的"哑巴果"。成熟了则要赶紧吃，否则会快速发酵，带着酒味。

我从小爱吃释迦，取食方便，果肉细白，口感绵密，香味甚浓，甜中带着轻度的酸，修饰了颇高的甜度，那甜起初不易察觉，终于觉得过度热情，令我这种血糖值高的肥老头难以消受；如今虽仍喜爱，却明白自己没资格太亲近，爱得放不开。

龙　眼

7月—9月

树梢上结实累累的龙眼诱引馋涎，我脚踏枝桠交叉处慢慢爬上去，树干有蚁队奔忙，也有几只介壳虫行走。夏日午后，南风断续吹拂，外婆捧着饲料走过树下，撮嘴叫唤四散的鸡群来啄食。头顶上几串龙眼密密麻麻，似乎伸手可及，日光闪过叶隙，脚刚踏上一截枯粗桠，后者就应声断裂，让我从树上摔下来。疼痛，却不敢哀叫。

我怀疑那次也摔坏了头，不然在学校的成绩岂会那么糟？上小学的前一年，我结束了和龙眼树的亲密关系，那时候我可能就已经觉悟，缺乏爬树的天分，缺乏一切运动的细胞。

龙眼树的树皮会有细条裂状剥落，即使还年轻，也是显得老态。其果核黑色，形似眼珠，故称龙眼；又因它成熟时恰逢桂花飘香，俗称桂圆。其他别名很多：福圆、龙目、圆眼、益智、比目、亚荔枝、荔枝奴、骊珠、燕卵、蜜脾、鲛泪、川弹子。

汉代以降，骚人墨客就常把龙眼、荔枝并称，两者除了产区一致，树形树叶也像。不过龙眼总是位居老二，甚至被称为"荔枝奴"，《番禺杂编》："龙眼，子、树、叶俱似荔支，但子圆小，止淡黄一色，广人多呼为亚荔支。"《南方草木状》载："龙眼，树如荔支，但枝叶梢小，壳青黄色……肉白而带浆，其甘如蜜。一朵五六十颗，作穗如葡萄然。荔支过即龙眼熟，故谓之荔支奴。"明·王象晋有两首诗赞颂龙眼，其中一首极言其美：

何缘唤作荔枝奴，艳冶丰姿百果无。
琬液醇和羞沆瀣，金丸玓瓅赛玑珠。
好将姑射仙人产，供作瑶池王母需。
应共荔丹称伯仲，况兼益智策勋殊。

清嘉庆年间，旅台福建人吴玉麟作《龙眼》，料想是从王象晋的诗作脱胎而来："黄里裹冰肤，累累若贯珠。谁将龙刮目，未许荔称奴。益智神能健，清心暑可驱。更怜嘉树荫，霜雪总无殊。"当老二有什么关系？不强出头，随缘随分，虚心成长。

好像甜蜜的接力赛，龙眼产季紧接在荔枝之后，宋·杨万里《西园晚步》云："龙眼初如绿豆肥，荔枝已似佛螺儿。"这两种水果令夏天显得更加明媚。

大部分水果的果肉都紧紧包覆着果核，如南洋水果椰色果（duku-langsat），往往吃了果肉顺便就嚼到果核。龙眼和荔枝很聪明，除了蒂头，果肉与果核总呈半分离状态，非常方便吞食，有利于撒播种子。

虽则被相提并论，两者仍颇有差异：荔枝从初生的绿色到成熟的红色，随成长过程而变化；龙眼则始终土褐色，维持初衷。荔枝的果形像心脏，尾部稍微尖突；龙眼则是圆形。龙眼比较固执，初生小龙眼就有一层薄肉包裹着种子，慢慢随着岁月增长；小荔枝一开始仅果皮包覆种子，没有果肉，种子成熟后，假种皮才由种柄处生长，快速膨胀，包覆起种子。

鲜食以荔枝较名贵，晒干后则桂圆为尊；荔枝干可壮阳火，龙眼干饶具食疗效益，能安神养血。可惜已无缘于我这种体质燥热、痛风、高血糖的糟老头了。

苏轼《廉州龙眼质味殊绝可敌荔支》亦视两者系出同源，喻两者如柑、橘：

> 龙眼与荔支，异出同父祖。
> 端如甘与橘，未易相可否。
> 异哉西海滨，琪树罗玄圃。
> 累累似桃李，一一流膏乳。
> 坐疑星陨空，又恐珠还浦。
> 图经未尝说，玉食远莫数。
> 独使皱皮生，弄色映琱俎。
> 蛮荒非汝辱，幸免妃子污。

东坡居士为文作诗一向擅比喻，《荔支龙眼说》一文认为荔枝吃起来像"蝤蛑大蟹"，而龙眼吃起来仿佛"彭越石蟹"，这种以果肉多寡为喻的办法容易理解。

就读辅大比较文学博士班时，曾邀请小说家黄春明来课堂上演讲，那场演讲他叙述和弟弟拿着空罐头捡龙眼核玩，被急急叫回弥留的母亲病榻前，未等母亲开口，即献宝般展现半罐龙眼核："妈妈你看，我捡了这么多的龙眼核呐。"幼年黄春明，没意识到这是告别的最后一句话，"长大后每看到龙眼花开，我就想，快到了。当有人卖龙眼，有人吃着龙眼吐龙眼核的时候，我就告诉自己说：妈妈就是这一天死的。"

我的龙眼经验也属于童年。因为想吃龙眼从树上摔下来，负伤走向求学路程。没料到童年从龙眼树上摔下来扭伤了脚踝竟会纠缠了我一辈子，几十年来总觉得右脚踝透露着古怪，不痛，不酸，明显的是内侧骨头凸起，右脚的鞋较易磨损。那是一则隐喻吗？一种无法修复的甜蜜的伤。

文旦柚

8月—10月

中秋前,我向麻豆镇农会订购10箱文旦柚,再零星买了几箱鹤冈文旦、斗六文旦,和八里谷兴农场的黄金文旦柚。秋天若缺乏文旦柚,真不知日子会如何乏味。这些文旦柚大多美味,然则整箱购买有时得靠点运气,毕竟集中了各个产销班的产品,口味多有不同;又非一个个亲自挑选,难免良莠不齐。

文旦柚呈底部宽的圆锥形,个头较普通柚子小,果皮为轻淡的黄绿色,果肉是淡黄近透明。选购时要注意体型必须丰满,皮肤清洁光滑,色泽要亮丽,油囊细致,拿在手上掂掂要显得沉实。

柚子的故乡在亚洲,行踪鲜见于欧美。台湾文旦柚的产地越来越广,像传递芳香的圣火,从台南一路往北,到了花东海岸,全台开花,主要产区是台南市、苗栗县、花莲县,尤以花莲产区的规模最大。花莲瑞穗乡的文旦柚园属鹤冈村的质量最好,20世纪70年代以红茶闻名,红茶没落才转营文旦,堪称后起之秀。

台湾东部的文旦产期略晚于西部。吃来吃去,我尤为偏爱麻豆文旦。相传台湾的文旦在1701年由福建漳州引进，起初种植在台南安定附近。道光年间，麻豆人郭药（郭廷辉）用白米换了6株文旦树，种植在尪祖庙，果肉柔嫩饱满，果汁多而鲜甜，扩及全镇后名扬天下，曾进贡给清帝品尝，也曾被指定为日本皇室御用，从而确立了麻豆文旦的地位。

文旦也讲究风土条件。八里乡有多条溪流交错，上游的冲刷搬运形成冲积平原，土质松软，富含有机质，极适合文旦柚生产。麻豆镇亦属古河道地质，曾文溪冲刷出来的土壤富含大量矿物质与有机质，是微量元素均衡而充足的沙质土，加上日照、雨水都充足，栽种出来的文旦特别清甜，一般公认品质最优良，价格也最高。

口碑佳的老丛麻豆文旦通常还在树上就已被订购一空，有些人更是整株购买。麻豆文旦远近驰名，冒名者众，农会遂推出"柚之宝"商标，纸箱上印有柚子宝宝骑单车图案，经过认证的文旦每粒有一定的重量、甜度、成熟度和外形。2010年，"麻豆文旦"正式登记、执行产地认证标准，确定产地在麻豆，并符合甜度标准。

产销履历验证是值得全面推广的制度，麻豆农会集中了许多果树产销班，口碑好的包括一品柚园、老农果园、杞果园、清泉果园、宏吉果园、梁家文旦等等，他们都全程使用有机肥，并尽量以人工除虫害。短视的柚农则多依赖除草剂以降低病虫害、增加产量，造成土质劣化。我想象有一天，台湾不再使用农药，土地将会多么快乐。

我曾在木栅旧居的后院种植一株柚树，10年仅收成2粒果实，果皮上都显见椿象、果蝇肆虐的痕迹，难产的经验传为邻居笑谈，实为生平耻辱。哎，如果我早一点读到花莲农业改良场印的《文旦柚有机栽培》，就略懂防治病虫害和土壤培肥管理了。

柚树约4岁即开花结果，年轻的柚树生长态势强，根系发达，枝叶繁茂，所生的果实较硕大，皮层较厚，果肉却显得粗糙乏汁，偏酸。树龄10年以上的文旦才渐入佳境，树龄越高结果越多，质量也越好，30年以上树龄的老丛所生文旦堪称顶级文旦；盖老树的根系已趋稳定，枝叶也不那么茂盛了，所吸收的养分多注入果实中，果肉细致甜美，风韵成熟。不过树龄30年以上的麻豆文旦不多，农民只卖给固定的老客户，拥有老丛文旦树的农民，显然是非常值得交往的朋友。

老丛所生的文旦柚蒂头部分较尖，味道较佳，年纪越大所生的文旦柚越小，果皮越薄，果肉绵密、清甜，种子较少较小，像老得漂亮的人，皮肤虽然多皱，却历尽了生活的淬炼，蕴藏的智慧更加饱满。

板桥人林景仁（1893—1939）游历多国，久客厦门，念念不忘家乡的文旦柚，诗咏：

内挟冰霜色，质原渺小躯。
蜜甘欺楚泽，斗大笑成都。
白藕自称俪，黄柑永作奴。
怜他成枳者，气味卒然殊。

一方面嘲笑成都的柚子大而无味，又述楚地云梦泽所产的柚子素有盛名，林景仁旅游当地，觉得远不如文旦柚。

我不赞成一味强调文旦柚的甜度，美味程度在于甜度和酸度的比例完美，微酸，清甜，香气独特才是我们对文旦柚的期待。文旦合理的糖度不应超过 12 度，为了更甜而调整肥料使用，会伤害柚树。

文旦真是好东西，富含维生素 C、矿物质、酶、果胶，中医书说柚子能消食、去肠胃气、解酒毒。柚子尤其含有大量的膳食纤维，有效促进胃肠蠕动，台湾俗语："吃龙眼放木耳，吃番石榴放铳子，吃柚子放虾米。"可见吃柚子所放的屁最呛。跟着放出来的臭屁，好像进行过体内大扫除，涤清肠道，通体舒畅。此外，柚花可制造沐浴乳、面膜、洗发精，柚皮放进冰箱可除臭；我童年时住乡下，外婆辄晒干柚皮，刨丝，用来熏香驱蚊。

我最美好的文旦经验，是剥给女儿吃，你一瓣我一瓣，吃得嘴角流汁，父女边吃文旦边聊天。我明白这样甜蜜的时光并不长，她们很快就长大了，不再需要爸爸效劳了。

文旦柚在常温下可储藏两三个月，还有什么水果比它更长寿？其表皮经"辞水"干缩显皱后，肉质更柔嫩香甜。节气已过寒露，文旦柚离我们远去时，接力般，红文旦、白柚、西施柚纷纷进入了产季，最后登场的是晚白柚。

西施柚

10 月中—12 月

雨令怜悯我馋嘴，寄来一箱西施蜜柚，说产自嘉义兰潭附近的柚子园，附言：该柚园有兰潭早晚的雾气再加上入秋的白露，故柚肉多汁。拿在手上相当沉，果皮的油胞细致光滑，一看就知道果汁饱满。剥来吃，甜味甚强，甜中透露轻微的酸，果肉厚实，咬下去竟大量爆浆，喷溅了满脸。

被称为蜜柚是因甜度高，此类柚品种甚多，西施柚是其中一种，外观为扁球形，果面光滑呈淡黄绿色，绒层略带粉红色，白里透红。大概是色泽太美，遂被赋予古代美人的名字。大约 1985 年自泰国柚嫁接繁殖，适合南部平地种植。

柚是果形最大的柑橘类，原产马来西亚、东印度群岛，后来扩展至中国南方和印度，欧美则栽培较少。柚子总是生长在热带和亚热带，柳宗元《南中荣橘柚》赞道："橘柚怀贞质，受命此炎方。"张九龄《别乡人南还》也说："橘柚南中暖，桑榆北地阴。"柚子滋味自古即受到肯定，《吕氏春秋·本味篇》载："果之美者：沙棠之实；常山之北，投渊之上，有百果焉，群帝所食；箕山之东，青鸟之所，有甘栌焉；江浦之橘；云梦之柚。"

台湾有二三十种柚子，除了路人皆知的文旦、白柚、西施柚、红柚，另有盘谷文旦、石头柚等，品种越来越多。西施柚不像文旦需要较长的辞水时间，成熟上市后风味即佳。

白柚、西施柚又是制作沙拉的好材料，我曾在家做来"孝敬"女儿：烤熟墨鱼，切小块；鲜虾烫熟，剥壳，去泥肠，对切；柚肉去筋膜，掰小片；加入生菜叶、洋葱丝、花生碎、柠檬汁、橄榄油、巴萨米克醋。

古人常橘柚不分，古诗多橘柚常并称，诸如宋·陈克《南歌子》："胜日萱庭小，西风橘柚长。"唐代杜甫《十七夜对月》云："茅斋依橘柚，清切露华新。"谢良辅《状江南·孟冬》："绿绢芭蕉裂，黄金橘柚悬。"

王昌龄贬龙标尉时，作《送魏二》："醉别江楼橘柚香，江风引雨入舟凉。忆君遥在潇湘月，愁听清猿梦里长。"柚子飘香的季节，在临江的酒楼上饯别朋友，江风江雨增添了离别的凄清惆怅。

我尤其对李白《秋登宣城谢朓北楼》很有感触："两水夹明镜，双桥落彩虹。人烟寒橘柚，秋色老梧桐。"1989年，我初履中国大陆，到宣州采访的前一夜，我在合肥问人家：宣州远不远？"不远不远，搭汽车7个小时就到了。"7个小时？我暗忖，若从基隆驾车向南，7个小时已经驶入巴士海峡了。来到这里，对距离的观念也存在着距离。我不敢怠慢，拂晓即离开旅店，街上微寒，晓雾迷蒙。我搭上一辆沾满泥污的客运车，车顶载着货物和较大的行李。

宣城地处皖南，六朝以降即是人文荟萃之地，李白就曾经七游宣城，对这里的风土人情感受特别深刻。我走在这座小城的街上，历史知识灌溉着想象，臆测着这条道路很像李白当年落拓江湖行过的道路，那条弯路极可能是他醉酒时踉跄走过的，走着走着，思维里不免出现许多古诗的浮忆。敬亭山在附近，谢朓楼应该也在左右，对一个饱尝挫折和打击的天才，被生活抛到深山之后，山所启示的，大约是云淡风轻后那片广阔的天空，高远的名山，幽静的柚子园。

相看两不厌的山，宁谧的柚园，抚慰了政途失意的诗仙；那是悲欣交织、酸甜杂陈的滋味。

起初我觉得西施柚太汤汤水水，不像文旦整颗吃完了还干爽利落。西施柚的甜度甚高，甜中隐而不显的是酸；那酸味非常含蓄，似乎刻意矮化自己的存在，仅专注于修饰甜度，令甜不至于太武断，太蛮横。

老丛柚树，才会结出又大又沉又甜又优雅的西施柚。柚子出现，象征暮秋般年华渐老；吾人饱尝了生命的风霜雨露，心智逐渐成熟，往往才体会甘甜中的酸味，也才欣赏酸中有甜，甜蜜中透露着酸。

爱 玉

8月—11月

逛嘉义文化夜市,酷热,焦躁,坐下来吃柠檬爱玉冻。才喝下去,带着柠檬的微酸,和着爱玉冻的沁凉,柔嫩地滑过食道,深深吐一口气,好像置身阿里山,群山环绕,石壑高深,碧草青青的气味弯弯曲曲,充满心神。

爱玉产量不多,坊间所售爱玉多用果冻粉加水仿制,快速,成本低。摊台上两大块爱玉冻滴着水,老板说手工揉洗的天然爱玉静置时才会滴水,他是卖多少才洗多少,说贩卖的乃阿里山野生爱玉,手洗,才会这么美味。

天然爱玉柔嫩似水,人造爱玉软中透露一种脆感。天然爱玉又分野生、种植。野生爱玉个头小,爱玉子长得密实,色泽偏红;人工培育则个头较大,爱玉子长得较稀疏,色泽偏黄。

爱玉堪称上天宠爱台湾人的消暑圣品,又称为爱玉子、玉枳、枳仔、草枳仔、澳浇、爱玉丛,是台湾特有亚种,主要分布于海拔1200—1900米、潮湿的阔叶林内,常缠绕于岩石或树木上。19世

纪初,爱玉才被发现,连雅堂笔记《台湾漫录》记载发现与命名掌故,是重要文献:

> 台湾为热带之地,三十年前无卖冰者,夏时仅啜仙草与爱玉冻。按《台湾府志》谓:仙草高五、六尺,晒干可作茶,能解暑毒。煮烂绞汁去渣,和粉浆再煮成冻,和糖泡水,饮之甚凉。而爱玉冻则府县各志均未载。闻诸故老,谓道光初有同安人某居府治妈祖楼街,每往来嘉义,办土宜。一日过后大埔,天热渴甚,赴溪饮。见水面成冻。掬而啜之,冷沁心脾。自念此间暑,何得有冰?细视水上,树子错落,揉之有浆,以为此物化之也。拾而归家。子细如黍,以水绞之,顷刻成冻,和糖可食。或合儿茶少许,则色如玛瑙。某有女曰爱玉,年十五,长日无事,出冻以卖,人遂呼为爱玉冻。余曾以此征咏,作者颇多,而林南强两首尤佳,为录于后,以补旧乘之不及,且作消夏佳话也。

林资修(1880—1939),字南强,号幼春,晚号老秋,台中雾峰林家的后代,其《爱玉冻歌》二首亦是爱玉的重要文献,第一首叙述女子爱玉入山发现爱玉子的经过:

> 神山石髓黄金液,流入云根生虎魄。佳人欲制甘露浆,自蹑蒙茸窜荆棘。归来洞口寻玉泉,飕飕两腋松风寒。交融水乳得真味,便作木蜜金膏看。罗山六月日生火,沉李浮瓜无一可。行人渭鲋望西江,一勺琼浆真活我。道旁老人发鬖鬖,能

语故事同何裁。大千饥渴同病者，更乞菩萨分余甘。

此诗加入文学的想象，和连横所述的掌故略有差异。这种台湾原生植物制品，热量低，水分多，清代以降即是台湾人夏日消暑解渴良伴。一般人所称的爱玉，指的是爱玉子制成的胶质食品爱玉冻。每年8至11月间，爱玉的果实呈黄绿色即可采收。爱玉冻的原料，即取自瘦果外果皮所含的果胶。每个果实内是密密麻麻的小颗粒，采集后，纵切剖开，令露出瘦果，晒干，刮取，装入纱布袋，浸在水中轻轻搓揉出果胶，常温静置后可凝结为爱玉冻，相当费工。

因果胶含钙，在净水中搓揉即能凝冻，搓揉的力道不能太大。冰凉后加柠檬、蜂蜜，或百香果，即非常美味。搓洗用水以煮沸过的天然地下水为佳，避免使用市售矿泉水或逆渗透水。林资修第二首《爱玉冻歌》展开描写爱玉其人其事，并叙及爱玉冻的制作方法：

> 车驱六月罗山曲，一饮琼浆濯炎酷。食瓜征事话当年，物以人传名爱玉。爱玉盈盈信可人，终朝采绿不嫌贫。事姑未试羹汤手，奉母依然菽水身。无端拾得仙方巧，拟炼金膏涤烦恼。辛勤玉杵捣玄霜，未免青裙踏芳草。青裙玉杵莫辞难，酒榭茶棚宛转传。先把秀肤姑射雪，更分凉味月宫寒。月宫偶许游人至，皓腕亲擎水晶器。初疑换得冰雪肠，不食人间烟火气。寒暑新陈近百秋，冰旗满眼挂林楸。谁将天女清凉散，一化吴娘琥珀瓯。

此外，同时代的吴德功《爱玉冻歌》，和李渔叔《爱玉冻》一文，皆有描述。连横《台湾通史·农业志》说爱玉子："产于嘉义山中，旧志未载其名。"说爱玉子传扬开来后，"采者日多，配售闽、粤"。又补充："即薜荔，性清凉，可解暑。"

连横说法有误。爱玉和薜荔不只在形态上，生物分类上也有所不同。虽然两者皆属桑科榕属，果实的形状和颜色也像，薜荔分布于中国大陆南部、海南岛及日本；爱玉子则是台湾省原生种。又，薜荔生长于低海拔地区，爱玉子则定居于潮湿的中海拔森林。

学术界对爱玉一直缺乏研究，1904年才有日人牧野富太郎发表论文，指出爱玉子是一新种，订其学名为 Ficus awkeotsang Makino。现代学者大多认定爱玉是薜荔的变种。

爱玉和薜荔皆为桑科榕属，都是雌雄异株，吾人难以从外观分辨雌雄，唯有剖开果实才能够确认。这种隐花植物不似一般植物有明显的花朵；隐花果由花托膨大而形成，数以万计的细小瘦果，花器完全包裹在隐花果之中。

榕属植物需赖能钻入榕果内的榕小蜂来授粉，榕小蜂种类甚多，不同隐花果的孔隙大小和紧密程度，只容门当户对的榕小蜂通行，以防止其他昆虫侵入；甚至爱玉榕小蜂的体型、口器和产卵管的形状、长短，必须能适配爱玉花器的构造。

植物多在花朵的子房中孕育胚珠，再发育成种子。爱玉雄株隐花果的虫瘿花子房，是孕育小蜂幼虫的温床，幼虫在里面发育，植株供应它养分，助它产卵、成长、化蛹。小蜂的一生几乎都在暗无天日的隐花果中度过，羽化成虫，飞出隐花果，立刻又钻进开花的隐花果中授粉、产卵，仅有不到一天的寿命。

可见爱玉的天性害羞矜持，坚持不滥交。榕小蜂的生活史和爱玉花期完美契合，相互珍惜，彼此爱怜。

一首男女对唱的闽南语流行歌《柠檬爱玉》："（女）也香香，也甜甜，也有少年时，青春的记持。也酸酸，也冰冰，也亲像爱情，难忘的滋味。（男）上温柔，上缠绵，上界得人意，初恋彼当时。想着伊，梦着伊，心凉脾肚开，五种的气味。（女）爱玉甲柠檬一旦若分开，有听过人讲叫病相思。（男）若无你呀你，心花袂开，做什么拢无元气。"

爱玉园都是有机农业，不可喷洒农药，否则小蜂无法存活。像坚定的承诺和信靠，榕小蜂依赖着爱玉雄株的隐花果而繁衍，也为爱玉雌株的隐花果授粉而效力，共栖共荣，演出阿里山的森林恋情。

太多酷热的夏天，或在路边，或在夜市，或在榕树荫，坐下来歇息，店家端来一碗凉透心脾的爱玉冻，立即连接台湾人集体的退火基因。连接着家庭阿里山之旅、森林小火车、日出、云海、雾岚、樱花、神木、溪壑……我的爱玉经验又连接了青春岁月，那些一起饮爱玉冻的记忆。

爱玉冻宛如在水一方的佳人，香滑软玉，光滑润泽；又仿佛能涤荡污秽火气，深情脉脉地，像一阵清凉风徐徐安抚一切躁动，在炎炎夏日，抚慰口腔，胃肠，引起皮肤的清凉感，晶莹剔透，予人自在感。人心清凉，生命清凉，世界清凉。

番石榴

全年

焦妻娘家有一株番石榴,可能味道一般、长相不佳,成熟时满地落果却乏人闻问;那褐色树皮呈鳞片状,常大片脱落,显得光滑;仿佛有些努力要记得的事物蜕皮剥落了、遗忘了。可能这水果太普遍,市面上随处可购,何劳采摘?她过世后我不敢再去岳家,那番石榴树、树旁的农舍、稻田、乡村小径,都是伤情的景物。

番石榴属热带、亚热带水果,原产于中南美洲,因外形像石榴,却自外地引进而得名。其别名甚多,诸如番石榴、桃金娘、菝仔、奈菝、蓝菝、那菝、林拔、酸石榴、安息榴、西安榴、钟石榴、药石榴、番桃、吉卜赛果、秋果、黄肚子、金罂……

从前台湾的奈菝不受青睐,多散植于住厝、鸡寮之旁,因果实染上些许臭味,故又有鸡屎果、鸡屎菝之俗名。引进之初很不受欢迎,郁永河嫌它"臭不可耐,而味又甚恶"。

清代台湾番石榴率皆野生,朱景英在乾隆年间任台湾海防同知时作《东瀛杂诗》,其中一首赞美了番石榴之味:"番梨番蒜摘盈筐,挦剥番薯一例尝。说与老饕浑莫识,垂涎不到荷兰乡。"野生番石榴涩甜不一,汉人多厌,台湾少数民族却嗜吃。刘家谋(1814—1853)完成于咸丰年间的《海音诗》以诗证事,引注证诗,深刻描写当时的台湾社会、政治和文化,第36首叙述台湾少数民族爱吃番石榴:

> 黑齿偏云助艳姿,瓠犀应废国风诗。
> 俗情颠倒君休笑,梨荗登盘厌荔支。

意境相似的作品,是嘉庆年间薛约《台湾竹枝词》组诗20首,其中一首也描写番石榴:"见说果称梨仔拔,一般滋味欲攒眉。番人酷嗜甘如蜜,不数山中鲜荔支。"

台湾栽培番石榴之记载,最早见于清初高拱乾《台湾府志》一书。早年所栽培的品种较小,易熟软,不耐储运。番石榴的果皮粗糙,多呈浅绿色,也有红色或黄色者;果肉厚,有白、红、黄、绿多种;口感多脆爽,甜的果肉供食用,酸涩的则加工制成果汁、果酱、果脯或药用。在台湾落地生根三百多年来,又陆续引进众多外来种,衍生出不少品种。

我爱吃的珍珠番石榴果肉甜脆、个头大,以燕巢、彰化为主要产地。去年产季,老同学严秋屏快递了一箱燕巢菝来,如今常常怀念那滋味。番石榴之味有一种崇高感,清芬、甘甜,内敛到极点的涩,含蓄的果酸,展现果糖的深刻;它令太甜的水果显得轻浮。

据说早餐吃一颗番石榴就可以满足身体所需营养如铁质、叶酸、钙质、纤维、蛋白质、碳水化合物、维生素等等,有助于抗新陈代谢所产生的自由基，其营养成分不仅全面且含较多微量元素，食用价值甚高。此外，它的脂肪、热量低，纤维高，易有饱足感，堪称减肥圣品。中医说它具收敛、止泻、止血作用，主治腹泻、肠炎、糖尿病、咽喉炎。番石榴叶、果实都有降低血糖作用，许多糖尿病患者用番石榴汁作辅助食物。那么多健康元素，难怪餐馆在饭后供应的水果切盘中，往往以番石榴最受欢迎。

不知何故，如此美好的水果竟也被世俗赋予了负面意思，如"番石榴票"指不能兑现的支票。

马尔克斯有一次接受讯问时谈到，格雷厄姆·格林启发了他探索热带的奥秘：他精选了一些不相干、在客观上却有着千丝万缕真正联系的材料。用这种办法，热带的奥秘可以提炼成腐烂的番石榴的芳香。马尔克斯的比喻极富拉丁美洲特色，番石榴本产于拉丁美洲，果实气味香郁，除了鲜食，还能制成各种加工品，文学艺术的素材也需要经过有效的加工。

番石榴适应性优，能够生长在各种不同的土壤和气候，在沙砾地上顽强地活着，枯黄中仍旺盛着生命力，满树开着小白花。它对我有励志作用，还有着一种特殊味道，似乎牵连了艰苦忍耐的青年岁月。

我童年寄居的外婆家有一株番石榴，白头翁经常在枝桠间啄食，跳来跳去，仿佛快速翻动的日历；其实味道苦涩，我尝过一次就不再碰了。外婆养的鸡鸭经常在树下走来走去，排泄粪便。奇怪那么多有机肥，竟不能令那番石榴甜一点？

有时番石榴像那只白头翁探头张望，在我的记忆里啾啾挽留，想到它我就觉得亲切。

珍珠番石榴

12月—隔年3月

春寒料峭，我竖起衣领，尾随谢坤成进入社头乡的有机番石榴园，园主热情地迎了来，解说如何培育这些水果，如何施肥。园里全是珍珠番石榴，每一粒皆仔细套了袋，避免果蝇叮咬。他随手摘了几粒成熟的，请访客尝尝。

那些珍珠番石榴，韬光养晦般吊在树枝上，仿佛有一种热烈的渴望，等待温柔的嘴，温柔地咬，清脆地回应。晚风吹拂果园，我在树枝下呼吸，芳香的鞭子，心神为之摇动。

番石榴因外形像石榴，故曰番石榴，台湾是1694年由大陆引进栽植，先民唤拔仔，后来才模拟闽南语音，美其名为芭乐。

台湾番石榴四季都盛产，皆培育、改良自外来品种，包括泰国番石榴、世纪番石榴、水晶番石榴、帝王番石榴等等，水晶番石榴又称无籽番石榴，种子少，果面粗糙，有六爪型肉棱突起，果形扁圆，果顶与果肩的甜度落差大，产量不多。帝王番石榴乃珍珠番石榴与无籽番石榴杂交的后代，果实硕大，果肉质脆、较厚，酸度略高。

其中以珍珠番石榴管领风骚,浅绿色果实呈梨形,果皮非常薄,有珠粒状突起,果肉白或淡黄,细致,脆爽,香味优雅,充满节制的甜,轻淡的酸。近年来农民用过期的牛奶发酵成液肥,所培育出来的牛奶番石榴,即珍珠番石榴种。珍珠番石榴是台湾最具代表性的优质番石榴,种植最广,市占率最高。

社头、两乡是彰化县珍珠番石榴产量最多的地方。最诱人馋涎的水果盘不能缺少珍珠番石榴。

起先,番石榴叫"芭乐",在台湾称"菝仔""鸟菝仔",土菝仔的果香特殊却涩味稍重,从前乡间路边随处可见,如今多野生粗放,供养鸟群,偶见有人腌渍后贩卖。

番石榴总是令人联想它的远亲石榴。相传汉代张骞出使西域时,引进安石国所产的石榴,因此称为"安石榴",由于它的果实像巨瘤,故唤"石榴"。

石榴的种子甚多,送石榴给新婚夫妻,象征多子多孙。它的花很美,古诗令我对石榴更有了浪漫的想象,李商隐诗句:"曾是寂寥金烬暗,断无消息石榴红。斑骓只系垂杨岸,何处西南待好风?"王安石也歌咏:"万绿丛中红一点,动人春色不须多。"

尉天骢追忆家乡老屋,种植了两棵石榴树,开花时"红鼓鼓地像奶娃撒尿时挺起的小肚子,一身劲道。然后花开了,石榴火红成一大片,把院子照得透亮透亮"。

石榴和番石榴不同科,只是种子多相似。两种水果都适合用来作婚庆礼聘。

徐明达教授在《厨房里的秘密》书中指出:番石榴含有omega-3 和 omega-6 的不饱和脂肪酸,及丰富的多酚和黄酮之类的抗氧化物，红心的品种则含有类胡萝卜素，营养价值非常高，被称为"超级水果"。

近来社头乡农会烘焙加工番石榴嫩叶，制成"番石榴心叶茶"，据说对高血糖、高血压、高血脂肪有改善与预防效果。然则番石榴含有鞣质，吃太多可能导致便秘。

我在金门服兵役时有次营测验，白天出操，晚上办公；我知道正在被柯姓营辅导长恶整，战战兢兢工作，无暇吃饭，好心的同袍帮忙打菜端进来，床铺上已摆五份餐盘，可惜完全没时间动筷子；已经连续五餐无暇进食了，三天未曾合眼。终于赶刻出一百多张钢板，呈到营辅导长办公室，他看都不看一眼就随手掷在地上，我含泪蹲下来捡，心中充满了怨恨。为了刻那些钢板，我两周内暴瘦19千克。拖着疲累的身躯跟着部队行军，腹泻更严重了，吃什么拉什么，吃止泻药亦然；后来是土菝仔救我一命。不知是什么灵感，我边跟着部队行军，边走边摘路边的土菝仔叶嚼食，一天就疗愈了急性肠炎。

珍珠番石榴之出现江湖，是偶然，是巧遇。我们想象某种舶来品基因，找到了适合它的土壤，加上高明的培育技术，成就了动人心弦的滋味。好像入了中国台湾籍的外国配偶，认真融入本地的文化风俗，努力工作负起家计，在我们的土地上有机地繁衍、成长，表现生命的活力。它们像清秀佳人，堪称新台湾水果。

杨　桃

9月上旬—隔年4月上旬

院子里的杨桃成熟掉落了，我捡起几粒，果粒小，是台湾酸味种，并无鸟啄的痕迹，吃了一口，果然酸涩。

昌瑞问要不要带几条鱼回家？他爱钓鱼，鱼获堆满冷冻库，我捡了两条红鲋，打理干净。以豆腐乳、料理酒、杨桃丁、姜末，加水调匀，在锅里煮沸；加进红鲋、辣椒末，快熟时，撒进葱花。这盘杨桃红鲋讨好了所有人的胃肠，众口难释。

杨桃入中菜很寻常，诸如海鲜杨桃、渍杨桃炖鸡、杨桃脆鳝、杨桃牛柳、杨桃煲排骨、海蜇炒杨桃、杨桃拌蒟蒻、XO酱炒杨桃等等，也易做甜品，如拔丝杨桃、酒汁杨桃、蛋奶炖杨桃……

这种热带、亚热带水果，外观最特殊处是其肉质浆果有五棱，别名五敛子、五棱子、羊桃、阳桃、洋桃、三廉子，因横切面呈五角星形，英文称为"星果"（star fruit）。

水果中，胡续冬似乎特别钟爱荔枝、龙眼和杨桃，他在《水果之歌》诗赞："给我荔枝和荔枝的火。/给我龙眼和龙眼的折磨。/

或者给我一个杨桃，切开，/拌上盐，一个个海星在叛逃。"并在一篇散文中自述："切成片的杨桃在我看来更像沙滩上的海星，它不甘被俺们的味觉之海所席卷，想要叛逃到天上，成为真正的星星。"

李时珍在《本草纲目》中解释："五敛子出岭南及闽中，闽人呼为阳桃。其大如拳，其色青黄润绿，形甚诡异，状如田家碌碡，上有五棱如刻起，作剑脊形。皮肉脆软，其味初酸久甘，其核如柰。五月熟，一树可得数石，十月再熟。以蜜渍之，甘酢而美，俗亦晒干以充果食。"中医说杨桃有清热生津，利水解毒，下气和中，利尿通淋，生津消烦，醒酒，助消化等功效，寒暑皆宜。夏天冰饮清凉爽口，冬天热饮则温润养颜，有养声、润喉的功效，又能止咳化痰，顺气润肺。

西门町"成都杨桃冰"门口摆设着腌制的杨桃与菠萝，召唤着来往行人驻足。那杯杨桃汤上头铺满碎冰，加入酸梅，色泽深，汤味甜中带酸，略咸；夏日经过这里，不免买来喝。这是台湾古早味杨桃汤，浓郁的杨桃气味，甜、酸、咸。从前腌渍杨桃是有几分讲究的：采摘下来先仔细清洗，杀菁，盐腌，静待桶中发酵超过百日，静静让时间陈化酸涩感，逐渐呈现岁月赋予的成熟风韵。现代人总是很猴急，不耐它发酵熟成，就胡乱添加甘味剂、香精。

腌渍体现华人的生活智慧，透露勤俭、珍惜、挽留、一种"晴天积雨粮"的意志，往往有效转化青涩为陈香。台湾杨桃汁多为腌渍水煮浓汤，罕见像彰化永瑞果汁店以鲜果现榨者。

杨桃品种甚多，大别为甜味种和酸味种，甜杨桃多用来鲜食，酸杨桃多做烹调配料或渍成蜜饯。鲜食杨桃以卓兰最赞，卓兰的风土条件得天独厚，水质优，昼夜温差大，有效凝聚糖分在果实。日夜温差大是东风殷勤来探看，当海风吹入大安溪河谷，受阻于雪山山脉，在马那邦山峻坡和深谷中回旋复盘桓，每夜降下凉风，当地人称为东风。

卓兰的"软枝密丝杨桃"风味尤佳，糖分高、果棱饱满，成熟时整粒杨桃转呈黄色，仅底部和棱边映着黄绿，表示糖分已平均分布在心部和棱部，又脆嫩得宜。过熟则果肉变软，风味稍逊矣。软枝杨桃体态娇弱；马来西亚种的外形、口感则较为粗犷豪迈。现在的农户多改种果实大、甜度高、耐储运的马来西亚种杨桃。

东坡居士《次韵正辅同游白水山》："糖霜不待蜀客寄，荔支莫信闽人夸。恣倾白蜜收五棱，细剚黄土栽三桠。"可见苏轼在岭南所吃的杨桃不美味，需要多加些蜜糖来腌渍。我爱吃永丰余生技公司所生产的杨桃干，果片纵切后腌渍，未添加保色剂、色素，予人纯净感。

岭南种植杨桃已久，古书颇有记载，如《大德南海志》《广东新语》《粤中见闻》等等。芳村花地、茶滘一带的风土条件尤其适合种植杨桃，清代诗人倪云瞿有诗描写花地一带杨桃收成上市的情况："全家生计在江乡，赶市朝朝下果忙。三稔一斤钱五百，黄云堆满石围塘。"清代两广总督阮元视察芳村，适杨桃果熟，他品尝后大为激赏，歌诵："荔枝生岭南，汉唐已名久。味艳性复炎，尤物岂无害。谁知五棱桃，清妙竟为最。诚告知味人，味在酸甜外。"

昨日吃到60年老丛黄金软枝杨桃，香味淡雅含蓄，立刻为之倾倒，钟情它风韵飘然独立，质感润泽丰盈，肉质结实，带着极轻淡的嫩涩，酸度和甜度有非常愉悦的平衡感。下肚后余韵悠远，吃完一小时嘴里犹缠绵着果香，想念不已。此台湾原生种软枝杨桃，采自然农法，草生管理，灌溉以有机肥及天然液肥，并舍弃夏果，留养分给冬果。友爱土地，敬重自然的态度令人感动、珍惜。

味在酸甜之外，允为杨桃的美学境界。我对软枝杨桃有除却巫山不是云的钟情，它不像马来西亚种一味追求甜度，一味追求硕大。软枝杨桃的素朴本色，赋予杨桃清妙感；它的体型较小，皮薄如膜，细致，容易损伤。生命总也不乏碰撞瘀伤。

甘　蔗

10月—隔年5月

学龄前寄养在外婆家，当时高雄市三民区还很像乡村。舅舅有一片果园，外公种田、养猪，外婆种菜、饲养鸡鸭。农村厨房里有一个大炉灶，煮过晚餐，外婆辄用灶内余火烤甘蔗，未削皮的甘蔗受热，糖水缓慢渗出表皮，有些凝结，有些犹豫滴落，宛如眼泪。我曾在《外婆》一诗中怀念："暗夜的炉灶有回忆的余烬／甘蔗偎在里面流泪／轻语如体温。"取出热甘蔗，咬掉蔗皮，咀嚼间流动着甜蜜、温暖、快乐、幸福感。这种幸福感竟永远鲜明在记忆中。

似乎不会有人觉得甘蔗不好吃。余光中诗《埔里甘蔗》：

> 看我，拿着甘蔗的样子
> 像吹弄着一枝仙笛
> 一枝可口的牧歌
> 每一节都是妙句
> 用春雨的祝福酿成

和南投芬芳的乡土
必须细细地咀嚼
让一股甘冽的清泉
从最深的内陆
来浇遍我渴望的肺腑

中国最早出现甘蔗的文献是《楚辞·招魂》："胹鳖炮羔，有柘浆些。"柘，通蔗；柘浆，甘蔗汁。连横《台湾通史·农业志》将台湾甘蔗分为三类："竹蔗：皮白而厚，肉梗汁甘，用以熬糖。红蔗：皮红而薄，肉脆汁甘，生食较多，并以熬糖。蜡蔗：皮微黄，干高丈余，茎较竹蔗大二三倍，肉脆汁甘，仅供生食。"竹蔗又称高贵蔗，外皮绿色，质地粗硬，不适合生吃；红蔗即中国竹蔗，皮墨红色，茎肉富纤维质，多汁液，清甜嫩脆。

这种经济作物产于热带、亚热带，栽培非常普遍，全球有一百多个国家出产，以亚洲为大宗，其次是中南美。甘蔗适合栽种于土壤肥沃、阳光充足、冬夏温差大的地方，是制造蔗糖的原料。秋天的时候，甘蔗成熟，榨汁制糖。吴德功《竹蔗》：

蔗圃千畦植，村农利溥长。
节多如竹秀，叶密似葭苍。
揭揭风吹响，湛湛露酿浆。
待当秋九月，处处献新糖。

甘蔗种植连接着殖民、奴隶、剥削。荷据时期，台湾长官定期向东印度公司例行报告,《巴达维亚城日记》1624年2月记载,萧垄(Solang,即今之佳里)产甘蔗,及许多美味之鲜果;荷兰东印度公司招募汉人来台种甘蔗,生产蔗糖卖给日本。清道光年间诗人陈学圣《蔗糖》:"剥枣忙时研蔗浆,荒郊设廊远闻香。白如玉液红如醴,南北商通利泽长。"

日据时期,总督府政府更大规模种植甘蔗,台湾俚语"第一憨,种甘蔗乎会社磅",反映了压榨剥削的制糖公司。古巴诗人尼古拉斯·纪廉(1902—1989)长期流亡国外,以诗控诉帝国主义者剥削、压迫黑人,直到古巴独立才返回祖国。短诗《甘蔗》应是流亡时期之作:

> 黑人
> 在甘蔗园旁
>
> 美国佬
> 在甘蔗园上
>
> 土地
> 在甘蔗园下
>
> 鲜血
> 从我们身上流光!

龙瑛宗《植有木瓜树的小镇》描写日据时代的制糖公司,"一片青青而高高的甘蔗园，动也不动；高耸着烟囱的工厂的巨体，闪闪映着白色"。这段描述连接了我的桥头糖厂、甘蔗林印象。很多糖厂附近的人，童年时曾经追随着五分车奔跑，从成捆叠堆的甘蔗板车上偷偷抽取来吃。那是一个多么饥饿的年代啊，饥饿，却不乏甜蜜。

郁永河有一首诗描写蔗田："蔗田万顷碧萋萋，一望芃葱路欲迷。裯载都来糖廊里，只留蔗叶饷群犀。"甘蔗长得瘦高，蔗田茂密，走进去立刻隐没，只闻蔗叶细碎的沙沙声，蔗香几乎就封锁了个人的世界，仿佛宿命。甘蔗采收之前会先历经整个台风季，风灾过后，东倒西歪的甘蔗人为地重新站起来，不免就长得弯曲。芳香甜美前的磨炼和摧折，仿佛隐喻。

每逢盛产的季节，饮料摊前常见甘蔗汁，或添姜汁，或加柠檬汁、橘汁调味。尤其货车上叠满长长的甘蔗，飘送着欢愉的甜香，堪称台湾街头最甜蜜的风景。甘蔗生长过程中，汲取的养料多储藏在根部，故下半截较甜，东晋画家顾恺之谓倒吃甘蔗为"渐入佳境"。

甘蔗汁好喝，可惜缺少咀嚼的快感。吃甘蔗是复杂的口腔运动，得边啃边吸边嚼，只有吃过的人才能心领神会。焦妻生前嗜甘蔗，下班回家时看见摊车辄命我路边停车，买一包带回家。她总是坐在沙发上抱着甘蔗，悠闲嚼食；我牙齿动摇，只能望蔗流口水。从前常嘲笑她是好吃的懒妻；奇怪，如今竟觉得她嚼食甘蔗的慵懒模样很优雅。

蜜苹果

10月中—12月

秀丽流产后很忧郁、伤感,遂安排环岛散散心,那时候,珊还寄居在外婆家,不知何故竟未绕到新屋接她同游。来到武陵农场打电话给珊,她好像有点不爽没跟去:我要去啊,没说不去呀。

回程经过梨山,见到路边有人在卖蜜苹果,买了一些在车上吃;才吃了一个就懊恼没多买,可惜车已近花莲,来不及回头了。多年来,蜜苹果一直撩拨着我的渴望和想象。

日本诗人北原白秋(1885—1942)酷爱苹果,他曾因通奸罪被收押,有一首和歌描述囚禁时的心境:"在监狱里发着抖啃苹果,苹果的味道沾满全身。"北原白秋搞上邻居的老婆,遭到人们强烈的指责,被拘的那两个星期差点精神崩溃,幸亏弟弟四处奔走营救,并每天带着美味的食物探监,他在另一首和歌写出狱时的快活:"挪开监狱沉重的木盖后,心情好像在苹果盒中跳舞。"每当困顿时出现转机,他常会歌颂苹果。

有人像北原白秋这么爱苹果吗?他弥留时突然要东西吃,妻子端来苹果汁,他却不要喝苹果汁,要整个苹果。家人削了两片苹果,他一口气就吃光,边吃边说:"好吃!好吃!"

苹果充满了奥妙,连接着乐园;走进苹果园,好像走进上帝的家园。鲜有水果有那样神秘的内涵和魔幻故事——天神宙斯和赫拉结婚时,大地之母盖亚(Gaea)赠送金苹果作贺仪。掌管青春的女神伊都娜(Iduna)守护着金苹果,在每年举办的盛宴中,分赠众神吃苹果,让他们永保长寿和青春。

纵剖苹果,是强烈的情色意象,难怪长期以来象征生殖力和永恒的生命。苹果总是连接着欲望、繁衍和健康,也离不开虚妄与背叛。整场特洛伊战争的祸根就是一粒金苹果。

横剖开来,果核里的五个种子正好形成五角形,形状和数字是基督教文化、巫术界咸信的解开良善与邪恶知识的关键。那漂亮的色泽和形状,令人难以抗拒,又总是连接了爱情和诱惑,最有名的是童话故事里邪恶巫婆和白雪公主。

俄罗斯动画片《童话的童话》里那个幻想自己坐在树上和乌鸦分享苹果的小男孩,你一口,我一口,他一口。雪花不停地落着,两只乌鸦分坐左右,不断提醒小男孩,该轮到自己咬一口苹果了。雪花不停地落着,落在树枝上,落在苹果上,落在公园的椅子上,落在一直喝酒的父亲大衣上,落在聒噪不休的母亲身上。

苹果本来很贵族,开放进口后才平民化,台湾人才普遍能吃到硕大便宜的苹果。黄春明小说《苹果的滋味》叙述江阿发被美国军官撞断腿,送进美丽的美国医院,相对于贫民窟的住家,医院显得静谧、洁白,天堂般美好。肇事者格雷上校带着纸袋进病房探望,袋内有三明治、牛奶、汽水和苹果,都是他们平常吃不起的东西。

格雷先给了两万元慰问金,还表示会负责江家的生活,并送阿发的哑巴女儿去美国受教育。阿发感激涕零连声说:"谢谢!谢谢!对不起,对不起。"陪同来的外事警察突然开口道:"这次你运气好,被美国车撞到,要是给别的撞到了,现在你恐怕躺在路旁,用草席盖着哪!"小说最后一段描写大家拿着苹果不知如何吃,阿吉咬一口说,像电视上那样嘛:

> 经阿发这么一说,小孩、阿桂都开始咬起苹果来了。房子里一点声音都没有,只听到咬苹果的清脆声,带着怯怯的一下一下此起彼落。咬到苹果的人,一时也说不出什么,总觉得没有想象那么甜美,酸酸涩涩,嚼起来泡泡的有点假假的感觉。但是一想到爸爸的话,说一只苹果可以买四斤米,突然味道又变好了似的,大家咬第二口的时候,就变得起劲而又大口地嚼起来,噗喳噗喳的声音马上充塞了整个病房。原来不想吃的阿发,也禁不起诱惑地说:
> "阿珠,也给我一个。"

全家人品尝苹果,仿佛品尝着梦想。两条断腿换来吃苹果的欢愉,反映当时台湾的贫穷,刻画低层工人的愚昧、卑微,象征着美国与中国台湾的关系。

大部分野生苹果多不好吃;美味的苹果几乎都靠人为嫁接才能杂交出美味。大自然力有未逮,被人类驯化的苹果总是鲜红,爽脆,一口咬下虽然不会汁液喷溅,却也齿颊生津。

梨山海拔 2300 米,温度低,温差大,气候条件适合苹果生长；孟冬时气温骤降，苹果的遗传密码下达了繁殖下一代的指令，将储存的淀粉转化成糖，防止果实冻伤，令本来就甜的苹果形成一圈"蜜腺"。

蜜苹果皆在树上成熟才采收，它通常没有涂蜡，我都连着果皮一起吃。然则不一定每一粒都能结蜜，有时得凭一点运气。选购时还是要靠手感，握起来越沉越佳；此外，蜜苹果多为红色，底部转成黄色者较成熟。当然，有不肖业者以进口苹果冒充蜜苹果。

进口苹果美艳又廉价，本土所产全无招架之力；除了蜜苹果。蜜苹果其貌不扬，远不如进口苹果艳丽；果皮也较厚，果心周围呈现一圈半透明的果蜜结晶；它的细胞排列很紧密，细胞壁的强度又低于间质，咬下去，嘴里产生细微而芬芳的震波，酸味和甜味有非常快乐的结合，瞬间就征服了口舌。

蜜苹果连接着梨山经验，连接着未带珊一起旅游的内疚感，连接了独特的果香。有时某种气味是暗号，打开记忆之门的暗号。我迷恋它，淡黄的果肉中那圈甜蜜的波纹。

橙　子

11月—隔年1月

夜宿亚士都饭店，多次旅行到花莲总是选择住在此处，我喜欢这家老旅馆，尤其黄昏时坐在二楼喝咖啡，看旁边的太平洋，觉得心荡神驰，世界变得辽阔。

早餐时遇见希腊诗人维斯托尼提斯（Anastassis Vistonitis），遂邀同桌聊天，刚关心他如此简陋的早餐还能忍受吗，连蛋也没有？服务员就适时为他送来一盘炒蛋，不久又送来三明治，我见那三明治甚为丰富可口，明显是用心特制的。不是自助餐吗？这老外为什么吃得如此特别？喔，我们怕外国人吃不惯中式早餐，特地为他另外准备一份。我也可以来一份吗？餐台上几乎都不是食物，我也想吃三明治；我现在跟老外同桌，地位可不可以跟着提升？

其实我早已习惯服务业优待洋人、冷落同胞了。维斯托尼提斯指着橙子问这是什么水果？台湾橙。我鼓励他多吃，现在正值盛产期。橙的品种甚夥，诸如柳橙、晚仑西亚、锦橙、血橙、脐橙等等；橙子即柳橙，人们咸信是1930年由广东引进台湾，直到20世纪60

年代才大量栽培，现在是台湾秋、冬季的经济果树。其名称由来流传着误读的笑谈：橙和灯字形相似，闽南语又"丁""灯"同音。

古坑堪称台湾的橙子之乡，种植面积最大，产量占全台三分之一；每年12月古坑乡公所都举办"古坑橙子节"。橙子节很重要，远比各种政治人物诞辰日重要。台湾盛产橙子，一度因生产过剩而伤农，一粒一元贱售，当时古坑的一位女中学生沈芯菱架设"守护台湾橙子"网站，为农民请命，挽救了橙子的价格。

它是柚、橘的混血种，果皮不像橘那么容易剥，一般多是切橙子，洗净后切块，此种吃法是方便，缺点则不免弄得双手腻黏。若像剥柚子般，中间横划一刀再上下去皮，则可以一瓣瓣剥开来吃。周邦彦《少年游·感旧》描述用并州水果刀切，当时的橙较酸，故撒了些盐以突显甜度："并刀如水，吴盐胜雪，纤指破新橙。"词中描写那剥橙的纤手应是李师师，心灵手巧的烟花女。

大仲马叙述橙子时说，古罗马人讨厌橙的气味，"最好的一个品种无疑来自中国，在那里被称为橘子。它比我们玩的撞球还要小，有些橘子甚至只有核桃那么大，但色红皮薄，气味跟柠檬相近。橘子的果肉很甜，但汁水不多"。大仲马显然橙橘不分，他吃的可能是砂糖橘。

橙子一般到9月才陆续成熟；为提早上市，有些农民才五分熟就喷洒退酸剂，采收后继续泡退酸剂。这种毒橙子当然会严重危害人体健康。

有人教导挑橙子，要选底部呈一圆圈的"印仔柑"；其实也不见得，我曾据以购买，并未粒粒香甜多汁。择橙之道先看色泽，以橙黄均匀者为佳；要之，皮不可太厚，我的经验是厚皮者通常少汁，寡味矣。其次挑选外表有些伤痕的；表皮受到霜害或虫害的"火烧柑"皆完全成熟才采收，多很甜美；只要吾人不在意长相，农人就会少喷洒一点农药。

　　在树上自然成熟的橙子，甜味和香气都显得清淡、节制，有一种隽永的香味。不仅果实甜美，橙子皮富含精油，是天然的清洁剂，晒干后可做芳香剂。但也因人而异，乔安妮·哈莉丝（Joanne Harris）长篇小说《柳橙的四分之五》叙述主角法兰波伊丝和她的母亲像死对头；母亲每闻到柳橙味就头晕、恶心，病恹恹像条虫；她却偏偏故意藏柳橙在屋子里，好像藏着引爆亲情的定时炸弹。

　　橙子香甜多汁，也很适合榨汁，双双襁褓时我总是到批发市场购买整箱，抱着她喂饮。它颇耐储藏，买回来只要不闷箱，冷藏可储存近一月。

　　我偏爱的是"鸡蛋丁"，色泽鲜黄，油胞细致；那是老丛所生，产量少，果实小，风味绝佳。最美味的橙子都长在树丛外围，显得"非主流"，也要忍受较多的风霜，表皮又容易遭树枝划伤；然则也因而领受了更多阳光的爱抚。可见凡事都不要太在意外表，莫介意处境不在核心位置，也别怨叹身上留下的伤痕。

金 柑

11月—隔年2月

金柑大约在农历年前盛产,过年时许多人家摆设金柑、四季橘盆景,澄黄饱满。过年的食物最重视口彩,人们置金柑盆景于家中,象征吉祥如意,祝福四季平安,吉星拱照。柑橘自古代表甘美,正如枣子象征吉利,闽南语"拜好柑,好年冬;吃红枣,年年好"。

桔为"橘"之俗体字,中国文人历来爱恋它、依赖它寄情,赋予它高雅的形象和情操,屈原曾作《橘颂》,自喻其志;张九龄名诗:"江南有丹橘,经冬犹绿林。岂伊地气暖,自有岁寒心。可以荐嘉客,奈何阻重深。运命唯所遇,循环不可寻。徒言树桃李,此木岂无荫?"桃李媚时,丹橘傲冬,诗人之孤高感慨,轻易引起我们的同情与理解。

"金柑"又名"金橘""金桔""山橘""给客橙"。《本草纲目》载"其树似橘,不甚高大","此橘生时青卢色,黄熟则如金,故有金橘、卢橘之名。卢,黑色也。或云卢,酒器之名,其形肖之故也";又说"其味酸甘,而芳香可爱,糖造、蜜煎皆佳"。此果甚靓，除了提供味觉享受，也具有视觉的审美价值，明·钱士升《金橘》："密密金丸不禁偷，最怜悬着树梢头。老人口腹原无分，留得深秋供两眸。"

有些宜兰餐馆供应有蜜饯"金枣糕"，其实非枣，而是糖渍金柑，多以"长实金柑"制作，大概取其果色如金、果形似枣命名。除了长实金柑，宁波金柑、福寿金柑等品种，也都适合鲜食、糖渍。台湾所产金柑多出自宜兰，尤以员山、礁溪两乡为主。

随着金柑盛产，橘酱遂应季而生。台湾的金柑故乡在宜兰，橘酱却以新埔出产闻名。这是台湾北部客家人的日常蘸酱，蘸肉类或蔬菜皆宜，餐桌上有了一碟橘酱，立刻就有了客家风味。

橘酱尤其是北台湾的客家风味蘸酱，可单独使用，亦可调和酱油。客家俗谚："过年吃肉蘸橘酱，才不会吃坏人。"做法是用成熟的金橘，去籽，调味，以小火熬煮，搅碎。

制作橘酱也不一定用金柑，沈光文《番柑》："种出蛮方味作酸，熟来包灿小金丸。假如移向中原去，压雪庭前亦可看。"说的就是用番柑制作橘酱。沈光文是最早自大陆移居台湾的文人，诗中所述之番柑源自荷兰，肉酸，皮苦；荷兰人加盐捣作酸浆兑水喝。番，乃红毛番也。

客家族群渡台较漳州人、泉州人晚，影响了赖以维生的地理环境和饮食方式。传统客家菜往往又咸又肥又香，吃多了颇碍健康，于是客家人用金柑研制酱料，除了去腥去膻，还能够开胃、降低胆固醇、退肝火，宜炒蔬菜、蘸白斩鸡，宜五花肉、萝卜糕、桂竹笋……晚近亦制成果茶、冰淇淋、蛋卷、三明治、牛舌饼，亦可增添生菜沙拉的风味。

橘酱的色泽偏黄而浓稠，口感细腻而繁复，那酸中带甘的风味，尤其能讨好我们的味蕾。橘酱受欢迎，激励厨师开发创意料理：橘酱子排、橘酱海鲜塔、橘酱吉士南瓜鲜贝……橘酱子排是一道创意料理，可谓闽南人排骨酥的变奏。做法是精选子排，用多种调味料腌制，过油，以封锁肉汁和肉香质，再加入橘酱这种客家元素和鲜橘汁，慢慢煨烧，当橘味渗入排骨内，甜度和酸度有了愉悦的平衡。

金柑一向扮演着衬托角色，去腥、平衡油腻感、诱发食物的美味。橘酱能促进食欲，帮助消化，听说还有健胃、止咳、化痰、解酒下气、降低胆固醇等功能。其酸酸甜甜的滋味，很适合模拟爱情的滋味。

金柑依成熟度呈现三种天然色素，初果时的果绿素，逐渐成熟时的果黄素，已臻成熟的果红素；优质的橘酱都选用金柑出现果红素时，不添加人工色素。

四季橘长相类似金柑，前者呈圆形，后者椭圆。南洋唤四季橘"酸柑"，皮涩肉酸，酸度相当于柠檬，不适合鲜食；宜榨汁作蘸酱，我就常用来调制海鲜佐酱，或挤汁在生鱼片、烤鱼上，风味魅人。感冒时，切片泡温水饮用，是我的私房疗方。

金柑不似四季橘酸，果皮风味可口，鲜食甚佳，宋·李清臣诗赞："气味岂同淮枳变，皮肤不作楚梅酸。参差翠叶藏珠琲，错落黄金铸弹丸。"鲜食金柑，都连皮带肉一起吃；而且果皮的风味比果肉更迷人，清爽，微甜，柑橘香充满口腔和呼吸道，如情人的呼吸。

蜜 枣

12月—隔年2月

结束《台中餐馆评鉴》发表会即驾车北上,黄昏时来到苗栗公馆乡,枣庄古艺庭园膳坊占地甚广,建筑古朴,匠心布置农村文物和客家氛围,处处是怀旧农具、老瓮、竹编灯笼、竹篓,门口摆设了七个小矮人陶偶;门外有小溪、红枣林。最吸引我的是食物,供应的客家菜标榜红枣养生,红枣饭、红枣芋蒸糕、红枣花生糖、手工红枣馒头;那顿晚餐,红枣有效讨好了大家的胃肠。

我母亲一直热爱着红枣和黑枣,家里的冰箱底层总是有一两包红枣,随时炖汤,随时补货。我以为只是嘴馋,后来读到马莉《女人与红枣》,领悟是口耳相传的养生方法;文中叙述家族中的女人都靠红枣来滋补身体和头脑,小时候,母亲煲红枣糖水就要她吃一大碗,吃完后马上背课文,说一下子就能背诵下来,"红枣对女人有一种神秘的力量,它用它温柔的红色坚守着女人的内心、肌肤、血液与情感"。马莉断言红枣是女人的食物,一生都和红枣相随,女人想永葆漂亮,一定要吃红枣,说红枣无懈可击:"它驱赶了女人内心的苍白、虚弱与感伤，它在自身的朴素与传统中恢复了女人初始的美丽与热情。"

上次去新疆，在乌鲁木齐国际大巴扎买回许多新疆哈密枣脯给妈妈。制果脯的大红枣都选用果实大、果核小、果皮薄、果肉细胞组织疏松者，且含水量要少、含糖量较高的品种，如"大糖枣""箔枣"等。大枣因加工相异而有红枣、黑枣之别，红枣仅烫过沸水即晒干；黑枣的工序较复杂，烫过沸水再熏焙至表皮黑亮、枣肉半熟。

中国是枣子的原产地之一，吃枣的历史悠久，《诗经》早有"八月剥枣"记载。韩愈、孟郊联吟"村稚啼禽猩，红皱晒檐瓦"，描写乡村屋檐上晒红枣，一派农村风情。又如白居易《闲坐》：

> 婆娑放鸡犬，嬉戏任儿童。
> 闲坐槐荫下，开襟向晚风。
> 沤麻池水里，晒枣日阳中。
> 人物何相称，居然田舍翁。

秋天打枣，晒枣是自古的常民生活，流动着骚人墨客的农村想象。杜甫搬离成都草堂时赠送院子给侄儿，不料侄儿竟筑起篱笆，防杜邻妇来打枣，《又呈吴郎》一诗告诫："堂前扑枣任西邻，无食无儿一妇人。不为困穷宁有此？只缘恐惧转须亲。即防远客虽多事，便插疏篱却甚真。已诉征求贫到骨，正思戎马泪盈巾。"诗句充满着强烈的人道关怀，也彰显了诗圣的人格与风格。

任何食物到了传统文人笔下，总不免赋予道德情操，后秦·赵整有诗歌咏："北园有一树，布叶垂重荫。外虽多棘刺，内实有赤心。"白居易《杏园中枣树》前半段："人言百果中，惟枣凡且鄙。皮皴似龟手，叶小如鼠耳。胡为不自知，生花此园里。岂宜遇攀玩，幸免遭伤毁。二月曲江头，杂英红旖旎。枣亦在其间，如嫫对西子。"最后又说"君若作大车，轮轴材须此"，借枣树抒发怀才不遇的心情，伸张抱负，并乞君垂视。又如王安石《枣赋》前四句所咏："种桃昔所传，种枣予所欲。在实为美果，论材为良木。"

北方所产红枣优于南方，明·吴宽《枣》叙述枣树耐瘠耐旱和材质，并描写其枣子的形貌和风土条件：

> 荒园乏佳果，枣树八九株。
> 纂纂争结实，大率如琲珠。
> 此种殊甘脆，南方之所无。
> 日炙色渐赤，儿童已窥觎。
> 剥击盈数斗，邻舍或求须。
> 早知实可食，何须种柽榆。
> 此木颇耐旱，地宜土不濡。
> 所以齐鲁间，斩伐充薪刍。
> 近复得异种，挛拳类人疴。
> 曲木未可恶，惟天付形躯。
> 良材却矫揉，不见笏与弧。

枣树生长缓慢，故木材坚硬细致，不易变形，适合雕刻、制枣木擀面棍。朱国珍在《离奇料理》中追忆父亲爱吃家乡味的面片，女儿、女婿从河南来探望时致电询问需要带什么过来？竟嘱咐要从家乡带根擀面棍，才能做出地道的面片。父女在台北相聚的40天，吃掉了10千克的面粉，"每天都用擀面棍儿，擀出各种面食，有面片儿、面条、饺子皮、面疙瘩等等"。那根擀面棍是否用枣木所制？竟牵系着阔别数十年的骨肉亲情，永恒的面食记忆。

枣的品种繁多，大小不一，早年台湾引进印度枣，经过长期的品种选育，据以培育出蜜枣，现已为南部重要特产，尤集中在高雄、屏东、台南、嘉义。品种甚多，诸如高朗三号、翠蜜枣、天蜜枣、仙桃蜜枣、高雄9号、台农4号肉龙、阿莲圆种、特龙、碧云、大叶蜜枣、金桃蜜枣、中华蜜枣……台湾蜜枣是鲜食，跟制成果脯的蜜枣是不同概念；购买时大抵选择表皮光滑、底部饱满者。

种蜜枣利润薄又费工，每株树要疏果3次，遇到台风更血本无归。今年的蜜枣开始盛产时，秋屏寄来一箱，外形长圆润翠，香、甜、脆；果香和甜味都显得轻淡、节制，确实是燕巢蜜枣。燕巢风土条件特殊，很适合蜜枣生长；枣树本来就忍瘠耐旱，也许就是像泥火山、月世界那样的地质，栽种出的蜜枣含有一股甜中带咸酸的风味；加上昼夜温差大，延缓果实的成长，增加了养分吸收，令甜度升高。

秋屏是高中同学，我们大伙曾露营于阿公店溪，伫足泥火山间歇性的喷发泥浆侧；也同游月世界'恶地形'，质地松软的泥岩山丘，点缀着零星翠竹，那地貌意象固执在记忆中。数十年倏忽过去了，如今回首，觉得那片光秃秃的山脊像隐喻，像贫困的环境能造就出的豪杰。